緋彈的亞莉亞 XXX 35

Aria the Scarlet Ammo

侵掠的新娘

1彈　海底軍艦

以旭日為背景，站在黃金潛艇・諾亞艦橋上的莫里亞蒂教授——是個擁有作弊級能力，可以透過條理預知誘導任何事情發生的人物。

他曾經利用那個力量導致第一次世界大戰爆發，如今又企圖在這個世界引起第三次接軌，是個史上屈指可數的可怕國際恐怖分子。

然而可怕的不只是莫里亞蒂的諾亞。

尼莫的核子潛艇諾契勒斯、路西菲莉亞・莫里亞蒂四世的海底軍艦納維加托利亞。

我們在酷寒的鄂霍次克海上，面對的是排成N字陣型的三艘艦——N的艦隊。

而且就連這些也只是可怕的一部分。

現在行動上最可怕的，是夏洛克駕馭的核子潛艇伊・U。

伊・U正朝著N直衝而去，已經射出了四發魚雷。

魚雷通過我們腳踏這塊浮冰旁邊的時候我靠視覺辨認過，那是舊蘇聯開發出來的65型魚雷——能夠裝載的炸藥量多達五百公斤的反核子空母、反核子潛艇用超大型魚雷。

可是在那些魚雷前方的N艦隊卻完全不為所動。即便我把注意力集中到爆發模式下的聽覺，也聽不見機械驅動的聲響。三艘艦既不前進也不後退，始終保持著N字陣型。

更進一步就在這時……

「呃……喂……！」

明明遠在後方約一公里處的夏洛克不可能聽見，我還是忍不住吐槽。因為伊・U——就好像背上開花似的，打開了VLS（垂直發射系統）的八扇艙門。

緊接著，轟轟轟轟————！！

他……他居然真的發射啦……！是反艦巡弋飛彈！

「朝正上方發射了——是Rakete（火箭彈）嗎！我還是第一次見到現代的東西……！」

「咿咿咿！」

身為納粹德國軍人的蕾芬潔仰望拉出白煙飛行的SLCM（巡弋飛彈）大感驚訝，身為一般民眾的仙杜麗昂則是發出尖叫。

「——戰斧……！」

曾經隸屬美軍的金天說得沒錯，那是戰術型戰斧。是美國的軍事承包商雷神公司開發出來的第四代戰斧巡弋飛彈。貨真價實的軍用飛彈，全長五公尺半，炸藥重量四百五十公斤。夏洛克那傢伙，我不曉得他是買的還是偷的啦，不過重視威力的魚雷和重視精準度的飛彈，而且東西陣營的玩意都有，簡直是在艦上愛裝什麼就裝什麼了。

身為機師的壺有多辛苦可想而知啊。

以些微的時間差打向空中的八枚戰斧飛彈，使得火箭噴射出來的白煙排列成階梯狀。最初的四枚首先在上空朝前方轉換彈道，瞄準諾亞和諾契勒斯。遲了好一段時間後，升到更上空的三枚才些微朝前方轉換方向。那是高飛軌道（Lofted Trajectory），應該是企圖從幾乎正上方的角度攻擊納維加托利亞。剩下的一枚大概是故障了，在上空偏向後方飛去。

「鏘、鏘」地展開水平翼變成飛機形狀，並且將動力切換成渦輪扇發動機，不留下飛航軌跡的四枚戰斧是前進的第一波攻擊，而依然繼續讓高度攀升的三枚可以視作第二波。仔細看看，魚雷同樣是朝納維加托利亞的那一發，遠遠落後於朝諾亞的兩發與朝諾契勒斯的一發。那同樣是在著彈上有時間差的波狀攻擊。

話說夏洛克那傢伙——大概是因為不管對莫里亞蒂還是對尼莫都有冤仇的關係，一登場就殺氣騰騰啊。那男人明明平常態度那麼紳士，遇到關鍵的時候卻會變得超級有攻擊性。雖然說，這也不難理解啦。畢竟不管怎麼講……那傢伙可是亞莉亞的曾祖父嘛！

「魚雷，距離Ｎ艦隊約８００與１０００！是導引式——魚雷軌跡確認修正！」

正如海軍軍人雪花大叫的，65型魚雷具備導引能力。停船中的那三艘Ｎ的巨艦就算現在開始進行迴避動作，也已經絕對躲不開了。

這場海戰，才剛開戰就呈現夏洛克穩贏的局面。

但那同時也表示尼莫危險了……！

「——尼莫！」

我對著從仙杜麗昂手中搶過來與Ｎ的對講機大叫警告。

『埃莉薩，列諾艾爾，迎擊！』

從對講機傳來尼莫尖銳的聲音，用法語對應該是諾契勒斯艦上的部下們發出交戰指示。

幾秒後，諾契勒斯的甲板艙門接連打開——轟轟轟轟！

多達十枚的艦對空飛彈發射出來，呈現扇骨狀散開。是ＲＩＭ－７海麻雀飛彈。

就在我看見尼莫用手壓著快要被風壓吹走的軍帽時，諾契勒斯接著又從海中傳來好幾聲「隆隆！隆隆隆！」的震動聲響。是打開水下發射管射出魚雷的聲音。隨後從諾契勒斯延伸出魚雷軌跡，總共四發，全部精準射向伊・Ｕ發射的魚雷。那就是據說ＥＵ近年開發出來的反魚雷用魚雷（海蜘蛛）嗎？

——夏洛克那幾枚尚未飆到最高速的戰斧飛彈，遭受尼莫發射的單艦防空用飛彈（海麻雀）迎擊……之前，第一波的四枚戰斧中忽然有一枚放出無數的小火球。是利用火焰欺騙紅外線導引的熱誘彈。另外還有一枚改變路徑橫越Ｎ的前方，並撒出大量銀箔。是透過反射欺騙雷達導引的干擾箔。夏洛克從一開始就預知到Ｎ的迎擊，所以在第一波的四枚戰斧飛彈中早準備好兩枚當作妨礙手段了。

然而，這場對決最終是尼莫射出的海麻雀以量取勝了。當中有些突破欺瞞偽裝成功迎擊戰斧，其他沒能突破的飛彈也檢測出異常而自動計算時機自爆。十枚海麻雀飛彈的暴風碎片彈頭如煙火般炸開，把第一波的四枚戰斧飛彈捲入其中全滅了。攻擊、欺瞞與步步迎擊，簡直有如一場空中西洋棋。

「轟隆轟隆」地在天空爆炸的火焰混雜著熱誘彈與干擾箔的閃光，在海面與浮冰上漫射光線，耀眼得甚至讓人眼球深處都痛了起來。就在接連爆炸的聲響使得我們周圍的海面激烈冒泡的同時，這次又換成海中傳來沉重的爆破聲。是尼莫的魚雷爆炸，誘使夏洛克的三發魚雷跟著被引爆了。

在我們乘坐的這塊浮冰與N艦隊之間，大約中間位置的海底出現三個巨大光球。海面接著像島嶼般隆起，「隆隆隆隆隆隆隆隆隆——！」地伴隨世界末日來臨般的轟響炸開，讓海水連帶浮冰群被炸向空中。

（……嗚……！）

夏洛克的魚雷，爆炸規模簡直有如小型戰術核武。五百公斤×三發就有那樣的威力——應該是雜異伍茲烷（CL-20）炸藥吧。在水面下淺處讓人看到魚雷古早風格的外觀，彈頭裡卻裝滿最新、最強的炸藥。實在很像夏洛克的作風。

魚雷的熱量把海水與水蒸氣炸向熱誘彈、干擾箔、戰斧與海麻雀的烈焰翻騰的天空，猶如倒帶播放的集中豪雨影像。

像是三棟高樓大廈般聳立的海水與水蒸氣，在上空逐漸形成三個蕈狀雲。水氣在那雲中又化為豪雨落下的同時，海面——以及海中都傳來瀑布般的轟響。那是大量海水湧向化為真空地帶的爆炸中心區域所發出的聲音。N艦隊雖然在這片地獄景象的另一頭五百公尺左右的地方毫髮無傷，但我現在變得完全看不見那幾艘艦的影子了。

（這就是——海戰……！）

面對這片與陸戰完全是不同規模的景象，我、金天、眼睛的雷射似乎只是發個光做假動作而已的亞莉亞都當場啞口無言。就結果來說，只有昏倒過去卻因為屁股跌坐在冰上，所以又「痛呀！」地自己清醒過來的仙杜麗昂發出聲音而已。

即便在這樣的狀況下，經驗過戰爭的蕾芬潔與雪花依然非常冷靜地向我們發出警告：

「大浪要來了……！」

「——距離衝擊剩下十秒！全體注意！」

我因此回神一看，發現有如造山運動般被魚雷的爆炸力道推擠起來的海水——化為巨浪朝我們這塊浮冰沖來。

「呀……！」

就在金天瞪大眼睛的下個瞬間，那波混雜浮冰的巨浪——被一艘黑色巨艦激起的反相位波浪從左至右撞散。是伊・U「隆隆隆隆隆……」地從我們的後方朝右前方大幅繞行的關係。它現在與我們的距離是正面約一百公尺，吃水深度比剛才看到的還要深。開始潛航了。

「曾爺爺！」

「夏洛克……！」

對於亞莉亞和我的呼喚，夏洛克將視線轉過來，在艦橋上朝著N艦隊的方向一指，彷彿在對我們說『上吧』。緊接著，他又立刻把頭轉向諾亞，一刻也不放鬆對莫里亞蒂的警戒。那也就是說，現在的夏洛克不像平常那麼從容。那樣的他，我還是第一次見到。這代表莫里亞蒂教授是個不折不扣的強敵吧。

然後——爆發模式的我看出來了。

夏洛克的戰斧飛彈和魚雷遭到敵人迎擊的這場空中與海中的大混戰，雖然前後位置有差距……但是從N的位置**看過來的寬度**是對齊的。想必在高度上也一樣，如果從那個方向看過來，飛彈群的烈焰與火光形成的煙雲底部會與海面湧出的蕈狀雲頂部剛好重疊。

那是一面屏風。

夏洛克早就推理出第一波攻擊會全數遭到迎擊，因此反過來利用迎擊行動——在天上展開一片混雜熱誘彈與干擾箔的爆炸煙霧，在海中製造轟響，與敵人之間又立起一面水牆。將光波、電波、音波雷達全部遮蔽，使對手看不見自己。

就在身影被遮蔽的瞬間，夏洛克朝右側轉向，同時開始潛航。那動作是打算航向從這裡看過去位於右側的諾亞的更右側。只要到那位置便不需要害怕納維加托利亞的艦砲以及諾契勒斯的兵器，因為莫里亞蒂乘坐的黃金核潛——諾亞本身就會成為一道護盾。

從巨浪前保護了我們的伊・U在即將沉入水中之前，打開了背上的三個大型艙門。

如果從裡面射出什麼ICBM（洲際彈道飛彈），就算是我也會當場暈倒。然而看到從那些艙門**爬出來**的玩意……我在別的意義上差點暈了過去。

「嘎呀啊啊啊啊啊啊啊啊啊啊——————！！！」「嘎啊！嘎啊！嘎啊啊啊啊啊————————！！！」「咕咕咕咕咕咕……嘎呀啊啊啊啊啊——！」

……是、是翼龍……！而且有三隻。

其中一隻就是我以前在倫敦看過的傢伙，展開約有九公尺長的翅膀呈現黑色。另一隻全身都是橘色條紋，雞冠部分是顯眼的紅色，雙翼展開的長度甚至超過十公尺。從身體大小來看，似乎這隻是公的。這代表牠們是一對夫妻嗎？剩下一隻是黑色的雌龍，身體小了整整一圈，只有七公尺——大概是另外兩隻的小孩。

有如不需要跑道的VTOL機一樣原地飛起的那三隻翼龍，是夏洛克利用分子化石，也就是從DNA喚醒到這個世界的無齒翼龍。是一種外觀像巨大蝙蝠的恐龍。

那三隻恐龍睜大直徑有二十公分的大眼睛，彷彿在確認我們的長相似地收縮瞳孔……結果仙杜麗昂又昏倒過去，然後再度上演跌坐到屁股自己清醒的老把戲。

正如梅露愛特在倫敦說過的，無齒翼龍似乎是一種恆溫動物，在鄂霍次克海上依然不畏寒冷地飛向天空。從牠們飛向天上的積雲中躲藏身影不被N艦隊看到的行動來推測，牠們應該擁有相當於犬類的智力，被夏洛克當成活的艦載機訓練過的樣子。

就在伊・U潛入海底，翼龍躲進雲中過了幾秒後……

從N艦隊的方向忽然出現一道如打雷般的閃光。

幾乎在發光的同時，夏洛克製造出來的水牆最底部炸開了一個大洞。

在大洞靠我們這一側，從我們的方向看過去左方的海面上——「轟轟轟轟轟轟轟轟！」地出現橫向飛濺的水泡，範圍約有一座棒球場大。漂浮在那裡的冰山空母哈巴谷號的殘骸也大量炸碎。那是、著彈——以負向仰角朝海面射擊的榴彈碎片大量灑落造成的景象。而且威力強大到一發就足以毀滅小規模的船隊或步兵陣地——是海底軍艦納維加托利亞的艦砲射擊！

納維加托利亞，也就是戰艦巴勒姆號配備的Mark I連裝砲為十五英寸口徑。那一發將多達八百二十公斤的鐵片以兩馬赫的速度炸散的Mark VIIIb榴彈所攻擊的，是第二波的65型魚雷。也就是位置上看起來應該延遲後再加速過的最後一發魚雷。

超音速鐵片群使得淺層海中產生不規則水壓，讓全長約九公尺的65型魚雷受到干擾而變得傾斜，導致尾部螺旋槳冒出海面。它接著在海面上彈跳的同時被自身的重量折彎，最後大概是安全裝置啟動而在未爆炸的狀態下沉入海中。

就在化為蕈狀雲的海水終於全部落回海面，讓我們再度可以看見N艦隊的時候，「轟隆隆隆隆隆隆……！」的低沉砲聲這才傳到我們乘坐的浮冰上。比超音速的砲彈晚一步傳來的那聲轟響，在海面上以納維加托利亞為中心激起巨大的波紋。似乎是單獨射擊的第二砲塔左砲朝上空升起砲煙，規模與其說是煙甚至可以說是雲了。至於大自然的雲——也就是原本在納維加托利亞上空的白雲被砲聲的震動推開，變成一圈像是天使頭環的形狀。如果只是欣賞照片或模型還只會讓人覺得很帥氣而已……但真實的戰艦根本是地獄製造機啊。居然連周圍的天氣都能改變。

——艦砲的大轟響製造出的波紋抵達我們乘坐的浮冰，讓我們變得難以保持平衡。在搖盪的視野中，我看見第二波的三枚戰斧飛彈從上空落向納維加托利亞，結果被納維加托利亞的高射砲精準擊破。那個不管怎麼看都是使用了FCS（射控系統）的對空砲火。雖然光是從它被超改裝成潛水戰艦這點應該就可以想像得到了，不過那艘戰艦居然連神盾系統都有裝設啊。

……啪啪！……啪啦啪啦啪啦……！

晃盪的浮冰上這時發出像是忽然下起急雨的聲響，於是我抬頭一看——

「——嗚……！」

大大小小的冰塊有如冰雹雨般灑落到這片海域上。雖然小的只有像小石頭大，但大的甚至像冰箱的尺寸。速度根據形狀而有差異，不過從落到水面的感覺看起來，當中甚至有速度像子彈一樣快的冰。到底是為什麼？從什麼地方飛來的？

「……這是、哈巴谷號的冰……！」

抬起納粹軍帽帽舌仰望天空的蕾芬潔如此呢喃，我這才終於搞懂。

這些冰塊是剛才被納維加托利亞的榴彈炸碎的冰山空母殘骸。以前我在武偵高中有學過要是敵人的子彈擊中自己附近的樹木或玻璃時要小心碎片飛濺，而這就是那個的艦砲版。即便同屬槍砲，手槍跟艦砲光是概念上就不同。艦砲的規模會延遲幾秒之後對距離彈著點有一百公尺遠的這裡造成二次災害。

落下的冰塊陸陸續續砸在我們這塊浮冰上。由於腳下隨波浪搖晃的關係，很難做出閃避動作。砰！磅！邊長三十到五十公分的冰塊以彷彿要砸破這塊浮冰的速度砸下來，到處撞出凹洞。要是被砸到的位置不妙，甚至可能造成致命傷啊。

雪花為了保護年幼的金天，在冰上奔馳——那動作讓她背對了冰塊飛來的方向。結果就在這時，一塊直徑約有七十公分的冰塊飛向她……

「——危險！」

「砰！」一聲用背部把雪花撞開的蕾芬潔——伴隨「噗滋！」的沉重聲響，被冰塊當場砸到。從正面，沿頸部到胸口的範圍。

「……蕾芬潔！」

轉回頭大叫的雪花雖然平安無事，但代替她被砸中的蕾芬潔則是在冰上翻滾——倒下了。在與我們的戰鬥中失去魔花之力的細瘦身軀變得動也不動……任由化為石塊般的哈巴谷號碎片一塊塊打在身上。

「哇啊啊啊！蕾芬潔大人！」

她的部下仙杜麗昂立刻衝過去將她抱起來——結果蕾芬潔的頭癱軟無力地垂下，從口中流出鮮紅色的血液。驚慌抓狂的仙杜麗昂為了阻止出血而摀住蕾芬潔的嘴巴，但鮮血依然不停從她指縫間溢出。

我、雪花、亞莉亞與金天也閃躲著灑落的冰塊衝了過去——

「頸……頸椎被撞裂了。而且照這個出血量，應該是肋骨折斷刺到了內臟。仙杜麗昂，不要亂動她的身體！」

「蕾芬潔，妳別死啊蕾芬潔！妳才結束了自己的使命……才剛與本人說過今後要過新的生活，要重新來過不是嗎！別死啊！」

「金天，我聽說妳以前用超能力治療過金次的傷——」

「這、這麼重的傷，我不曉得有沒有辦法治好……但我試試看！」

在大家著急觀察傷勢中，蕾芬潔陷入心肺停止狀態。為了拯救剛剛從冰冷大海中救起自己的雪花，結果被自己建造的冰山空母哈巴谷號擊中喪命——怎麼會有如此悲劇性的命運啊。

然而不是醫生的我，在這種時候什麼事也做不到。我除了戰鬥以外，沒有任何長處。可是面對眼前如此巨大的存在，我甚至連戰鬥都辦不到。

（……可惡……！）

我帶著憤怒轉回頭，看到飛來的冰粒逐漸變小。大塊的冰已經掉落完，剩下細小的冰片隨風飄盪。懸浮於周圍空中的碎冰反射朝陽的光芒，到處有如流星雨般閃爍。

遠處是依然還沒燃燒落盡的熱誘彈與干擾箔綻放火光，烈焰與砲擊造成的黑雲，以及大量水滴落到海上濺起的白色水蒸氣，形成三重翻騰的漩渦。

在更遠處的，是N艦隊——

要是他們接下來瞄準我們攻擊，就真的完蛋了。

從一片水蒸氣的縫隙間，可以看見站在閃耀的諾亞艦橋上的莫里亞蒂，不是望向伊・U潛伏的南方海面——而是從容不迫地眺望南南西的水平線，也就是國後島的方向。諾契勒斯上的尼莫拿著雙筒望遠鏡似乎在尋找伊・U的艦影。潛水戰艦納維加托利亞上的路西菲莉亞則是把服裝有如黑色比基尼的上半身探出艦橋，露出笑臉。

在那樣的N艦隊正下方的海面……「嘶嘶嘶嘶嘶……」地開始飄起海霧。霧的上層還飄舞著數不清的細雪結晶。那片霧以N的三艘艦為中心呈現圓形擴散，逐漸覆蓋大範圍的海面。從尼莫與路西菲莉亞都帶著感到可疑的表情張望四周的樣子看來，那應該不是N搞的鬼。

或者應該說，我知道那現象是什麼。那片海霧就是以前卡羯在香港為了藏匿油輪發動過的魔術濃霧。飄舞的細雪結晶是貞德在地下倉庫使用過的鑽石冰塵。現在那現象是把這兩招加大規模的版本。是夏洛克——發動了他以前在伊・U學得的魔術。為了隱藏伊・U準備浮現的位置。

夏洛克雖然眼盲，但不需要依靠視覺就能夠掌握周圍狀況。現在海面的視野被封殺，可說讓他變得比N艦隊有優勢了。至少可以看到納維加托利亞的各處主、副砲塔由於無法預測伊・U的出現位置，各自朝著不同的方向對全方位進行著警戒。

我想伊・U應該在海中轉彎，朝諾亞的右方潛航了。然而只要這點被發現，諾契勒斯和納維加托利亞很可能立刻解除N字陣型。到時候伊・U就會遭到包圍猛攻。夏洛克要如何拖延那個時間？

（——啊……！）

我爆發模式下的腦袋想到了那個答案。

如果可以，我真不願意想到，真寧願裝作沒事。但我還是想到了。

為了對答案，我轉身背對N艦隊，看向後方的海面。在那裡……果然沒錯！夏洛克！剛才看起來像是故障朝後方偏開的那枚戰斧巡弋飛彈正朝著我們的方向飛來。它經由宛如垂直寫了一個Q字的軌跡，準備發動最差勁最惡劣的**第三波攻擊**。

那枚戰斧正在減速，現在速度每小時兩百公里，與我們的距離已經不到一公里。

雪花見到我大聲咂舌，於是跟著望向西方的天空。

「導……導引飛彈！看起來應該是瞄準這裡！伊．U究竟是敵人還是自己人！」

在雪花的警告下注意到戰斧的仙杜麗昂當場尖叫，用超能力開始為瀕死的蕾芬潔進行治療的金天也臉色發青。

「不，那不是要攻擊。」

我用力蹙眉，咬牙切齒地簡短這麼說道。

那才不是什麼攻擊手段。那是**運輸手段**。

一如剛才夏洛克對我們示意『上吧』的手勢，那是要把我和亞莉亞送往N艦隊的方法！

也就是說——夏洛克會親自攻擊諾亞，但納維加托利亞和諾契勒斯就交給我和亞莉亞負責擋住的意思。居然要我們一人襲擊一艘巨艦，根本是開玩笑吧？真的假的？他竟然叫我們光靠區區人類的身體——靠我和亞莉亞兩個身體，闖進那樣大規模的戰鬥之中嗎？

就在我感到畏縮不前的時候……彷彿將這場大規模的戰鬥用更大的勇氣覆蓋似地——

「金次，我們上！」

亞莉亞的聲音如此鞭策我。

啊啊，該死——對，每次都是這樣。

無論面對多麼恐怖、多麼不利的戰鬥，反擊的起點總是亞莉亞。總是在那嬌小的身體中具備的勇氣比誰都巨大的亞莉亞。然後……

（既然亞莉亞要上——）

渦輪發動機發出嘶吼、展開水平翼的戰斧飛彈逐漸逼近。

它來到三百公尺處時我看到了，在那前端下面垂著一條繩索隨風擺盪。那是什麼隨隨便便的登機裝置啦？夏洛克，我下次絕對要揍你。

（——我也就非上不可啦！）

我把仙杜麗昂的對講機塞進制服口袋，衝向戰斧飛彈、亞莉亞和我自己能夠排列成一直線的浮冰邊緣。

反正不管怎麼說，要是動作不快一點，俄國的警衛艇甚至搞不好連海軍都會跑來啦。雖然N或夏洛克應該事前就完成了妨礙雷達網的工作，但是擇捉島總不可能沒聽到納維加托利亞那個有如雷鳴的砲聲啊。

更何況，這是逮捕國際恐怖組織・N的頭目千載難逢的機會。要是我輕易放過，事後可能會被武偵廳大罵一頓的。身為一名武偵，我不上不行。

「雪花——金女跟蕾芬潔還有仙杜麗昂就交給妳了！」

我如此大叫，並等待著連能不能稱作是「登機」都不曉得的那個時機。逐漸逼近的戰斧飛彈已經減速到時速一百二十公里，高度也降到兩公尺。距離剩下一百公尺、五十公尺、二十公尺——

——唰唰唰唰——！繩索前端擦碰到浮冰邊緣。就在像是接力賽跑時為了準備接棒而轉身的亞莉亞被繩索超越的瞬間，她伴隨「啪！」一聲輕快的鞋聲，一副理所當然地跳起來抓住了繩索。緊接著我也用秋草加速，用同樣的動作抓到繩索。

撐過手臂彷彿要被扯斷似的衝擊後，我和亞莉亞已經來到閃耀的海面上。我本來以為前端忽然增加兩人份的重量會讓戰斧往下偏的，不過它靠著拉高機頭的動作保持住平衡。但即便如此，它的高度還是些微下降，讓我的腳都快要碰到海面了。貼著海面飛行的戰斧飛彈接著加速，推開的空氣使得海水呈現V字形被撥向左右兩側。

啪唰啪唰啪唰！我這時聽到什麼東西劃破空氣的聲響而抬起頭——嗚哦！雖然因此從斜下方看到了裙底風光，不過同時也見到了足以與之匹敵的厲害景象。亞莉亞用超能力展開她那對粉紅色的雙馬尾當成飛翼，並且讓左右馬尾製造浮力差異，在空中變換姿勢。

她就這樣抓著繩索翻轉呈現背面飛行狀態之後，又再翻轉到戰斧飛彈的上面。畢竟剛才戰斧飛來的時候我就看到，在它上面還很親切地加裝了握把啊。

抓住那對握把的亞莉亞擺出自由體操中所謂俄式挺身（Planche）的動作，形成如果把戰斧當成槍身，她就是照準鏡的位置。而在紅紫色的雙眼勇敢望著N艦隊的亞莉亞正下方，我則是動作普通而不起眼地沿著繩索往上爬，抓住位於左右機翼連結處附近的握把。然後擺出吊環體操中所謂水平十字支撐的動作，變得像是吊掛在魚雷轟炸機下面的魚雷。

接著戰斧飛彈又再度加速——但不會上下左右移動了。

這下要怎麼辦？由於前方有干擾箔或熱誘彈之類的玩意，又沒辦法依靠主動導向系統。

「要上升囉！」

隨著這樣的娃娃聲，我看到亞莉亞的粉紅色頭髮像是可變機翼般展開的景象，立刻解開了心中的疑問。也就是說，接下來要靠亞莉亞那對可動雙馬尾飛行翼進行操控的意思。

戰斧的速度即將抵達時速兩百公里。亞莉亞將雙馬尾形成襟翼一般，調整高度提升到五十公尺。我們接著就這樣穿入第一波攻擊的火箭彈群製造出來的黑雲與魚雷製造出來的白色水蒸氣之間的縫隙——

（……嗚……！）

上面是炙燒的熱誘彈、閃耀的干擾箔與火箭彈使用的硝基化合物及硝化纖維高速燃燒形成的雲，下面是魚雷的過氯酸銨爆炸形成的氣體與蒸發的海水混合的雲。就算是地獄的天空，想必也沒這麼誇張吧。

穿過那塊區域後，亞莉亞讓戰斧飛彈轉向左側。望著底下夏洛克製造出來的水霧與鑽石冰塵已經覆蓋到海面上五公尺的高度，戰斧飛彈進入準備空襲N艦隊的彈道了。

左側——看來亞莉亞打算先從諾契勒斯開始攻擊的樣子。雖然說，那應該單純因為她討厭尼莫就是了。

『——初次見面，「緋彈的亞莉亞」！「Enable（化不可能為可能的男人）」！』

這時，我爆發模式的耳朵聽到口袋裡的對講機忽然發出聲音。這個宛如一陣風掃過腦中與胸口的聲音——是莫里亞蒂教授。

大概聽見同樣通話的尼莫在諾契勒斯上露出困惑的表情，路西菲莉亞在納維加托利亞上露出目中無人的笑臉，各自看向我們。

莫里亞蒂則是在黃金色的諾亞上歡迎我們到來似地張開雙臂——

『那麼，我們開始來上課吧！』

講出這種跟夏洛克同樣稱號——『教授』似的臺詞。

「那還真是恐怖的一堂課啊。但現在有時間讓你上什麼課嗎？明明被夏洛克盯上了，你這傢伙還這麼悠哉。你不是一直不想見到他嗎？何不像以前一樣，快點逃走比較好吧？」

我嘗試狐假虎威，藉夏洛克之名嚇唬對方——結果莫里亞蒂笑了：

『哈哈哈。嗯，我很討厭他。所以我想看著你們的方向。反正只是區區偵探，就算我背對著他也不會輸的。』

總覺得他的講話方式跟夏洛克好像。莫里亞蒂跟夏洛克會這麼互相仇視，或許一方面也因為同類相斥吧。

「那好，就當作現在是上課時間，讓我搶走你教授的工作教你一件事。也許你在十九世紀的對手是偵探，但現在二十一世紀的對手——是武偵啊！」

我講得好像自己要攻擊莫里亞蒂，但這句話是唬人的。夏洛克剛才唯有對莫莉亞蒂乘坐的諾亞射出兩發魚雷，而且在只讓我們看見的狀況下朝諾亞的方向潛航。那代表夏洛克要對付諾亞上的莫里亞蒂，而亞莉亞要攻擊諾契勒斯上的尼莫，那麼根據消去法，我的目標就是納維加托利亞上的路西菲莉亞了。

而且在法律性上，我也有明確的理由必須強襲逮捕納維加托利亞上的路西菲莉亞・莫里亞蒂四世。因為那傢伙在日本領海上害我們收容保護的蕾芬潔受到重傷，是個現行犯。

路西菲莉亞，就算妳的髮色膚色很像金天，我也不會對妳手下留情。我絕對要給妳套上頸圈抓住妳，那樣一來肯定很適合妳那對像犛牛一樣的犄角。

正當我這麼想的時候——對講機發出我第一次聽到、應該就是那個路西菲莉亞的聲音：

『——將它打下來！全砲齊射！』

仔細一看，路西菲莉亞正把手伸向我們，對艦橋內部做出指示。不過那個命令內容實在很隨便，有種把事情全丟給部下處理的感覺。只是為了擊落一枚飛彈居然做出全砲齊射這種誇張的對應，可見她根本不懂戰艦的構造與運用方法。讓那樣的傢伙當艦長，乘員們肯定很吃不消吧。

然後我們也同樣很吃不消。從納維加托利亞艦上開始陸續射出對空砲火了。

噠噠噠噠噠噠噠噠噠！砰砰砰砰砰砰砰砰砰！

隨著陣陣刺耳的聲響，從三十釐米八連裝機槍、十二點七釐米四連裝機槍、十點二公分連裝高射砲到副砲的Mark II單裝速射砲——雖然位置上能夠瞄準我們的砲管有限，但幾十個槍口砲口還是一口氣展開彈幕。就連不是防空用的裝備也全都噴出砲火，簡直亂七八糟。

「……嗚——！」

現在N的上空呈現只要稍微飛錯方向就會當場沒命的死亡迷宮。

然而在這樣的狀況下，是亞莉亞的直覺贏了。有配備火器管制裝置的玩意還姑且不說，但說到底，巴勒姆號戰艦的武裝是二次大戰時期的東西，沒有像現代CIWS（方陣快砲）的速射性能。因此它們完全追不上平常就習慣在槍戰中閃避敵人子彈的亞莉亞所操控的戰斧飛彈。

其實仔細想想，戰爭時就連螺旋槳飛機都有辦法閃躲對空砲火攻擊戰艦了。也就是說對於熟練戰鬥的人來講，彈幕這種東西根本無效的意思。話雖如此，但亞莉亞居然沒有練習過就能當場直接辦到這種事情，可見她熟練戰鬥的程度有多恐怖了。

然而就在這時……

「What！——那、那樣做……有意義嗎！」

「……恐怕只是在忠實回應路西菲莉亞那道『全砲齊射』的命令吧……」

亞莉亞驚訝得瞪大眼睛，我則是忍不住嘆氣。因為竟然連主砲・Mark I連裝砲——的第一砲塔都轉向我們了。當中的左砲管從待機位置上揚到開砲位置。難不成它真的要開砲？不，再怎麼誇張也不至於到那種程度吧。

剛才迎擊魚雷的時候使用榴彈，雖然就結果來講是成功了，所以讓她個一百步還算有意義，但「戰艦主砲」這種怪物級大砲在常識上應該是用來對艦、對地攻擊才對。拿那種東西攻擊高速飛行的小型航空目標物，簡直就是拿保齡球砸蚊子的愚蠢行為。不可能擊中的。說到底，那應該連瞄準都——

轟隆隆隆隆隆隆隆隆隆隆隆隆隆隆隆隆————！！！

——居然真的開砲了！

我靠爆發模式的眼睛看到，納維加托利亞的主砲砲彈是Mark XVIIb。那是靠一百九十六公斤的火藥爆發力射出來的、八百七十九公斤重的穿甲彈。從笨重的巨砲射出來的大砲彈想當然根本沒有擊中我們，可是——

——啪————！砲彈明明是從相當遠的距離飛過我們旁邊，戰斧飛彈卻當場有如被巨大紙扇拍打似地往左下方彈開了。這是——以兩馬赫速度飛行的砲彈形成的衝擊波。原來如此，那樣的確就算沒擊中也能夠多多少少造成傷害。

姑且不論那是不是敵人真正的意圖，這下被擺了一道啦……不過真正擺了對方一道的是我們。亞莉亞故意承受那道衝擊波，讓戰斧飛彈有如瞬間移動般忽然轉移位置。朝我們看過去的左方——諾契勒斯的方向。高度也往下降到五公尺處，躲進夏洛克製造出來的海霧與鑽石冰塵中。

『為何打不中！擊發不夠！再撒更多砲彈！』

路西菲莉亞的聲音從對講機傳來後，第一砲塔的右砲管稍微瞄了一下又射出一發穿甲彈。可是這次連衝擊波都掃不到我們。剛才用榴彈擊沉魚雷的第二砲塔大概因為來不及完成裝彈，依然保持在待機位置。

不過機槍群倒是遵從路西菲莉亞的命令，發射得更加激烈。我們越接近，彈幕密度就越高。被戰斧飛彈的風壓颳起來的海霧與鑽石冰塵雖然多少可以掩護我們……但敵人的子彈還是變得越來越靠近我們了。

相對地，亞莉亞「沙沙！」地讓兩條馬尾變形成四條馬尾……

「金次！Counter fire（迎擊）！」

將其中兩條馬尾當成皮帶，把自己固定在戰斧飛彈上。然後用變得能夠自由活動的雙手拔出白銀與漆黑的Government，自己成為一座人肉雙連裝十一釐米機槍了。既然她把馬尾伸到下面連我的身體也一起固定住，就是要我也拔槍的意思是吧。

砰砰砰砰！磅磅磅磅！亞莉亞的Government朝空中撒出亞音速的．45ACP

彈，然後我的貝瑞塔將它們一一用彈子戲法修正軌道。兩人的子彈與納維加托利亞射出的機槍子彈——當中可能擊中戰斧飛彈或我們本身的子彈相撞，將它們偏開。

Government與貝瑞塔排出的大量彈殼化為一條金色的尾巴撒向戰斧飛彈後方。

好——我們總算接近N的艦隊了。

『速——速度全開！0—9—0！』

對講機傳來尼莫的聲音，命令諾契勒斯後退。看來她的海麻雀飛彈面對我們這一枚戰斧，剛開始被干擾箔與熱誘彈的雲妨礙，後來又被路西菲莉亞展開的彈幕妨礙，直到最後都沒能發射的樣子。

諾契勒斯發出宛如低沉海浪聲的發動機聲響，開始後退。然而水中排水量估計超過四萬噸的巨大黑色艦艇不可能那麼快就動得起來。

戰斧飛彈這時躲進諾契勒斯背後，讓納維加托利亞停下槍擊。雖然艦橋上的路西菲莉亞似乎很生氣，但納維加托利亞的乘組員總不可能對著同是自己人的諾契勒斯開槍，而且就算真的開槍也不可能貫穿諾契勒斯擊中我們。

『嗚……亞莉亞！』

最後能夠依靠的只有自己的力量——站在艦橋上的尼莫因此朝著戰斧飛彈擺出向前看齊的動作。是雷射的預備動作。就在她瞄準亞莉亞的眼睛綻放出強烈藍光的時候，啪啪啪——！亞莉亞擊出紅、藍、白色的三發煙霧彈，飛向諾契勒斯黑色艦橋的近距離上空，遮蔽尼莫的視線。亞莉亞這樣做，或許是用英國米字旗顏色的煙霧彈兼作宣戰的意思。雖然說，尼莫祖國的法國三色旗也是同樣顏色就是了啦。

亞莉亞大幅傾斜雙馬尾飛翼讓戰斧飛彈緊急右轉，進入彷彿要直接衝撞諾契勒斯右舷側面的彈道。接著又提高彈頭，進入最終彈道——也就是緊貼高度二十公尺的諾契勒斯艦橋上方通過之後，會削過三十公尺處的納維加托利亞艦橋指揮所後方的直線軌跡。

「我去逮捕尼莫！」

「妳可別忘記武偵法第九條喔？」

最後和我進行這樣一段還算頗一如往常的對話後——亞莉亞在此刻看起來像一座黑色山丘的諾契勒斯右舷上空，「啪！」一聲脫離戰斧飛彈。頭髮皮帶隨之解開，於是我抓住戰斧上的掛鉤垂掛在下面。

在持續上升的我下方，亞莉亞用馬尾翅膀緊急減速——但還是以相當快的速度飛向一片煙霧中的諾契勒斯艦橋。一秒鐘後，從對講機傳來尼莫『呀！』的叫聲以及亞莉亞大叫『看我把妳開洞！』的聲音。唉呀呀，真不曉得會發生什麼事呢。不過畢竟亞莉亞的強襲逮捕率如果去掉我不算，可是高達百分之百，尼莫這下應該完蛋了吧？

……夏洛克之所以對莫里亞蒂動手，想必是因為有贏的可能性。

……而莫里亞蒂之所以選擇迎擊，想必也是因為有不讓對方贏的可能性。

即使面對同樣具備條理預知能力的宿敵，依然認為自己能夠超越對方。這樣雙方的勝算究竟如何？

爆發模式的我很清楚，那答案決定於此刻在這片大海上湊齊的演員之中特定的兩名演員——能夠破壞條理預知的存在。『Enable（化不可能為可能的男人）』與『Disenable（化可能為不可能的女人）』。

也就是我和尼莫。

只要有我或尼莫在的地方，事物就會變得不按照命運發展。讓不應該發生的困難結果發生，讓應該遵循的道理變得不遵循。

就像現在，夏洛克發動了一對三的困難攻擊行動。而讓化不可能為可能的男人參與其中，就會發生使那樣的困難行動成功的荒誕現象。但是化可能為不可能的女人又具備阻止那樣荒誕現象成功的可能性。亞莉亞就是因為知道這點，所以選擇首先鎮壓尼莫——

然而，條理的發展是難以捉摸的。我和尼莫的存在究竟會對結果造成什麼樣的作用，不等事情結束……不，恐怕就算事情都結束也無從知道吧。

因此在這邊想東想西也沒有意義。反正我又不是像夏洛克或莫里亞蒂那樣的腦力勞動者。剛才我就已經深切體會過了，我能做的事情只有戰鬥啊。

「這片遠山櫻花，如果妳有辦法讓它散落——」

從飛行中的戰斧飛彈上跳下來的我，「啪！」一聲落在納維加托利亞艦橋左右兩側懸掛下來的信號旗繩索上的旗子中。大概是因為沒有什麼跟友艦進行暗號溝通的需要，左右兩側懸掛的旗子都跟桅杆上的軍旗一樣是『N』的徽章旗。也就是裝飾而已。

「──那妳就試看看吧！」

因慣性而被N旗包覆的我，身體往後一挺從旗子裡跳出來。

我接著為了爬到路西菲莉亞所在的艦橋上層，抓住信號旗繩索……之前，我發現繩索上塗滿保護油，看起來滑得要命。要是我沒抓好，就會一頭栽到下方二十公尺處的甲板了。才剛登場就摔死，可是會被對方講說『那傢伙來幹什麼的？』啊。

於是我趕緊拔出馬尼亞戈刀──「鏘！」一聲勾住把旗子固定在繩索上用的金屬環。但如果就這樣懸掛在半空中也只會成為敵人的標靶，因此我將雙手牢牢握住握把的短刀當成支點……「咻！鏘！」地只靠臂力垂直跳起，又勾住幾公尺上方的另一個金屬環。接著再度只靠臂力跳起，這次勾住垂掛繩索用的信號桅杆──也就是從艦橋上層往左右後方延伸、從上面看下來呈現V字形的踏腳處。

見到我單獨一個人闖入戰艦，就立刻上演像是TBS的體能節目《挑戰冠軍王》或《極限體能王》一樣的行為，艦橋內的乘組員們各個露出「？？？」的眼神。雖然好像也有人因為看到入侵者而大呼小叫，但艦橋的窗戶大概是為了潛水時能夠承受水壓而將玻璃改造得超厚，讓我根本聽不到聲音。

（話說回來，真是吃驚……）

裡頭的乘組員全都是女生啊。

而且有的長翅膀有的長角，有的耳朵像兔子或貓，尾巴也有各式各樣的形狀。由於體型不統一的緣故，軍服、軍帽有的人穿有的人沒穿，甚至有人像瓦爾基麗雅一樣是穿簡略式鎧甲——不過所有帽徽、衣服徽章或戴在中指上的指環徽章，都統一是三把鑰匙的『N』。

這就是N的大本營，當中的一部分是嗎？看來戰艦納維加托利亞同時也兼作將諾亞送來的列庫忒亞人安置的營地啊。

我站到有如平衡木一樣的信號桅杆上……把剛才那段亂來的攀爬行動中被敲出缺角的馬尼亞戈刀收起來。這把刀雖然是我長久以來愛用的名品，但這下已經沒辦法用在實戰上了。剛才我如果不是勾住金屬環而是把刀刺進旗子一邊撕一邊爬或許還不會把刀弄壞，但就算是敵人的東西，毀損旗子還是很沒道德的事情，所以我辦不到啊。

『不出所料。在這個時間點已經做出超越我預測條理之外的行動了。果然很有趣！』

對講機傳來站在諾亞上望著我的莫里亞蒂發出的聲音。雖然對我來說只是吃力辛苦而已，一點也不好玩。不過的確——就算是你，肯定也沒想到我會這樣登上納維加托利亞的展開吧。畢竟我自己本身就完全沒在思考下一步，只靠著反射動作做出行動的。要不是這樣，我實在跟不上亞莉亞的行動啊。

噠噠噠噠！轟……！納維加托利亞的機槍擊中無人的戰斧飛彈，使它爆炸的聲音從我背後的空中傳來。從背後的斜下方同時發出光芒，是黃金核潛諾亞反射爆炸烈焰的光。

面對以那道光為背景的我……喀……喀……

踏著堅硬的高跟鞋聲響，用宛如時裝模特兒般靠腰部走路的動作，搖曳著帶有優雅的縱向捲曲、黑中帶藍的一頭長髮——路西菲莉亞・莫里亞蒂四世，走出來了。擋在我腳下這根長度六公尺，有如一座橋連接到艦橋司令室的左信號桅杆另一端。

從下方颳起來的風使得另一側右信號桅杆的『N』旗激烈擺盪。以那面旗為背景，用驕傲的態度把戴有金戒指的手放在腰上，將穿著比基尼泳裝型黑衣服的雄偉雙峰挺起來的她——首先第一眼就能看出來，魔度並非一百，大約比九十少一點。這是我因為見過許多像她這樣半人半魔的女人所以隱約可以感受出來的數值，並沒有確切的證據……不過她恐怕是跟這邊世界的人類混了八分之一血緣的列庫忒亞人。

而她源自列庫忒亞血統的特徵，除了那對像犛牛的犄角之外——她從艦橋出來到信號桅杆上的時候，我有稍微看到像是山羊或鹿的短尾巴。由於除此以外沒有其他明顯的變異部分，要說她是在玩角色扮演的普通女性應該也沒人會懷疑吧。雖然可能會有人反駁說「根本一點都不普通，她可是個超級美女啊！」這種話就是了。

（列庫忒亞的女性實在是美女多得教人傷腦筋呢……）

讓我不禁如此無奈搖頭的是，路西菲莉亞那張看起來傲慢、高壓、強橫的臉上化有對她再適合不過的妝。這種事情若非本身是個美女根本就辦不到。熟練的化妝術不但讓她的美女度大幅提升，也不由分說地強調出她本身的人物形象。

這是頂級偶像明星或女演員常用來表現自我的一種絕技，只要做得好，除了能夠擄獲原本就喜歡自己這種類型的粉絲們的心，甚至可以靠美貌吸引到本來沒有那種興趣的人，讓人萌生新的嗜好，進而獲得數以萬計的粉絲。而路西菲莉亞的化妝術甚至精湛到其他人難以模仿的程度，散發出吸引眾人的領袖魅力，是化妝美女的頂級菁英。

不只化妝而已，那套像是黑色泳裝又莫名給人嗜虐印象的服裝同樣非常符合她的形象。雖然就常識來想，那套衣服穿起來應該會像個變態女性——但穿在她身上卻完全不會讓人覺得奇怪。甚至有種她穿那套衣服是理所當然的自然感覺。路西菲莉亞表現出的態度中也流露出將那樣的衣服視為正式服裝的存在特有的美學意識與習慣於那套服裝的感覺。以前我對瓦爾基麗雅和拉斯普丁納也有過同樣的感想，或許這是因為她們在列庫忒亞平時就這樣穿著吧。然後只被那套衣服勉強遮住重點部位、幾乎全部裸露出來的身材可說是完美無缺。

再加上她散發出來的氛圍——

路西菲莉亞同時具備自己抬頭挺胸活在世界上是理所當然似的凌人氣勢，絕不讓男人輕易接近自己的不可侵犯感，以及如拔出刀鞘的名刀般銳利的存在感。

——這是王者的風采。

若非打從出生以來就過著眾人認同她是優越存在的人生，肯定沒辦法達到這樣的境界。我想路西菲莉亞應該是列庫忒亞的王族或者類似王族的存在吧。

乘著冷風從她身上飄散過來的……是帶有異國風情、宛如成熟芒果般的誘惑香氣。給人的印象強烈而深刻。有些男性恐怕光是聞到這股氣味就會當場迷上她吧。

「——嗨，小羊兒。」

現在爆發模式的狀況良好到讓我都不自覺露出耍帥的微笑如此問好。畢竟剛剛在戰斧飛彈上用各種角度欣賞過亞莉亞，現在又對路西菲莉亞這樣的美女從頭到腳仔細觀察了一遍。

從剛才尼莫的通話以及指揮狀況可以確定，路西菲莉亞就是這艘戰艦的領隊。她居然不帶任何護衛就跑到乘艦來襲的敵人——也就是我面前的行為雖然勇氣可嘉，但就戰術上來講是大錯特錯。雖然說，我方的錯誤行動也不遑多讓，可謂彼此彼此就是了。

「……」

路西菲莉亞不發一語，用略帶藍色的眼睛看著我。

從艦橋方向可以感受到女性們驚慌失措的氣息，但完全沒有要開槍之類的感覺。畢竟我剛才面對戰艦的全力對空砲火都不當一回事了，所以她們或許認為對我開槍也沒有意義吧。

隆隆隆隆隆隆……這時傳來低沉的發動機聲響讓我稍微回頭一看，發現黃金核潛諾亞——與正在後退的諾契勒斯呈現點對稱軌跡往前進，同時開始潛航。

而在諾亞上的莫里亞蒂說了一句『嗯，路西菲莉亞，妳儘管戰鬥吧。』之後——

我可以感受到從納維加托利亞的艦橋中傳來的氣息，一口氣變成了為路西菲莉亞加油的感覺。每一扇耐壓窗都可以看到有女生們擠到玻璃邊望向我們，她們臉上原本的驚慌表情都消散了。沿著信號桅杆傳導而來的聲援中，如今充滿興奮的熱氣。

這是……莫里亞蒂的力量。光靠一句話就撫平了大家慌亂的心情，為群眾心中點燃熱火。簡直是有如基督或佛陀，或者像拿破崙或希特勒的傢伙。如果列庫忒亞是魔界，那傢伙搞不好是能夠成為魔王的存在呢。

不過那樣的魔王就交給夏洛克去對付，尼莫則是讓亞莉亞負責對應。至於我的工作——就是要逮捕眼前的路西菲莉亞。

半人半妖的女性們各個手中握著突擊步槍（FN SCAR）、衝鋒槍（英格拉姆M10）與榴彈發射器（中國湖），以艦橋的門為盾窺視著我——不過路西菲莉亞很帥氣地「唰！」一聲把手伸向後方，對她們表達「別過來」的意思。展開的手指上塗有深紅色的指甲油，而且戴著在N之中象徵絕對權力的金色戒指。

她接著搖曳一頭豔麗的秀髮重新看向我，並咧嘴將雙臂交抱在胸前。這動作使得她那對彷彿從內側透出光芒似的白皙雙峰在手臂上明顯被強調出來，對於有爆發性宿疾的我來說，真不曉得該說好還是不好呢。

「——竟敢闖到吾艦上，真是了不起的人類。」

是日文。講法有一點古老。大概是向從前往返兩個世界時與日本人有過接觸的列庫忒亞人學的吧。不透過對講機的直接聲音聽起來很符合她給人的印象，凜然而澄澈——每發一個音都蘊含美豔，同時又如管風琴般典雅。

我站在信號桅杆的前端，路西菲莉亞站在後端。雙方距離約六公尺，比手槍交戰的平均距離七公尺還要近。路西菲莉亞身上沒帶槍，我則是能夠對她開槍。換言之，我隨時想開戰都可以，但也不保證手槍對她有效——所以還是暫時先觀察狀況吧。

「根據報告，你非但殺了瓦爾基麗雅也殺了海卓拉，甚至連拉斯普丁納都被你討伐，堪稱是對吾等侵掠這個世界時可能形成阻礙的勇猛槍手。不過……呵呵！長相倒是挺俊的。」

「呃～……我並沒有殺掉她們喔，只是很溫柔地把她們逮捕起來而已。至於拉斯普丁納是被自己的龍給吃掉，所以我不曉得她後來怎樣就是了。要說勇猛，其實妳也一樣啊，路西菲莉亞。明明對我的戰績那麼清楚，卻沒有選擇逃跑。」

聽到我這麼說，路西菲莉亞「啊哈哈哈！」地仰天大笑起來。

「——從敵人面前逃跑嗎！那是路西菲莉亞不可為之事呀！」

禁止陣前逃亡，是嗎？跟新撰組或強襲科是一樣的價值觀呢。還有從她這個講法可以知道，「路西菲莉亞」似乎是個人名兼種族名的樣子。就跟「瓦爾基麗雅」是同樣的稱呼方式。

「你才應當知曉我的名號吧？路西菲莉亞，在你們的語言中稱為路西法，被形容為最高等的魔。而且實際上也確是如此。」

這麼說來，GⅢ好像有提過這個名字。說什麼路西法還是別西卜會攻過來什麼的。那該死的傢伙，沒事亂插什麼旗嘛。而且插了那種旗不要丟給我回收，你自己來回收行不行？話雖如此，但畢竟我對什麼惡魔的種類根本不熟，因此只能敷衍回應：

「哦哦，這樣啊。真厲害。」

然而即便只是表面上的稱讚，路西菲莉亞似乎還是感到很愉悅的樣子……

「更何況，你是男的。我不可能劣於男人這種原始動物。你也同樣不會認為自己會劣於貓狗吧？你聽好——」

她說著，把伸直的手掌像兔耳朵一樣放到犄角後面……

「只要你即刻投降，舔我的鞋子，我就不殺你。只要把你交給恨你之人——像瓦爾基麗雅或阿斯庫勒庇歐斯的姊妹們，想必會是很好的賞賜品。」

她對我勸降了呢。而且不愧是惡魔，還提出了舔鞋子什麼的扭曲條件。

「那不就是我雖然現在不會被殺死，到時候也會被那些女孩子們大卸八塊的意思嗎？我拒絕。反倒是妳都沒想過自己可能會死的風險嗎？雖然我是抱著不殺的打算戰鬥，但凡事都可能有出錯的時候。」

不論是誰，命都只有一條。對於路西菲莉亞來說也是，自己的性命應該比任何東西都重要吧。所以我針對這點試著嚇唬她，但是……

「路西菲莉亞不畏死。」

她居然對我嗤之以鼻。她的認知和感覺跟我們差太多，根本無從交涉。這就是列庫忒亞人啊。

「那麼——就讓我好好享受吧。畢竟那位大人也說了，我可以儘管戰鬥。」

「居然用『那位大人』稱呼莫里亞蒂，也太見外了吧？妳不是他的四世嗎？」

「似乎是那樣。我不清楚，也沒必要知道。」

「……你們明明是家族。難道妳不懂什麼叫家族愛？」

「路西菲莉亞不需要家族。無論任何形式，愛都無益。假若所愛之人被挾為人質，不就會變弱？我不會與世上任何人締結羈絆。孤高才是最強。」

簡直像古代的斯巴達人啊。因為不想變弱，所以不需要愛什麼的。

像瓦爾基麗雅和阿斯庫勒庇歐斯的個性也都很好戰，要是讓這些戰鬥民族侵略到這個世界來，時代可不只會倒退到中世紀，甚至會退回古典時代啦。

「據聞，你似乎完全不會使用魔的樣子……講『魔法』你比較懂吧？」

「是啊。雖然我不曉得怎麼區分啦，不過像魔術或超能力之類的我都不會用。」

「那麼我也不用。徒手解決你。」

……？她怎麼講起了莫名其妙的話？我看她身上沒帶槍也沒佩劍，所以想說她應該是以魔術為主力的，結果現在居然說不用魔術。

雖然這對於在蕾芬潔戰中留下的傷害根本完全沒有恢復的我來說是好事一件啦，不過……

要是路西菲莉亞在以不使用超自然力量為前提的戰鬥途中忽然使用魔術，我也會很傷腦筋。畢竟敵人自稱惡魔，講說不會使用搞不好也只是欺敵手段。既然有使用的可能性，不如讓對方從一開始就秀出自己會使用什麼法術，我還比較好對付。

「……不，妳想用什麼招式都自由發揮沒關係。」

「不行。那樣我贏了也是理所當然。換成你的立場，便有如用槍殺死手無寸鐵之敵──那等卑劣的勝利，有損我的自尊。敵我有差的勝利不算勝利，顛覆差距的勝利才是光榮之舉。因此你就用你拿手的槍械無妨。我對我的角發誓，絕對只用這身體戰鬥！」

路西菲莉亞雙手扠腰，用力挺起雄偉的雙峰……在這方面也是文化差異啊。居然有這樣的自我規矩，在實戰中故意對敵人讓步。我第一次遇到這樣的對手，一時之間不曉得該怎麼對應才好了。

看到我這樣困惑的表情，路西菲莉亞似乎以為我在懷疑她的徒手戰鬥能力，結果把原本就高挺的鼻子又挺得更高。

「毋須擔心。路西菲莉亞乃完美無缺，不論在怎麼樣的條件下戰鬥都是最出色的種族。在魔之中亦有封魔之魔。既然如此，便只能靠槍劍或手腳戰鬥了不是？於魔於武皆為全能，才叫路西菲莉亞。」

假如將她所有發言都當真，對於路西菲莉亞來說，勝負之中最重要的是自己能不能『接受』。她不認同對於勝利有質疑餘地的獲勝方式。

那也就是說，如果我用槍……就算我贏了，她也可能不認輸。

既然我基於法律規定不能殺死對手，就有讓對手認輸的必要，否則對方不會乖乖被我逮捕。要如何壓制戰艦納維加托利亞的方法暫時先擺到一邊，想要達到那個目的的先決條件，肯定必須把艦長路西菲莉亞抓起來吧。既然這樣──

「那我也徒手跟妳戰鬥。反正這片海域這麼冷，我剛好想動動身子。不過我還是會用這玩意。剛才妳把我形容是狗，而畢竟武偵也確實是司法的看門狗之中最底層的狗兒啊。」

我說著，亮出我原本為了逮捕蕾芬潔姑且帶在身上的超能力者用手銬。結果……

「那鐵環可不是什麼武器！那樣一來你我不就是對等了！莫非你沒聽懂我剛才的話！居然要跟男人這種劣等生物用對等的條件戰鬥，高貴的路西菲莉亞可辦不到那種事！」

路西菲莉亞大發雷霆地把雙拳用力往下伸直，踮起腳尖。

真是麻煩的傢伙……

「啊啊，男人果然是愚蠢的生物。既然如此……嗚～我不出這艘艦上就解決你。至於你要暫且離開這艘艦重振氣勢或者乾脆直接逃跑都是你的自由。」

對方大概也開始嫌麻煩了，到最後讓步的方式變得相當隨便。不過——既然這樣，我只要同樣不離開這艘艦打敗路西菲莉亞，就能算我完全勝利了吧。

「遠山金次，你要現在馬上**有男子氣概**地逃走也行喔。畢竟我即便不用上魔，至今也未曾落敗過呀。呵呵呵！」

路西菲莉亞笑了一下後……「啪！啪！」地踏著腳步並且像振翅般擺動雙臂——接著「唰……！」地擺出架勢。

（……？）

那個看起來莫名像中國功夫的動作……總覺得好像更類似什麼我熟悉的東西。這是——

（——印象中，好像叫『大斗』……）

我腦中回想起遠山家祕傳的招式動作。

那是一種透過「最初的攻擊・連結用的攻擊・下一個攻擊」的感覺，用攻擊連結攻擊，能夠連續施展招式的猛攻之型。當然細節部分不太一樣，但是像下盤深蹲、單腳伸向後方、如螃蟹般展開手臂、如虎爪般彎曲手指等等，有很多地方相當酷似。

我雖然在技術上沒有學過那招，不過在知識方面大哥有教過我。因為依循以血浴血的遠山家規定，萬一大哥誤入歧途時，我必須打倒大哥。

而我也有學得最有辦法應付那招的招式……就是這個。

我蹲低下盤配合大斗的打擊高度，用分為上下的雙臂在身體前方描繪縱向的螺旋。下方的右手併攏五指成尾，上方的左手只有拇指張開成口。

「——『立甲』——」

我試著把自己的架勢名稱講出口，但路西菲莉亞的表情並沒有變化。看來並不是遠山家的招式外流，只是她擺出的架勢偶然跟大斗很相似而已。

立甲是一種「防禦・攻擊・防禦」的架勢。雖然在專注防禦的時候會受到一點傷害，但是能在大斗的連擊之中威力較弱的連結攻擊部分強力反擊，以期就整體來說我方獲勝為目的。

這些動作架勢在遠山家是相當高度的機密，甚至連架勢名稱都是隱名。真正的名稱是『虎』與『龍』。『大斗』取自虎的別稱『於菟』，『立甲』則是把漢字的『竜』上下拆開。遠山家的老祖先大概腦袋也不太好，所以取的隱名其實感覺很容易被猜到就是了。

在納維加托利亞的信號桅杆上，龍虎對峙——

——以隨風擺盪的頭髮造成的質量移動為起點，路西菲莉亞展開行動。首先原地轉圈，順勢讓手腳像巨大手裡劍一樣旋轉，不靠助跑就使出側翻，一口氣縮短雙方之間六公尺的距離——好快——！

——砰砰砰！她以撐在信號桅杆上的一隻手為支點，兩腳輪流往下踹，加上手刀一揮。攻擊組合果然跟大斗很類似。多虧有這樣的預測才讓我擋下了攻擊，要不然那速度根本快得難以對應。甚至連我施展立甲都不是用本來的防禦．攻擊．防禦，而是安全起見使用了防禦．防禦．防禦的組合。

緊接著是平拳兩發＋跳膝擊的三連擊襲來，然後又是雙腳＋單臂的三連擊。光是被擊中一發都可能讓手腳或腦袋被打飛的重擊，以3的倍數為一套毫不間斷地接連來襲。我則是努力集中爆發模式的注意力，持續把對手的攻擊架開。不後退，也不能後退。因為我在高度三十公尺的信號桅杆上幾乎站在最末端，沒有退路啊。

路西菲莉亞的攻擊模式就跟大斗一樣，都是徹頭徹尾地大幅擺動手腳的方式。有如體操運動般美麗，如芭蕾舞蹈般華美——大概是重視名譽的路西菲莉亞在戰鬥的時候也不忘要「秀」一給艦上的部下們看吧。

砰砰砰！砰砰砰！砰砰砰！攻擊．攻擊．攻擊的組合不斷延續。大斗除了攻擊之外什麼都不會做，連呼吸都是二十七發攻擊後才能呼吸一次。我本來想說如果路西菲莉亞也一樣，那麼在第二十七發攻擊之後應該會有機可乘，然而她的攻擊節奏卻始終不變。有如在不呼吸的狀態下持續舞動的舞者般，接連施展華麗的三連擊。轉眼間已經到了第六十六發攻擊——

——咻！

由於不管怎麼打、怎麼打都被我硬撐下來架開攻擊的關係，路西菲莉亞停止了三連擊。

取而代之的是有如長槍般的右貫手，帶著有點不耐煩的感覺朝我刺來。目標是我的正中線，胸口與腹部之間——劍突處的微下方。通常用貫手刺擊劍突的目的是給予對手劇痛，但她這一刺是真的一如字面上的意思打算用手貫穿我的身體。而且近距離一看我才發現，她那又紅又亮的銳利指甲上塗的根本不是什麼指甲油，是紅寶石的粉末。

面對那莫氏硬度九的指甲——我不得已只好往下避難——跳下信號桅杆，靠單手垂掛在鋼筋下方躲開攻擊。路西菲莉亞接著「喀！」一聲踏響高跟鞋跳起來，翻轉身體讓正面朝下後，用左貫手「唰！」地攻擊我抓住鋼筋的手。我用類似吊單槓移動的動作躲開了攻擊，結果信號桅杆的一部分「鏘！」一聲有如乳酪般當場被削掉一塊。雖然我以前有看過蘭豹和亞莉亞用拳頭削掉水泥牆而當場傻眼的經驗，但換作是鋼筋還真讓人差點暈過去呢。被那刺到可是會當場沒命的。

「──嗯！」

路西菲莉亞接著把有如I字平衡動作般高舉起來的單腳──「咻！」地伴隨劃破空氣的聲音往下踹。於是我再度用手朝艦橋方向水平跳躍，躲開攻擊。而我的手剛才抓住的信號桅杆鋼筋又當場被削掉了一塊。看來她穿的高跟鞋，同樣在鞋跟的部分包覆有黑色的寶石。

「剛才妳說要徒手跟我戰鬥，但妳指甲上塗的東西還有那雙鞋子難道不算武器嗎？雖然說我衣服底下其實有穿護具，所以也沒資格講妳就是了啦……」

「什麼？這身華美的裝扮，是路西菲莉亞的一部分呀！」

咻啪！咻啪！路西菲莉亞就像用腳玩打地鼠遊戲一樣──朝著我吊掛在鋼筋上的手接連使出憤怒腳踹。而且她每踹一腳，信號桅杆就會被削掉一塊。總覺得我只要巧妙誘導位置，搞不好就能讓她把踏腳處都折斷，當場摔下去了。雖然說那樣做可能讓她摔死，而且就算沒死也可能跟我賴說『摔下去不算輸』什麼的，所以還是放棄這個點子吧。我必須贏得更清楚明白才行。

「嘿、咻──」

靠吊單槓的動作爬上信號桅杆的我……

「不要到處胡躲亂跑！你是蟲子嗎！」

從貓狗被降級成蟲子，繼續閃躲路西菲莉亞從上下左右一下踹落、一下橫掃、一下又往上踢的高跟鞋。雖然跟剛才相比顯得比較單調，不過她把攻擊招式集中到腳技上了。

路西菲莉亞揮甩著長髮與雙腳，描繪出大弧度軌跡的腳技——既華麗又多彩。精練的踢踹技術美麗到就跟她那身有如泳裝的打扮一樣讓人不禁看得入迷。看來她很擅於腳技，打算靠踢踹解決我的樣子。但就在我如此把視線集中到她下半身那對美白雙腿的時候——

「——嘰嘰！」

發出像羚羊般尖銳叫聲的路西菲莉亞忽然把上半身的頭部朝我伸來。是利用長了一對銳利犄角的頭施展出的必殺頭槌攻擊。目標是我的雙眼。然而跟有角人種的戰鬥，我以前就跟閻經驗過了。於是我用類似花式溜冰中後仰滑行的動作將上半身大幅往後仰倒，躲開朝我頭槌飛來的路西菲莉亞。

路西菲莉亞那身美豔的身體就這麼彷彿把我重疊在下面似地，在半空中與我呈現平行狀態——現在她由於在空中沒有支點，無法施展打擊，可說是大好機會。我就用捨身技的巴投招式——但因為可以抓的衣服布料太少，就用雙手抓住她的犄角，用腳把她摔出去吧。而且要同時加上櫻花的力道，讓她飛越艦橋中的那些部下們，飛越甲板，落到納維加托利亞和諾契勒斯之間的大海中——！

就這樣，我從宛如仰式游泳的姿勢往上伸出的雙手以及右腳——竟然「嘶——」地穿透了路西菲莉亞的身體。簡直有如把手伸進立體投射影像一樣，完全沒有手感。

（……？）

最後我變得單純只是後空翻一圈，站到信號桅杆的中央附近。

由於我在空翻途中看到而趕緊回頭確認，發現路西菲莉亞直挺挺地站在那裡對我回眸露出賊笑，然後在她後面又有另一個路西菲莉亞挺著胸膛咧嘴奸笑。

——路西菲莉亞變成兩個人了。不過前面比較靠近我的路西菲莉亞絲毫不動，而且沒有氣味也沒有影子。可見後面的路西菲莉亞才是本尊，而前面這個是——

（……殘、像……！）

說笑的吧？假如這真的就像她剛才宣告的不是靠魔法辦到，那難道是類似影分身之術的玩意嗎？剛才我看到的景象跟風魔那種欺敵招式完全不同，是貨真價實的殘像技。我沒想到殘像居然可以看得這麼清楚，連爆發模式的視覺都被瞞過了。

「哦？你打算用這種鐵圈子——像牽動物般扣住我是嗎？簡直傲慢至極。好，等一下我就把這玩意扣在你身上。」

路西菲莉亞帶著一臉賊笑，觀察她似乎剛才從我身上扒走的手銬……接著張大嘴巴將手銬塞進口中，「咕嚕」一聲吞了下去。我不曉得她是不是有像霸美的鬼袋一樣用來收納東西的內臟啦，不過那動作確實很有惡魔的感覺。

然而比起那樣的景象，比起殘像招式，更加讓我難以理解的是……

在剛才的動作中，路西菲莉亞竟然沒有對我做出攻擊。

試圖抓住殘像結果只是單純後空翻一圈的我——呈現毫無防備的狀態。至少有整整一秒鐘的時間，我追丟了路西菲莉亞的身影，而且還背對著她。如果她那時候對我背部使出貫手，現在我身上應該已經被開出一個直徑和她手臂一樣的洞了。

但路西菲莉亞卻沒有那麼做。

（難道她在測試殘像技對我有沒有效果嗎……？）

假若如此，這下就讓她發現那招對我有效了。畢竟我臉上徹底露出了驚訝的表情。

前方路西菲莉亞的殘像雖然消失，不過……

「來來來！你可別再躲啦！」

她等我把身子轉回去後，從艦橋方向朝我撲來——的同時，有另一個她留在艦橋那一側。又是殘像。雖然我能夠看得出來哪一邊才是殘像，但依然需要一剎那的時間進行判斷。而在這場戰鬥中，那樣短短一瞬間都可能成為致命的破綻。

留在艦橋那一側的路西菲莉亞殘像變淡。朝我衝來的路西菲莉亞「唰！」地高舉鞋跟往下踹落。那個路西菲莉亞在我眼前忽然停止，是第二個殘像。在我頭頂上還有另一個她高高跳起，那才是本尊。於是我朝上面伸出手臂對應——錯了，那是第三個殘像——！

——啪——！

不知為何第二個殘像的鞋跟又朝我落下，於是我用為了對付第三個殘像而高舉的雙臂驚險擋住她的腳。我光是調整位置不要讓交叉的手臂碰到如刀刃般銳利的鞋跟，而是擋住路西菲莉亞的腳踝部分就很吃力了。衝擊力道斜向傳播到我的腳下，結果

「啪嘰！！！」一聲……

「——！——」

剛才被路西菲莉亞踩踏得到處破洞的信號桅杆鋼筋、裂開了——！

「終究只是個男人呀！啊哈哈哈哈！」

路西菲莉亞的嗤笑聲往斜上方越離越遠。是我自己往斜下方掉落了。之所以有橫向位移，是剛才那一踹造成的衝擊力道。照這樣下去，我會摔落在第二砲塔上。

左信號桅杆由於本身的重量「啪嘰啪嘰！」地凹折下垂，最終斷開。彷彿變成了往下投擲的投石機，將巨大的鋼筋斷片擲向斜下方。方向就朝著我。真是不幸啊。

（……？納維加托利亞怎麼……）

我剛才專心戰鬥時都沒有注意到，不過現在一邊掉落一邊看向整艘艦才發現——戰艦納維加托利亞的吃水深度變得很深，讓海水都流到甲板上來了。那景象看起來有如船在沉沒，但並非如此。是具備潛艇能力的這艘戰艦開始潛航了。甲板轉眼間就推開夏洛克製造的海霧與鑽石冰塵沉入水中，現在只剩第一、第二砲塔、艦橋、對空砲座等等艦上構造物突出海面。然而沉降動作似乎到此暫停，主砲、副砲的砲口也沒發出防水閘門關閉的聲響。

我因此搞懂了，這是——路西菲莉亞的夥伴們，也就是納維加托利亞的乘組員們進行的操作。大概是為了防止我下去空間較寬敞的甲板，然後與隨後追來的路西菲莉亞拉開距離並使用手槍吧。換言之，她們的目的應該是想讓我們兩人留在腳踏空間狹小的地方，持續近距離格鬥。明明我剛才說過自己也會徒手戰鬥的說，真是不被信任呢。

路西菲莉亞似乎想追擊往下掉落的我，在只剩一半的信號桅杆邊緣蹲下身子——朝前方的虛空倒下……在全身往下傾斜到適切角度的瞬間「啪！」一聲往鋼筋一蹬，用難以置信的速度往下跳落。

就在化為人肉飛彈的路西菲莉亞飛得越來越近的同時——

「……——廊迴降！——廊迴跳！」

我則是在空中改變姿勢增加空氣阻力減速後，在朝我飛來的信號桅杆殘骸上一踹，緩和自己的掉落角度——同時也將掉落位置從主砲砲塔朝雙連裝的巨大砲管進行修正。接著往右砲管一踢，再往左砲管一蹬，朝路西菲莉亞的方向全身跳起。

任由一頭長髮隨風擺盪，伸出手刀的路西菲莉亞——在空中調整姿勢，朝我的方向掉落下來。看來她希望雙方直接相撞，而不是擦身而過的樣子。

她那伸直手指，化為紅寶石長槍的右手向我刺來。就在雙方相撞的瞬間，我用剪刀動作的左手夾住她白皙的右手腕。也就是雙指空手奪白刃。同時，我使出右拳櫻花，但我的右手腕卻被路西菲莉亞的左手指夾住了。真教人驚訝，居然也是雙指空手奪白刃。雖然說她是用中指跟無名指夾住，所以形狀跟我稍有不同就是了。

我們在第二砲塔上方三公尺左右的地方相撞，上升與下降，前後左右的向量都互相抵消……於是化為自由落體的形式掉落到面積約如一間大房間的鋼鐵砲塔上著地。

右手與左手、左手與右手依然互相夾著對方。

這可謂千日手，是雙方勢均力敵的象徵性姿勢。

雖然過程中發生很多事，但我隱約有預料到最後會變成這樣啊，路西菲莉亞。

畢竟就算嚴格來講有點不一樣——但路西菲莉亞的招式跟遠山家的招式，以及我用遠山家招式當基礎變化出來的招式都很相似。命中註定人生要在各種極限戰鬥中累積經驗的一族如果把招式傳承好幾代……到最後就會變成她那樣，變成我這樣。

如此一想，我不禁對於大概跟我生在類似的環境，過著類似人生的妳感到有點同情起來了呢。另外，妳會覺得自己在格鬥戰中比任何人都強也是無可厚非的吧。

我和路西菲莉亞腳下的第二砲塔現在正朝著正面位置轉向。或許因為吃水深度加深，甲板沉到水面下的緣故，必須想辦法保持艦身的左右平衡。

從艦橋內或者從諾契勒斯跟諾亞的方向看過來，我和路西菲莉亞或許感覺就像站在旋轉舞臺上的演員吧。雖然一邊是不起眼的男演員，一邊是美豔的女演員，樣貌上很不平衡就是了。

原本彼此朝著相反方向的第一砲塔與第二砲塔現在都轉向正面，最後隨著「隆隆隆……」的低沉聲響停止旋轉。結果我站在砲管側，路西菲莉亞則站在背對艦橋的位置，構圖上有如攻擊者與守護者。也就是說這場短劇中，我是反派角色嗎？

「……為何不攻過來！」

路西菲莉亞這時氣得頭上都冒出蒸氣。嗯，看來她注意到了。一方面也因為爆發模式對於女性會很鬆的緣故，其實我——一直是在溫柔地**哄**她啊。

路西菲莉亞的徒手格鬥技術當然非常厲害，在我至今經驗過的對手之中也可以排進前五名。像殘像技我就是第一次見識，剛才的第二個殘像——那個攻擊我的『具有質量的殘像』之謎我也還沒搞懂。一擊必殺的打擊力道也總是讓我冷汗直流呢。

然而，我到現在依然一招都**沒有被擊中**。

雖然有從桅杆上被打下來，但並沒有對我造成傷害。因為我擋住了。

畢竟妳自尊心這麼高，我就別講出口吧。但是照這樣下去就算再打十個小時，妳肯定也傷不到我。就算再打十場，十場都會是我贏。

因為妳的格鬥戰有很強烈的壞習慣。如果在遠山家，那種壞習慣早在十歲以前就會被矯正了。

其中最糟糕的，就是妳死也不願意把背部……或者說把屁股朝向我。為什麼呢？從妳對那身打扮抱有自負的態度看起來，應該不是因為肌膚裸露讓妳感到丟臉之類的問題才對。但不管怎麼說，總之因為那種壞習慣使妳的攻擊範圍無論上下或左右都被局限於一百八十度。讓我幾乎完全不需要防備像是反手拳、後旋踢、轉體迴旋踢、投摔技等等招式。

另外，有一點我想確認清楚……

「妳也有一度沒攻過來啊。就是剛才我被妳的殘像騙到，結果背對妳的時候。」

「那、那是當然的！從背後攻敵，路西菲莉亞怎麼可能做那種事！」

「原來是類似武士道精神的東西嗎？不過我可能沒辦法配合妳到那種地步喔。畢竟攻擊後腦杓或背部是CQC的常識啊。」

「哼！這就是男人。也罷，野蠻的生物無法理解路西菲莉亞高貴的精神也是理所當然的。」

路西菲莉亞即使和我雙手相扣也依然稍微把脖子和上半身往後仰，勉強擺出鄙視我的角度。看來在她心中……女人是高等生物，而男人都是低等生物的樣子。

「那麼我可以攻擊妳的背面嗎？剛才是因為妳不做所以我也不做，但由於家庭教育跟學校教育的關係，我的身體就是會習慣攻擊對手的弱點啊……還是說，妳會覺得那樣的贏法是犯規，所以妳不認輸之類的？」

我面帶苦笑向路西菲莉亞確認這點後——

「這愚蠢的生物，說這什麼蠢話。路西菲莉亞怎麼可能讓敵人看到自己的背。要是把背部朝向敵人，不就代表自己畏敵嗎！」

呃，是那樣嗎？暫時假裝逃跑，把敵人引誘到對自己有利的地形。我覺得這種事情應該誰都會做吧……

「那只要讓我碰到妳的背部，就算妳輸可以嗎？」

「蠢貨。徒手交戰中所謂的輸，即是趴在地上。用你們的話來講，就是下跪磕頭。以路西菲莉亞的話來講，叫作『請砍我頭』的姿勢。只要擺出那種隨時都會被砍頭的姿勢，便是輸了。勝負之分，除此之外沒有其他標準。」

咦咦咦……？妳這不是增加比賽規則嗎……？還有，路西菲莉亞一族如果遇到銅板不小心掉進草叢的時候要怎麼辦啊？像我以前跟武藤在河岸邊打架途中，不小心把五百元銅板弄掉的時候，我還叫武藤暫停，然後在草叢中到處爬了三個小時喔？

不過話說回來，只要讓對方往前趴到地上就算贏——這樣的勝利條件也不是不能理解。畢竟如果是仰天倒下，逆轉局勢的手法還是很多。要對撲到自己身上來的對手拳毆腳踹都行，要施展三角絞或腕挫十字固也可以，甚至能夠直接咬對方。但如果換成趴倒的姿勢就基本上無法攻擊了。因此以人體構造上來講，變成那個姿勢就算輸的規則很合理。路西菲莉亞也只是追加了犄角跟短尾巴而已，其他部分的形狀都跟人類一樣嘛。

「只要讓妳趴到地上就算我贏是吧。雖然我沒有讓女性對自己下跪磕頭的興趣，不過我試試看。」

戰鬥前叫部下們『別過來』的動作也好，戰鬥中的武打動作也好，路西菲莉亞的舉止總是美麗又帥氣。她這是在耍帥。因為有艦橋中的部下們在看，因為在他人面前。她雖然自許是孤高的存在，然而同時也堅守著重視名譽，對於來自他人的評價重視到甚至過度的文化。

既然如此，我可以期待她乖乖遵守自己族人的文化所定出的規則。只要在部下們看得見的地方擺出了落敗的姿勢，她想必不會再多做掙扎抵抗吧。畢竟要是做出那樣不乾不脆的行為，可是會讓面子丟光的。

我本來還覺得她是個很麻煩的對手，但其實只要理解她的價值觀與規則——現在我反而開始覺得她是個很好應付的對手了。

「『我試試看』……？區區男人……膽敢說你辦得到那種事！」

路西菲莉亞原本上揚的眼梢頓時吊得更高，氣憤得全身顫抖起來……「啪！」一聲甩開左手。於是我也鬆開左手後，她便立刻朝我撲來。真的是個率直的女孩呢。

好啦，從剛才我就因為路西菲莉亞使出跟我很相似的招式而驚訝了好幾次——所以做為回敬，我也試試看路西菲莉亞的招式讓她吃驚一下吧。

（是這樣做嗎？）

就這樣，我有樣學樣……嘗試讓自己的殘像留在原地。啊，成功了。

——我之所以這麼簡單就能辦到，是因為路西菲莉亞一族跟遠山家的招式很像。或者應該說，其實遠山家也曾經有過所謂的殘像技。招式系列的名稱叫『景二技』，不過失傳了。由於那是防禦技，在我這一代應該是由我負責繼承，家裡也有解說的卷軸……但是那卷軸在約一百二十年前似乎被蟲蛀過的緣故，到處都是破洞。因此近幾代的遠山家成員全都連內容的一半也解讀不出來，呈現『我猜大概是這樣的招式，但搞不懂關鍵部分』的狀態，隨便繼承下來。然而現在多虧路西菲莉亞親身示範，讓我把失傳的部分補起來了。雖然讓殘像保有質量的『真景』還沒搞懂，但我至少理解了造出殘像的『景』。招式原理上其實很單純，就是讓動作有緩急。首先看著對手的眼球，測算對方眼睛的焦點距離，然後精準且**緩慢**地進入那個距離使自己的身影在對方視網膜上成像，緊接著**急速**地──以超過大腦視覺皮層時間解析度的速度離開那個距離就OK了。殘像的發生場所究竟是眼睛還是大腦的問題雖然在科學上尚未解開，但其實答案是雙方啊。

如此這般，我在路西菲莉亞氣憤地用角刺我殘像的同時，從容不迫地繞到她正後方。嗚哇，她那件比基尼的背部根本只有繩子，看起來幾乎跟裸體沒兩樣嘛。下面也是半露式設計，讓她圓潤的屁股下半部都露了出來。這人到底是要讓我的爆發血流增強到什麼地步啦？

言歸正傳，這下一反剛才的立場，換我獲得了整整一秒鐘的自由時間……不過要怎麼讓路西菲莉亞從這個背後毫無防備的狀態變成趴到地上的姿勢呢？我將體感時間切換到超級慢動作速度，稍微思考看看吧。

不論用推的、用打的或用踹的應該都能讓她當場倒下去，可是對女性做那種行為並不是好事。雖然有種我以前好像已經留下很多前科的感覺，但那些我現在都忘了。

那麼抓住她背後的什麼地方，將她懸吊起來後再輕輕放下去如何呢？這樣就算是對爆發模式的我來說，也還算勉強可以接受的行為。

然而這還是有個難題。由於路西菲莉亞身上幾乎就跟沒穿衣服一樣，所以沒地方可以給我抓。頭髮自然不用講了，而那套不知該說是泳裝還是內衣的衣服雖然有像繩子的部分，但就算對方是惡魔，我也不是會抓她那種地方的魔鬼。

即便如此，還是有解決的方法。她那件內褲的屁股上半部有個倒三角形的開口，然後從那開口露出一個像小鹿斑比的尾巴。那尾巴似乎在生氣的時候會翹起來，現在剛好呈現很方便抓的角度。我就抓她那裡吧。

於是我朝路西菲莉亞那短尾巴一抓……

「──嗶呀啊啊啊啊嗯！」

她忽然叫出了很誇張的聲音。聽起來有如小女孩般尖銳，卻又莫名妖豔……像是啼叫聲，又像是嬌喘聲。

見到那景象，從納維加托利亞的艦橋也傳來列庫忒亞的女生們「呀──！」的尖叫聲。聲音大得即使隔著超厚的防壓玻璃也可以聽得到。

……我該不會……又犯了什麼錯？

但是這動作已經不能取消。我之所以能搶到路西菲莉亞的背後，是因為她不曉得我可以製造殘像。而現在既然已經被她知道，接下來她就會用殘像對付我的殘像，然後我為了出其不意又得製造殘像，而她又用殘像對付……陷入無限循環，讓艦上到處都是我和路西菲莉亞。夏洛克雖然期待我發揮荒誕行動，但這樣未免也荒誕過頭，發揮過頭了。就算我是個再怎麼荒誕的存在也該有個限度。

因此我決定貫徹初衷，把路西菲莉亞的尾巴往上拉的同時往她的腳一掃，讓她身體懸空，接著用沒抓尾巴的手小心翼翼往她背部一推……讓她輕輕趴倒在第二砲塔中央。由於砲塔上有各種大大小小的金屬零件，所以我必須注意別讓她撞到那些東西。

──這樣一來，戰鬥就結束了。由我獲勝。

路西菲莉亞的敗因大概就在於她有尾巴吧？一如字面上的意思，有個把柄給我抓啊。

「……」

「……」

我站立低頭望著路西菲莉亞的背部，而全身趴在地上的路西菲莉亞則是……

「……」

「……嗚……」

……用趴倒在地的姿勢把眼眶泛淚的臉轉過來。而且臉超紅，全身還激烈發抖。

明明她剛才還那麼吵的，現在卻忽然安分下來……靜靜看著我。

「……啊……嗚……啊……」

只會讓嘴巴又開又閉，講不出話的路西菲莉亞……大概是不想讓我看到她哭泣的表情，又把頭低了下去。彷彿不想面對現實而退化成幼兒似地彎曲雙腳、縮起身體的模樣，真的就像下跪磕頭的姿勢。

——喀喀鏘——！喀喀鏘……！喀鏘喀鏘……喀喀喀鏘……

第二砲塔的砲管這時忽然發出聲響。前方的第一砲塔，位於艦體後半部的第三、第四砲塔以及側面的副砲也紛紛發出同樣的聲音。

這些像是門陸續關閉的聲音——是砲口防水閘門關閉的聲響。難道納維加托利亞準備要潛航了嗎？到底怎麼回事？明明艦長還在外面啊。

「遠山金次，你快……砍下我的頭。趁大家還看得見的時候，在眾人眼前。輸給男人這種下流的異種族，乃路西菲莉亞絕不可原諒之事。既然我現在犯了這錯，只能以死保衛路西菲莉亞的顏面。在船沉入水中之前，動手。」

繼續趴在地上，保持『請砍我頭』姿勢的路西菲莉亞……還真是急於了結性命啊。以前恩蒂米菈也是這樣。列庫忒亞的各位女士們，拜託妳們多珍惜自己的生命吧。

「快動手！大家都在看呀……！」

「那妳就快點站起來沒關係啦。然後命令這艘艦停止潛航，並且移動到公海去。」

沒有考慮到退出策略的我現在才想到這個方法並如此表示，可是……

「潛航不可停。快動手，為了我的名譽，快殺了我！路西菲莉亞不畏死亡。既然事已至此，我不在意一死！」

路西菲莉亞卻依然頑固堅持。

「我會在意啦！在法律上我不能那麼做啊。不，更重要的是——雖然這樣天真的想法正是讓妳瞧不起的原因……但男人不想對女人動手啊。」

我單腳跪下，把手輕輕放在路西菲莉亞肩上這麼說道後……

路西菲莉亞當場「嘩——！」地滿臉通紅看向我。露出咬牙切齒，由衷憤怒的表情。

接著，她忽然雙頰鼓脹。難道是像牛或鹿一樣在反芻什麼嗎——？

正當我如此疑惑的瞬間，從她口中吐出來的……是剛才從我身上扒走的手銬。

（——！）

路西菲莉亞絲毫不帶任何猶豫地——鏘！鏘！

居然把自己的手腕和她身邊的第二砲塔上金屬零件銬在一起了。用那個即便靠噴火槍也需要十五分鐘才有辦法切斷的對超能力者用手銬。

「……！」

——滋滋滋滋滋滋滋……沙沙沙沙沙……

戰艦納維加托利亞依然不停止潛航動作。明明從上面的艦橋應該也能看見現在路西菲莉亞做了什麼事情才對。可是沉潛速度反而感覺更快了。現在位於艦艄側的第一砲塔已經沉入海面底下。

「住手！別這樣——不要下沉啊！」

我趕緊抬頭仰望艦橋，發現窗內的那些女生——在哭。有的貼在玻璃上嚎啕哭泣，有的用雙手摀著臉，有的擺出祈禱手勢。

她們看起來並沒有在爭論『該下沉』或『該上浮』的樣子。這個潛航行動是艦上成員的全體意志。她們打算要殺了路西菲莉亞，認為這樣做才是**為了她好**。雖然大家都在哭，但甚至可以感受出有如為切腹的武士進行介錯的覺悟。

「……嗚……！」

化為一臺巨大升降機的納維加托利亞冷酷無情地直指海面下。然後——沉入海霧銀冰層的這座第二砲塔上也很快就像地板淹水一樣灌入冰塊與海水。

路西菲莉亞有如要把手銬遮住般用另一邊的手遮著手腕，平靜地閉著眼睛。可惡！妳那樣乾脆的精神是讓人佩服沒錯啦，但拜託妳也為我考慮一下行不行？

根據日本政府主張『我國沒有領土問題』的見解，這裡毋庸置疑是屬於日本領海。當然，也就是武偵法第九條所適用的海域。要是讓路西菲莉亞死了，我也會被判死刑啊。

在四面來襲的海水之牆包圍中，我趕緊快速深呼吸(hyperventilation)——並且為了避免被全長將近兩百公尺的這艘巨艦製造出的漩渦吞沒，伸手抓住連結路西菲莉亞與納維加托利亞的砲塔上金屬零件。

（……！）

沉入水中的同時——由於周圍發生強烈的水流，讓我變得難以動彈。靠我一個人根本沒辦法和排水量超過三萬噸的納維加托利亞比拚拔河，只有被它拖進海中的份……！

深度五公尺、十公尺，陽光被海水遮蔽，視野驟然變暗。二十公尺、三十公尺，海水的藍逐漸濃縮，轉為黑色。內臟被水壓擠得快要吐出來的感覺——不妙，路西菲莉亞昏過去了，癱軟無力的嘴巴吐出氣泡。深度四十公尺……五十公尺……該死！我也……六十公尺……七十公尺……即使反覆調整耳壓，頭痛與耳鳴還是停不下來。意識開始變得模糊了。九十公尺……

（……怎麼能……讓妳死啊……！）

深度——超過一百公尺。已經來到全世界的自由潛水員之中也僅有數人留下紀錄的大深度。但我絕不放手。我要是放手，路西菲莉亞就完蛋了。

呼吸中樞開始哀號，血中的二氧化碳濃度無止境地飆高。據說肺泡的二氧化碳分壓是60mmHg，氣中濃度七％就是人類的極限。我想現在肯定已經超過那個值了吧。我何時會突然昏厥也不奇怪。

（……手銬、在哪裡……！找到了，就是這個……動手，快動手。保持住意識……！）

漆黑的環境與模糊的意識，讓我變得什麼也看不見了。但我還是靠暗中摸索抓到了手銬——在渦流折騰中，我好不容易從口袋掏出手銬的鑰匙……糟糕！手指無法使力，讓鑰匙掉了。高水壓讓血液無法流入身體末端，使得我的手難以正常活動。這下也沒辦法用撞匙進行細微的作業。

（……把、把手銬的、鎖鍊……破壞、掉……！）

肺泡的氧氣分壓與血中的氧氣分壓之間變得沒有差距，讓氧氣不再溶入血液了。這下缺氧又再加上二氧化碳中毒。脈搏微弱——我的心律也、開始下降……！

（秋、秋水——！）

在記憶障礙中，連我都不清楚自己何時拔出來的馬尼亞戈刀敲打手銬的鍊子。秋水發揮得不完全，原本就破破爛爛的刀也斷了。即便如此，也並非完全沒有手感。結果如何——不、不行，還連在一起。鍊子沒有斷開。這條表面鍍銀的鍊子內部是高碳鋼材質。現在視野漆黑得讓我沒辦法確認究竟對它造成了多少程度的破壞，指尖也變得沒有感覺了。手臂，用手臂勾住，然後用力扯……！

「嗚……嗚喔喔喔喔喔！」

我顧不得空氣從嘴巴大量洩出，為了發揮咆哮效果而大叫起來。反正這些空氣留著也沒意義。哪管什麼水壓會傷到肺，快扯、快扯斷它……！

——喀鏘！就在來到推估海面下兩百五十公尺處——完全超過自由潛水世界紀錄的兩百一十四公尺深度時，鎖鍊斷開了。我趕緊抱起路西菲莉亞的身體，但我們即使已經和納維加托利亞分開卻依然繼續下沉。這是、自由落體——由於大深度的水壓導致人體失去浮力而發生的現象。

（……混帳……！）

我拚命擺動已經不動的雙腳，不顧一切地往上游。兩百三十、兩百二十公尺……可惡！由於路西菲莉亞這個重物，讓上升速度緩慢……但我絕不放手，是男人就不放開。加油，撐下去——！

兩百公尺、一百八十公尺、一百六十公尺，隨著身體上浮，我的肺跟著僅存的些許空氣一起逐漸膨脹。一百三十、一百公尺，很好，浮力也恢復了。正當我這麼想的時候——

（……！……）

我的意識、忽然變得不清。一反自己的意志，抱住路西菲莉亞的手臂變得無法使力。這是——因為肺撐大導致內部的氧氣密度下降，反倒使得肺泡氧氣與血中氧氣的分壓差變成零了。

原來我、早就已經、超過極限了……嗎……距離水面還有、六十公尺、三十、公尺，啊啊，明明，只剩一小段，可是那個一小段，卻遙不可及，混帳！我已經沒有脈搏，身體不動了，路西菲莉亞也，放開了。二、十、公尺……回、回……天……不、不動、連手指、也、不動、了……路西、菲莉亞……在、哪裡…………

……………………

…………

……

——嘩唰啊啊啊啊啊啊啊啊啊啊啊！

——好痛啊啊啊啊啊啊！而且好臭啊啊啊啊啊啊！

有如把腐敗的魚露灌進鼻子似的強烈惡臭，讓我人生第二度從溺死中復活了。這是什麼！我現在被一個「噗呼、噗呼」地吐著超臭氣息的黑色巨大嘴喙夾著頭部，呈現上吊狀態飛在空中。既然在空中就表示有空氣，所以可以呼吸了。可是、這、這超臭的……

啪唰！啪唰！拍打翅膀的聲音讓我透過嘴喙縫隙間看到還有另一隻……掛著癱軟的路西菲莉亞飛在天上的恐龍，這才總算理解狀況。

——是無齒翼龍。咬住我的是公龍，另一隻是母龍。也就是海戰剛開打時，夏洛克放出來飛到雲中的傢伙們。原來你們是為了預防這種狀況的救難隊啊。

看來無齒翼龍具有類似信天翁或海鷗一樣俯衝至海中捕食魚類的習性，所以夏洛克利用這點訓練出牠們的海難救援能力。多虧如此，讓我就算在水深十公尺處溺水也能夠從水中被撈起來了。雖然被救回一命還講這種話有點過分，但無齒翼龍的口臭真的魚腥味超重。由於在很早的階段就失去意識而似乎靠著潛水反射反應免於溺死的路西菲莉亞——身體忽然大力痙攣，把水吐了出來——而把她救起來的母龍是用嘴喙勾住手銬的部分飛行。我說公龍先生，可不可以拜託你也不要咬我的頭，改咬袖子或腰帶之類的地方啊？

（……總之，不管怎麼說……）

路西菲莉亞剛才提出的勝負條件是她自己不會離開艦上，但現在已經不只是離開艦上而已的程度了。即使沒有把頭砍下來，不過包含她下跪磕頭的事情在內，這下應該算我完全勝利了吧。雖然說最後沒能扣押納維加托利亞，所以勝負也變得比較沒意義就是了。

拍打翅膀滑翔的無齒翼龍緩緩接近我們一開始的那塊平坦浮冰。搬運路西菲莉亞的那隻母龍也是。仔細一看，亞莉亞同樣用手抓著小龍的雙腳，降落到雪花她們在上面等待的浮冰上。可是她身邊沒有帶著尼莫。

『不愧是遠山金次，居然有辦法擊倒路西菲莉亞，甚至還把她救出來——雖然我早就知道自己沒辦法預測你的行動，但沒想到會出乎預料到這種地步。你已經好幾次改寫了我腦中的劇本，實在是教人驚奇的存在。好啦，接下來……』

雜訊變得很嚴重的通話器傳來莫里亞蒂的聲音。

我改變姿勢用單手垂掛在翼龍的嘴喙下，環視變得安靜下來的周圍——發現那傢伙乘坐的諾亞相較於原本的座標大幅往西北方移動了。諾契勒斯則是往東南方移動。兩艘艦都只有把艦橋部分露出海面航行，距離拉開到四公里左右。海面上可以看到被兩艘艦推開的浮冰形成一個巨大的太極圖痕跡。是那兩艘艦剛才圍繞納維加托利亞周圍旋繞留下的航行軌跡。

在那宛如巨大麥田圈似的景象中，看不到伊．U的艦影。

然而莫里亞蒂並沒有在尋找伊．U的下落，依然望著國後島方向的海面。

於是我跟著用爆發模式的視力注視那個方向——

（……嗚……！）

在水平線附近可以看到俄羅斯邊防警衛處的巡邏艇，閃爍著光點，反覆對這裡發出詢問何人的摩斯訊號。雖然還沒有要出手的跡象，但要是讓那艘巡邏艇看到不妙的東西……搞不好很快就會派出邊防軍啊。

莫里亞蒂打從一開始就彷彿很在意時間似地注意著國後島的方向。原來那是因為他預知到俄國方面的行動，早就知道海戰的最後時限是什麼時候了。

雖然無論夏洛克或莫里亞蒂，靠他們乘坐的玩意就算真的跟俄國海軍打起來應該也沒問題，但如果還要同時對付自己的勁敵就很危險了。

翼龍把路西菲莉亞放下到我們原本那塊浮冰上。然而路西菲莉亞依然沒有意識，倒在地上動也不動。

「——亞莉亞，尼莫怎麼了！」

我一降落到浮冰上，就對早一步降落的亞莉亞如此詢問。

「不行。我沒能逮捕。」

——失敗、了嗎？

那個擁有連續九十九次強襲逮捕成功經歷的S級武偵亞莉亞，居然失敗了。

本來應該能夠辦到的事情……可能的事情被化為不可能了。這也許一方面是由於尼莫的力量，但我另外也能想到其他的敗因。

那就是我和亞莉亞分頭戰鬥了。

我和亞莉亞是一加一能夠成為二以上的搭檔。其實我們應該兩人一組聯手壓制諾契勒斯或納維加托利亞的。那樣一來或許也不需要讓路西菲莉亞遭受這種事情就能逮捕她了。我需要有亞莉亞，而亞莉亞也需要有我啊。

——不過要反省等事情結束後再反省吧。現在也沒時間詢問亞莉亞跟尼莫交手的詳細過程。莫里亞蒂雖然對我講話，但我也沒空回應他。既然已經被俄國發現，能夠戰鬥的時間就所剩不多了。而我們必須在那剩下不多的時間內抓住N的教授·莫里亞蒂——！

「亞莉亞，用雷射！射擊莫里亞蒂！剛才尼莫一度嘗試攻擊妳又取消雷射，因此應該已經沒有辦法靠相互瞄準進行妨礙了！」

現在路西菲莉亞落在我們手上。只要能夠讓莫里亞蒂受傷，伊．U肯定有辦法壓制諾亞。如此一來，N的領隊就會只剩下跟我有人脈的尼莫，狀況可以一口氣好轉。

很有默契地意會我這想法的亞莉亞早已盯向莫里亞蒂，右眼越來越紅，越來越紅——光度無止盡地提高。

靠緋彈之力發動的雷射攻擊，是不折不扣的必殺技。雖然亞莉亞由於是武偵，應該不會把莫里亞蒂殺掉，但對於曾經好幾度差點把夏洛克殺死的那傢伙，大概也不會手下留情吧。

莫里亞蒂並沒有看向我們，他始終觀望著巡邏艇的動向。

——好機會！攻擊吧，亞莉亞！

「……嗯！」

就在亞莉亞一吸氣的瞬間——啪——！

無聲無息地，白色的浮冰與黃金色的諾亞之間被緋紅色的光束連結起來……

（……嗚……！）

……不對，沒有連起來。

到途中還精準射向諾亞的雷射，居然在大約中間的位置彎向上面了。

光線居然會彎曲，就物理性質上是不可能發生的事情。然而那樣不可能的事情卻發生了。

緋紅色的雷射照射了大約一秒鐘。但就在照射前的一瞬間，有個東西忽然出現在雷射路徑的中間附近，在照射之後又忽然消失。那是個像半透明鏡片的玩意，傾斜設置在半空中。

那東西，我有印象。是以前在乃木坂，佩特拉把緋緋神亞莉亞的雷射偏開的一種叫重力透鏡的超能力招式。但那招即使對超能力者來說，應該也是很難施展的大招式才對。

也就是說，有辦法施展那招的人——不出我所料……

「……尼莫——！剛才明明逃掉了，不要這時候又跑出來呀！」

氣得讓雙馬尾都豎起來的亞莉亞怒吼的方向，可以看到尼莫站在遠方諾契勒斯的艦橋上——對著剛才出現重力透鏡的空中伸著雙手，喘得上氣不接下氣。只不過那喘氣與其說是因為施展了高出力的超能力，感覺比較像是因為剛才被亞莉亞襲擊的關係。畢竟她身上到處又是傷口又是瘀青，疲勞得搖搖晃晃，軍帽跟軍服也都變得破破爛爛的。

就在我們終於變得束手無策的同時——

諾亞與諾契勒斯的艦橋逐漸沉入布滿浮冰的海面。

『夏洛克，我睽違一百一十九年讓你這樣好好襲擊了一場。以前我透過尼莫他們在羅馬差點把你殺死的那件事，能不能算**扯平**啦？』

通話機傳出莫里亞蒂彷彿把剛才那場狙擊當作完全沒發生過似的冷靜聲音。

『教授，如果你願意被我殺掉，那就跟你算扯平吧。畢竟世界上有所謂「利息」這種東西。』

——夏洛克的聲音聽起來莫名不甘心的樣子。

『那樣叫作暴利啊。我和你果然就是怎麼也合不來。那麼，既然俄國的來賓已經上門，我也親眼見識過金次的能耐了。就讓我回去繼續寫作吧。夏洛克，算你撿回一命。』

『撿回一命的是你，莫里亞蒂教授。』

兩人對話結束後，通話機便不再發出任何聲音——

看起來很舒服地任由黑銀雙色的頭髮隨海風飄盪的莫里亞蒂教授……就在即將隨著諾亞一起消失到海面下的一瞬間，用他那深灰色的神祕眼睛朝我看了一下。

彷彿在道別，又像是在為我打氣似的，擺出簡短的敬禮動作。

緊接著，諾亞與諾契勒斯同時消失在海中……最後在我眼前只剩一片汪洋大海了。

2彈 第6695日的男女

我們乘坐的這塊浮冰原本是哈巴谷號的甲板，因此在角落部分有個通往下面的階梯洞口。於是我們將瀕死的蕾芬潔與意識不清的路西菲莉亞搬送到那裡，由仙杜麗昂和金天負責照料。亞莉亞駕駛奧爾庫斯潛艇將浮冰往北海道拖曳的期間，我和雪花也躲在那個地方。當然，這空間很寒冷，不過多虧雪花發動迷你緋掞束……也就是人體出火術的減弱版本，充當人肉暖爐，讓我們免於被凍死了。

由於從外觀上看起來只是一塊浮冰在漂流，所以我們一路都沒有被俄國或日本的監視系統抓到——雖然冰塊融化而稍微變小了一些，不過就在太陽下山的時候，我們總算從卡羯她們在待命的知床岬燈塔附近登陸了。一進入日本領海就透過奧爾庫斯潛艇上的通訊器聯絡的諸星汽車公司別働隊，也從中標津鎮開了兩輛野外露營車過來。

於是我們……分成了我、亞莉亞、金天與路西菲莉亞一車，雪花、蕾芬潔、仙杜麗昂、卡羯與伊碧麗塔一車，分別坐上了那兩臺尺寸有如觀光巴士的車輛。接著朝北海道九十三號公路沿著星星開始出來的海岸邊出發，可以看到遠方的水平線處出現像是漁火般的柱狀光線。那是大氣中的冰晶反射水平線另一頭的光線形成的光柱現象。

這兩輛車上都有醫療設備，而且分別有一名諸星雇用的護士共乘……而根據那護士的診斷，似乎多虧金天的努力，蕾芬潔保住了一命。

至於路西菲莉亞的症狀，護士卻表示她不清楚。我雖然向她抗議「什麼叫不清楚啦？」但她接著便回我一句「因為這不是人類」，讓我不得不接受了。

即便如此還是試著診斷的結果，發現路西菲莉亞的體溫保持在十五度上下，心搏與呼吸都是一分鐘一次。等等，那不是跟擬奇屍一樣嗎？或許她的種族是遇到高水壓的環境就會反射性進入那樣的假死狀態吧，還真的是跟遠山家之間有很多相似的招式呢？

反倒是我被護士診斷由於胡亂來的潛水行為導致橫膈膜與肺損傷造成血痰，加上胡亂來的急速上浮，造成來自肺泡的血漿化為黃色的鼻水流出鼻孔，必須住院治療。未免也太大驚小怪了吧。這種程度的傷害，在武偵高中可是每三個小時就會承受一次喔？

「既然連護理師都束手無策，就算把路西菲莉亞送進醫院大概也沒意義吧。要是她死了該怎麼辦……亞莉亞，可不可以當作是妳下手的啊？」

「為什麼是我啦？話說你嘴巴跟鼻子都髒得要命，而且看起來很恐怖呀。」

「反正妳只要叫律師在法庭上講一堆歪理，搞不好就能靠治外法權適用英國的武偵法了不是嗎？拜託，拜託啦，這是我一生的請求。」

嘴巴周圍都是血痰和血漿，搞得活像電影小丑的我因為害怕武偵法第九條而拚命拜託亞莉亞的時候——

「我想路西菲莉亞小姐應該會平安醒過來喔。」

用毛巾幫我擦嘴巴的金天明明不是醫生卻說出這樣的話。

「……為什麼妳會知道？」

金天和路西菲莉亞之間有幾項身體特徵上的共通點，所以會不會是有什麼能夠相通的東西？正當我如此疑惑蹙眉的時候……

「在類族魔術之中有一種叫作類族命運的東西。也就是在命運學上，一時性經歷過類似命運的存在，會有一段時間循著類似的命運元素發展——的法則。這是有點類似統計學的東西……路西菲莉亞小姐經歷過的『巨大存在的眼前』、『與敵人的墜落』、『水中』等等寓意，就跟我聽GⅢ描述過恩蒂米菈小姐以前遇到的事情很相似。而接續在這些命運之後的是『重生』——因此應該會跟恩蒂米菈小姐一樣活下來。」

什麼類族魔術，什麼命運元素，我根本有聽沒有懂……不過身為超能力者的金天判斷路西菲莉亞不會死，對我個人來講可說是一劑精神安定劑。然而假如根據她所謂的什麼命運學……

（意思是說路西菲莉亞今後也會跟我一起去當老師嗎？）

……怎麼想都不可能。雖然恩蒂米菈跟路西菲莉亞的確都跟我一起掉入水中，但那應該只是單純的偶然吧。

「那麼以她能得救為前提來討論——今後要怎麼處置路西菲莉亞？」

「嗯～那就先關在我房間吧。畢竟要是把這樣昏睡不醒的美女放在你房間，感覺你會對她做什麼怪事。」

「我才不會！」

「髒死了，你的黃鼻水又跑出來了啦。」

亞莉亞嘆著氣拿出手機──「Allô, Jeanne. C'est Aria.」地……打電話給貞德。貞德是個魔女，又有準護理師執照，因此在這次的事情上委託她協助確實應該很適任。話說，原來亞莉亞一對一向貞德拜託事情的時候是用法文交談的啊？雖然這種事情比地球空洞說還要教人難以相信，但亞莉亞其實是個真正的貴族，所以她或許是基於禮儀上這麼做的……可是這樣我就完全聽不懂她們的對話內容啦。接著，等亞莉亞講完電話後……

「畢竟路西菲莉亞在思考上是女尊男卑，因此交給勉強還算個女生的妳負責對應的確應該比較好。只不過這傢伙不是人類，妳可要小心喔？」

雖然期間短暫但好歹跟路西菲莉亞有過交流的我，如此提醒亞莉亞。

「什麼叫勉強還算女生啦！而且不管怎樣，她至少都比你像個人類啦。」

「才不，她怎麼可能比我像人類？妳看看這對角。」

「不要拿別人外觀上的特徵說三道四的。現在的時代已經不允許那樣的事情囉？」

「妳看妳看，這就是只會講別人都不管自己的亞莉亞小姐。妳還不是經常罵我陰沉臉。」

「你根本已經到只差一公厘就不再是人類地步了，所以沒關係啦，這個陰沉臉。不然你就稍微當個正常的人類，不要一下捶鬼的肚子一下用腳踹破冰山呀！」

「我可是自認活得很平凡！妳說我哪裡不正常了！」

「就像你把這種發言講得一點都不抱疑問的地方呀！」

亞莉亞用雙手對我的臉部使出鋼爪，我則是拉扯她的雙馬尾，讓車內上演起我們這對冤家搭檔的日常景象了。

沒錯。我和亞莉亞雖然一加一可以變成三變成四，但有時候也會變成零甚至負數。剛才我們沒有組隊戰鬥搞不好是正確的選擇呢。

蕾芬潔戰，路西菲莉亞戰，亞莉亞戰——雖然被虐待得最慘的是第三戰啦，不過總之連續三場戰鬥累積下來的傷害終於還是讓我也倒下了。話雖如此，但畢竟我可是以匹敵G-SHOCK手錶的耐打耐摔自豪，只要睡個覺醒來就會好了。於是我在露營車上寬敞的後座爆睡……等醒來後看看車窗外——咦？怎麼景象這麼熟悉？首都高的中央環狀線，出了王子出口的地方。這不是東京都內嗎？還可以看到高架鐵道上有京濱東北線的列車在跑呢。

但是為什麼天色看起來還是傍晚？啊！這難道……是我睡了將近二十四小時嗎？哎呀，畢竟昨天我累得要命，也是沒辦法的事吧。

把車內的活動餐桌拉出來，和金天享用著紅茶的亞莉亞這時……

「啊，你醒啦。真是的……金次，你不要講夢話叫我的名字呀。害我超丟臉的。」

對才剛醒來的我劈頭就是一句抱怨話。雖然我搞不懂她為什麼表情看起來好像在暗爽就是了。

「說、說夢話是無意識下的產物，我也沒辦法控制啊。等等！妳們這……！」

我看到桌上的東西，頓時瞪大眼睛。岩手山服務區的奶油夾心餅乾、那須高原服務區的三元豚熱狗、佐野服務區的鮮起司蛋糕……的、包裝袋！裡面都沒東西了。這些傢伙，竟然趁我在睡覺的時候——到處停服務區，吃遍了北國名產是吧？明明我超喜歡高速公路服務區地說。

「金次，你要回哪裡去？金天和雪花說她們要回巢鴨啦。」

「……我應該也是暫時先回巢鴨吧。畢竟現在我的私人物品都放在老家。」

我用小指沾起附著在包裝袋上的砂糖粉舔著，並觀察一下路西菲莉亞的狀況……她還沒清醒過來。保險起見，我也試著摸了一下據說人體死後會最先僵硬的下顎，還是軟的。明明她體溫跟氣溫幾乎差不多，但看來還活著的樣子。

就在這時——手機響了。是我的手機，而且是國際電話。國際冠碼為＋44（英國）。居然挑這時機，簡直就像在等我醒來一樣……不，對方肯定是推理出這個時間打來的。

於是我對亞莉亞使了個眼色後，一接起電話就立刻說道：

「——喂，拜託你給翼龍刷個牙行不行？」

『斯氏無齒翼龍是沒有牙齒的。像你也只是被嘴喙夾住，並沒有被牙齒咬到不是嗎？』

果然是夏洛克。他的聲音很冷靜，至少可以確定並非在戰鬥中。

我把通話切換為免持模式，讓身體湊過來的亞莉亞也可以聽到對話內容。

『母親的西、父親的格、女兒的森──我的翼龍們都回收了。我和伊・U的成員們也都很平安。沒事，我只是想說首先要讓亞莉亞也知道這點。』

結果他看穿我會讓亞莉亞一起聽電話，還這樣酸了我一句。

「雖然你說『**成員們**』讓我有點在意，但我不想要又被扯上關係，就不多問了。N的艦隊後來怎樣？」

『當我在伊・U提升自我能力的同時，教授則是在N提升了組織能力。一對三的局面下我沒辦法追得太深入。教授在北太平洋重整陣型，讓攻守立場交替了。不過還是蘇維埃製的伊・U腳程比較快。』

也就是說……夏洛克逃掉了是吧。雖然他自尊心作祟，講得有點拐彎抹角就是了。

連夏洛克都不得不逃跑的敵人……那就是莫里亞蒂。

「如果你知道就給我說明清楚，為何莫里亞蒂會想要引發什麼第三次接軌？尼莫是因為相信那樣可以創造出超能力者們不再受到歧視的世界所以提供協助，路西菲莉亞則是好像抱著要侵略這個世界的野望。但是關於帶頭掌旗的莫里亞蒂，我到現在還是看不出他的動機。那傢伙的目的到底是什麼？錢嗎？權力嗎？意識形態嗎？」

雖然我已經漸漸看出N的真面目，但是在這點上依然搞不清楚──於是如此詢問和教授敵對了一百年以上的夏洛克，結果……

『——教授是因為覺得有趣所以在做的。』

因、因為覺得有趣……？

『引發有如全知全能的上帝一樣「只有自己能夠掌握全貌」的混亂狀況——教授就是以此為樂，熱衷於這樣的事情。十九世紀他在倫敦引發各種難解事件，二十世紀初引發世界大戰，這些全都一樣。存在其中的只是教授個人的創作欲望與美感，不包含任何一絲道德觀。然後教授在這個二十一世紀也企圖製造混亂。而且這次把這邊的世界與那邊的世界，兩個世界都捲了進來。』

只有自己能夠掌握全貌的、混亂狀況……？我是不太懂啦，總之聽起來相當瘋狂。

而且很麻煩的是，那傢伙搞出來的事情隨著時代演進，規模越來越大。唯有這點非常清楚。

『教授從以前就把自己幹的事情稱作「Ｂｏｏｋ（書）」。所謂的書，只有撰寫的人可以掌握從頭到尾、一字一句的內容。但讀者直到翻開閱讀之前都無從得知。唯有開始閱讀之後，才會感受到「原來是這樣」的驚喜，時而歡笑，時而落淚。教授喜歡的就是想像或實際見到人們那樣的反應。給予讀者的感情波動越大、讀者的人數越多，教授就會越高興、越自豪，覺得「你們瞧，是不是發生了很厲害的事情啊？」這樣。換言之，他與其說是撰寫死板論文的「教授」，其實更接近於撰寫出奇小說的「作家」。』

……動機是、快感。老實講，那是最難應付的罪犯類型。從想要獲得刺激而在商店行竊的少女，乃至為了自身的快樂而成為殺人魔，「因為有趣所以犯行」的犯人是最難逮捕的對象。首先，這種類型的傢伙多半腦袋聰明，而且由於反覆同樣的犯罪行為，讓手法也越來越巧妙，到最後變得誰也沒辦法抓到。而莫里亞蒂可說是那種類型的終極型態。

然後所謂的快感犯罪並沒有像「靠偷來的錢遠離借錢之苦」或是「殺掉憎恨的對象獲得滿足」之類的終點。畢竟人對快感的欲求，是獲得滿足之後又會湧現更強烈的慾望。

『教授討厭像我這種試圖把「書」的後續內容挖出來曝光的偵探，而且對於有能力把寫進「書」中的文章進行改變的你或尼莫這樣的存在也會格外注意。他或許正在思考要不要把你們創造出來的劇情也寫入書中吧。只不過，我想他肯定不會把書本內容的大綱都全部改寫就是了。』

也就是說「誰敢劇透就殺掉誰」、「對於編輯提出的內文校正會進行篩選」的意思嗎？就連這些部分也很像個作家啊。

「想要寫書就給我寫在紙上，不要寫到世界上……我很想這麼抗議啦，但現在本人不在，我講了也沒意義。關於莫里亞蒂的事情這下我懂了。話說回來，那個莫里亞蒂的曾孫女現在就躺在這裡。雖然我基於法律及人道上的理由把她救了起來，不過你認為該怎麼處置她？」

我——之所以把關於莫里亞蒂應該可以問得更多的話題在這邊中斷，是有理由的。

那是因為我心中對於莫里亞蒂湧現了**某種想法**。

但是那想法百分之百會違背夏洛克的意思，而且恐怕也是很危險的事情。因此我必須在那種想法湧現的同時讓自己的注意力切換到別的話題上。畢竟要是我帶著那樣的意識繼續講下去，可能會從字裡行間被夏洛克看穿這點。

『我灰色的腦細胞已經引導出兩項推理。第一，你們要如何對待路西菲莉亞，其結果——將會影響到這邊與那邊，兩邊世界的趨勢。』

「每次跟你講話都會這樣……我聽不太懂你在講什麼啦。」

『我會循序漸進說明。在我昏睡的那段期間，教授在背後對這個世界發動了各種條理蝴蝶效應，使得通往第三次接軌的命運急遽加速了。而這次的海戰是我為了與之對抗而發動的「重組」。由於教授很想親眼確認你是否真的有能力破壞條理，讓我得以推理出他會現身於你面前的事情以及時機。因此我才引發了那樣大規模的事件，將條理破壞的影響放到最大。』

將莫里亞蒂的條理蝴蝶效應製造的骨牌打亂……重組、是嗎？

『另一邊的教授則是為了自衛與實驗，把擁有跟你成對能力的尼莫帶來了。在這點上我原本也無法推理究竟會如何發展，不過最後看來，這次你和尼莫的能力並沒能相互抵消。讓亞莉亞發生了沒能逮捕尼莫的荒誕狀況。也許金次和尼莫如果不是在互相注意對方的狀態下，荒誕現象就會分別發生吧。』

的確……我至今幾乎可以說沒有親眼觀測過尼莫引發什麼不可能發生的事情。或許就是因為有這樣的機制存在吧。

『最後的結果是，金次把路西菲莉亞帶走了。這是在教授的書中沒有寫到的事件——換言之，這和教授預定通往第三次接軌的劇情互相矛盾，是欠缺整合性的內容。這下他肯定不得不把書本的後半內容都暫時回歸白紙。多虧有你，讓我的「重組」行動成功了。』

夏洛克的聲音雖然聽起來得意洋洋，不過……

「可是所謂的作家最拿手的就是事後編一堆歪理強硬解決矛盾啊。或許他會傷腦筋一段期間，但搞不好又會把軌道修正回原本的劇情發展了。」

『畢竟那也是他的樂趣之一。教授想必也在構思如何把故事重新銜接到自己想要的結局。只不過，那樣的靈感不可能馬上湧現。所以此刻在你們那裡的路西菲莉亞——就像是尚未受到教授干涉，金次重新排列的骨牌之中起頭的第一枚骨牌。也就是在你們手中的一張全新稿紙。好啦，接下來是我的第二項推理。這也是對於你的問題進行的回答——一如我剛才所描述，無論教授或我都沒有想到你會把路西菲莉亞抓走。因此接下來該怎麼做——**我也不知道**。如果不想接續到教授期待的混亂未來，就必須由你們在那稿紙上寫出全新的故事……我能說的只有這樣。嗯，總之，就拜託你們了。』

這……這個沒責任感的傢伙。

不過既然連夏洛克都不知道，那就沒辦法了。而且感覺上似乎暫時會由亞莉亞負責照顧路西菲莉亞的樣子，所以我現在就別生氣吧。

「那麼今後要怎麼做就交給我們慢慢想，你把關於路西菲莉亞你所知道的部分也告訴我們。她真的是莫里亞蒂的曾孫嗎？對於她的處置首先可以想到的是當成與N進行交涉時的籌碼（人質）——但路西菲莉亞自己講過，她好像跟莫里亞蒂關係疏遠的樣子。如果他們之間只是為了方便統率N的一部分成員所以在形式上收養的關係，那就沒用了。」

『這點對我來說也是個謎團。基本上看起來，他們之間應該確實有遺傳上的關聯性。但教授在性方面應該無能才對。因為十九世紀，我在瑞士對他下毒讓他變成了那樣。而且當時我也確認過教授並沒有小孩。』

……太狠毒了吧。怪不得人家會恨你到說什麼這輩子都不想再見到你了……

『只不過，在那邊的世界似乎大家都是女性，因此生殖方法想必與這邊世界的人不一樣吧。換言之，教授可能是與那邊的人透過那種與通常相異的方法生了小孩。然後那個小孩又在那邊的世界繁衍子孫，其後代就是路西菲莉亞吧。畢竟從路西菲莉亞的身體特徵看起來，她繼承到那邊世界的血緣應該比較濃。另外，教授不但返老還童，還變得看起來既非男性也非女性。這很可能是他與那邊世界的人進行生殖相關行為所造成的影響。從這點上我推理出來她們的生殖方法是……』

「夠了，我對那種話題過敏。反正這樣知道路西菲莉亞跟莫里亞蒂有血緣關係，那就能當成人質了吧。」

『應該沒辦法。教授並不會對自己家族有特別待遇。對普遍眾生都慈悲為懷，對普遍眾生都冷酷無情。就好像神明或大自然一樣——所謂的超越者就是這樣的存在。』

「但是身為超越者的你還不是讓亞莉亞繼承緋彈之名，又讓梅露愛特欣賞到恐龍，這些都是特別待遇啊。不管是誰都會偏袒自己子孫啦。」

「──曾爺爺，我是亞莉亞。我們目前打算由我負責拘束路西菲莉亞，從她口中問出關於N的情報，或是利用在與N之間的交涉上。路西菲莉亞是金戒指。姑且不論對於莫里亞蒂來說如何，最起碼她在N裡面應該是重要人物才對。」

『嗯，很合理。那麼既然已經聽到曾孫女可愛的聲音，我接下來就前往某國進行補給吧。亞莉亞，金次，Good luck. See you.』

與插入通話的亞莉亞如此交談後，夏洛克便掛斷電話。

留給我們的，是「我們如何對待路西菲莉亞，將會影響到這邊與那邊──兩個世界的趨勢」這樣一段沉重的推理。

我和金天在巢鴨的老家前下車後，路西菲莉亞就這麼直接被亞莉亞帶去台場了。在早一步回到家的爺爺出來迎接的遠山家門前，乘坐另一臺露營車的雪花也下了車……

「──由於蕾芬潔已經是個無害的女人，所以本人把她交給伊碧麗塔與卡羯了。本人也諄諄囑咐她們，絕不可以對蕾芬潔下手。而且又補充一句『要是妳們殺了她，金次肯定會真的動怒』之後，她們就點頭如搗蒜地答應說『那我們絕對不做』了。」

她還這樣告訴了我自己有警告過伊碧麗塔她們的事情。話說我到底是被那群納粹們害怕到什麼地步啦？

　據雪花說被送到都內醫院的蕾芬潔似乎在車上已經恢復意識，還宣告自己要從魔女連隊退隱了。聽說等她身體康復後，伊碧麗塔還會提供資金讓她回到德國可以像戰前一樣經營花店。仙杜麗昂則是在負責監視的卡羯打瞌睡的時候從醫院逃掉的樣子，但反正她只是個小嘍囉，應該沒問題吧。

　——自從雪花回到這個世界後引發的一連串事件……就這樣，事件落幕了。

　雖然我很想這麼說，但怎麼好像還有一幕戲未完的樣子？雪花一進入家中就叫我和金天在客廳跪坐下來，然後她自己也一副莊嚴模樣，正式地跪坐在我們面前……

「金次，金天。金叉的孩子們，自即日起要終生以本人為母。剛才本人拜託過早川副大臣——請她到區公所幫忙辦理讓本人成為你們母親的收養手續。本人也希望能親自將這件事告知金一、GⅢ與金女，所以你們等會幫忙安排一下。」

　聽到她這麼宣告，我當場保持著跪坐的姿勢往後翻倒了。至於金天則是睜大她圓滾滾的眼睛，「媽、媽媽、是嗎……？」地發出好像有點感動的聲音。

「畢竟這麼一來對於本人的返對似乎比較好的樣子。話說回來，金次，關於這次的海戰，戰果為哈巴谷型空母哈巴谷號擊沉、伊莉莎白女王級戰艦納維加托利亞擊破、潛艇諾亞擊破、潛艇諾契勒斯擊破。或許你們對這種講法不熟悉，但在海軍如果敵艦退逃則同樣稱之為擊破。因此總計擊沉一艘、擊破三艘、俘虜路西菲莉亞一名，乃一場大勝。而你可謂是這場戰役的最大立功者。今後你也要精益求精，勤進護國。完畢！」

雪花似乎很流暢地為這次的戰鬥做總結，而且還誇獎了我，但是從『話說回來』以下的內容都完全進不到我腦袋中。她說收養手續，意思是為了讓她的母性爆發，通稱母親的爆發模式能夠變得運用自如，所以要正式成為我的——成為我們的母親嗎？真的假的？戶籍可以因為這樣的理由變更嗎？

「好啦，那麼接下來本人就去燒個飯。畢竟身為人母，養育小孩乃國家大事啊。哈哈哈！」

雪花心情愉悅地站起身子——

「那、那個，媽……媽媽，我也要幫忙！」

結果金天也跟著起身，一反她平常文靜的個性大聲這麼說道。

雪花一聽到那聲『媽媽』便露出皓齒，浮現快活的笑臉——

——就這樣，我們有新媽媽了。

在奶奶指導如何使用電鍋下，雪花煮了大量的白飯與金天一起又握又捏，晚餐便決定吃握飯糰了。關於這點本身還沒什麼問題，但依照雪花的感覺量產出來的飯糰每個都是一杯米的分量，重達零點三公斤以上。聽說雪花以前隸屬的海軍陸戰隊・特別根據地隊只要講到野戰糧食就是吃麥飯版的這玩意，而且一餐吃兩個。就好像作家宮澤賢治對於粗食的舉例寫到『一日糙米四合配味噌加少許野菜』一樣，從前的日本人真的都只吃米過日子啊。

「好吃！好吃！平成的米實在美味！」

「是呀~因為是媽媽煮的飯，特別好吃呢，媽媽。」

雪花笑容滿面地吃著沒有包任何配料的巨大飯糰，金天也開心地發出嬌柔的聲音。矮桌上雖然除了飯糰就只有味噌湯與醃菜，不過偶爾吃吃這樣的餐食其實也不錯。雖然我覺得沒包配料再怎麼說都太寒酸，所以把冰箱裡找到的小魚乾拿來撒在飯糰上吃就是了。

身上穿著水手服的部分姑且不說，但有個母親在身邊……真不錯呢。我這被亞莉亞說是不正常的人生，感覺也稍微往平凡靠近了一些。

「是說，金次，現在沒有急迫需要對付的敵人，因此這種事或許不用太擔心，不過本人還是告知你一聲，本人暫時無法戰鬥。與蕾芬潔的戰鬥中，本人施展鬼道術所需的巫已經耗盡。雖然巫只要補充含水炭物——也就是現代講的碳水化合物便能恢復，但若要完全恢復，換算米量需攝取兩百合。一日吃六合，約需三十三日的時間。」

巫……大概就是指魔力吧。完全恢復居然要花到一個月以上，相較於其他魔女應該算速度相當慢。怪不得雪花會把星伽家的法術當作最終絕技，平常基本上都只用遠山家的招式戰鬥。

「知道了。雪花的……呃……媽、媽的力量……很可靠，所以妳就好好補充吧。」

對於因為還不習慣而在稱呼時變得有點結巴的我，雪花還是「唔、嗯」地表現得

開心又害臊。

「那我也要趁現在補充一下戰力才行。首先是彈藥……還有我的短刀也壞了。如果不買好一點的刀，當我全力戰鬥的時候會變得強度不足。可是這樣就很貴啊。唉～這樣很貴啊～」

既然難得有了母親，而且在場還有祖父母，於是我馬上抱著類似「可不可以拿到一些零用錢呢？」的想法如此叫苦起來。然後我咬著醃蘿蔔，朝他們瞄了一下——結果雪花和爺爺就討論起來……

「……影還有嗎？本人當年出征的時候，應該還剩下四把才對。」

「後來有一把被老子在布雷斯克島上折斷了。不過還有三把。」

「嗯，雖然年紀尚輕，不過就本人觀察金次返對時的戰鬥力具備天賦。給他一把也好吧。」

什麼！原來家裡有好刀嗎？可以給我的話我當然要囉。在長輩面前還真的凡事值得商量看看呢。

用完餐後，爺爺從和服衣櫃中拿出一個明顯很有年代，或者說上面寫有『為市尹遠山君石堂運壽齋作嘉永元年八月日』……也就是一八四八年製的刀箱。那行墨筆文字是『石堂運壽齋為了遠山奉行所製作』的意思。從年代也可以知道，這應該是老祖先——遠山金四郎的遺物。

就在金天也一同觀摩之中，我們在客房用乾布擦拭蓋子後打開的箱子裡面……

「鐵！——這個蠢貨！居然就這樣裝刀收起來！為何沒有好好保養！」

「因為保養起來超麻煩的啊！濠蜥蜴！」

雪花當場氣得起身，結果爺爺就像蟑螂一樣爬在地上瞬間逃掉了。因為——箱子裡的日本刀並沒有套在保養用的刀袋或白鞘中，而是保持平常裝著握柄與護手並收在黑鞘中的狀態。箱子裡另外還有昭和時代留下來已經泛黃的刀劍登錄證。

以前有向爺爺學過怎麼使用日本刀的我，用左右兩手分別握住刀鞘與刀柄，以刀刃朝上的方向靜靜拔刀出鞘。從刀尖到棟區（註1）的長度約六十五公分，也就是二尺二寸的刀。

這光看一眼就知道是名刀。相較於漆黑樸質的外裝，刀身表面則是有如把星空收入其中般閃亮耀眼。既不過重也不過輕，刀身的弧度也恰到好處。握起來「喀鏘」一聲貼合在我手中。雖然要藏起來隨身攜帶應該很難就是了。

「這樣爆發模式的時候用起來應該也沒問題。真是出色的好刀。」

「你到底會不會看刀？拿來，本人檢查看看。」

雪花嘆著氣重新跪坐下來，於是我把刀背朝著對方將刀交給她後，她舉刀在螢光燈下觀察刀紋。

註1日本刀的構造上，刀身裝入握柄裡固定的部分與裸露在握柄外的部分之間的交界處。

「看來鐵再誇張也沒把刀掉包拿去變賣的樣子。這正是江戶的名刀匠・石堂運壽齋是以備前長船盛光為範本打造出來的新刀上作良業物──的影打。」

我聽她說到途中還很興奮的，但最後跌了下去。刀匠在受託製刀的時候會一次打好幾把刀，將其中最好的一把交給委託人。那把刀就叫真打，剩下的則稱為影打。影打雖然在性能上跟真打不會有太大的差別所以是沒關係啦，然而在價格方面就遠遠不如真打了。

「這把刀就給你。但它狀態很差，你記得先拿去給磨刀師保養一下。」

雖然我覺得這刀看起來完美無缺啦，但既然懂得看刀的雪花這麼說，我還是乖乖聽她的話比較好。畢竟就像在哈巴谷號的雪花一樣，要是讓爆發模式的我拿刀──肯定會很亂來的。

我暫時把影打收起來，寄了一封『妳有沒有認識日本刀的磨刀師？』的郵件給風魔後……來到茶間與雪花和金天一起喝茶休息。

「哥哥大人……請問後來路西菲莉亞小姐怎麼樣了……？」

金天用雙手包著茶杯，有點低著頭如此問道。

我本來盡量不去提到這件事的，沒想到她會自己提起這個話題……

或許金天知道些什麼吧。關於她自己和路西菲莉亞之間奇妙的相似性。

「……妳很在意嗎？哎呀，假如有發生什麼事，亞莉亞應該會聯絡啦。」

大概是我的聲調或視線不小心透露出我的想法，結果金天接著說道：

「那個，我和路西菲莉亞小姐之間……我想應該有遺傳上的關聯性。我體內DNA的一部分是源自被稱為『Q』的存在，據說是從千年前保管下來的天使毛髮。我本來只知道那基因來自未知的世界中相當於女王的存在，但這次只看一眼……我就知道那和路西菲莉亞小姐有血緣關係了。」

如此表示的金天臉上的表情——看起來從一開始就已經把這件事在自己心中消化過了。甚至有種和自己根源相近的存在見到面的喜悅感。

金天雖然原本是美國為了預備與列庫忒亞之間發動戰爭而製造出來的人間兵器……不過堪稱她決戰能力的人工色金已經被我們利用佩特拉之鑰停止力量了。現在的金天只能夠藉由Q的基因發動念力或治療術等等，是個普通的超能力少女。雖然講超能力少女「普通」也很奇怪就是了。

「剛才本人在車上聽蕾芬潔說過，路西菲莉亞一族似乎是列庫忒亞的女人們崇敬的對象。但由於是人數少到甚至面臨滅絕危機的稀少種族，所以本人在列庫忒亞也沒親眼見過就是了。」

雪花大概是體貼金天而說出這樣的話，不過……在納維加托利亞上的乘組員們的確看起來很敬愛路西菲莉亞的樣子。她或許就跟金天一樣，是容易討人喜歡的類型吧。

（……）

糟糕！因為我把金天跟路西菲莉亞想在一起——結果不曉得為什麼，真的不曉得

為什麼，我腦中竟浮現出金天穿著路西菲莉亞那套刺激的服裝「歐鼽鼽鼽！」大笑的景象。這位有如天使般的聖少女，平坦胸部小孩肚子的身上穿著那套惡魔般的細繩泳裝——不相襯的感覺反而莫名爆發啊！

（必、必須快點算質數或是回想難讀漢字才行……！）

然而吃下兩顆巨大飯糰而肚子超飽的我，腦袋沒辦法思考太難的東西。人說肚子吃飽飽，學問進不了——當人體的能量都集中在消化活動的時候，思考能力就會變得低落。不妙！金天幼女王大人在腦中開始笑著踩踏我了！這下我乾脆反其道而行，不是讓腦子去想其他事情，而是讓心中化為無。讓心中化無的冥想，我以前在訓練擬奇屍的時候有做過。於是我把雙腳交疊擺出跏趺坐的姿勢，雙手結法界定印，調息，調心——成、成功了。透過坐禪讓邪惡的血流退下去啦。

無心的時間經過，進入深邃冥想的我耳朵聽見金天與雪花親密交談的聲音就像屋外的風聲或自己的心跳聲，都是大自然的聲音——「明日就麻煩妳了。」「我們就先去乃木坂跟金一先生見面吧。那我要回台場囉。」「路上小心。」——隨後時間的感覺也逐漸消失，自己有如跟宇宙化為一體。雙腳盤腿，雙手擺著ＯＫ手勢的我飄浮在呈現圓周運動的行星們中心——「喂，金次，你怎麼了？」……一切乃虛無……「喂！」……亦即我也為虛無……虛無……

「——立正站好！」

砰磅！被雪花用力推倒的我，頓時恢復意識。腦袋暈眩的感覺大概是因為我在倒下之前不斷晃動著身體的緣故。

……好險啊！血流退得太過度，讓我超越冥想差點真的進入擬奇屍了。外行人果然不應該在沒有專家正確指導練習下就隨便進行深度冥想啊。

「金次，急、急死本人啦。為何你現在要忽然發動擬奇屍？」

「呃不，這是那個……我只是在鍛鍊而已。不過抱歉，我失敗了。」

就像我剛才聽到的對話內容，房間裡已經看不到金天的身影——把我叫醒的雪花則是呈現人魚坐姿。她大概是慌慌張張用膝蓋爬過來的關係，讓水手服的百褶裙有點被掀開，露出底下的大腿……好白皙。

「那可是稍有一點失誤就恐怕真的會喪命的招式。好幾代以前也有遠山家的人實際因為這樣而死。總之你要小心注意。唉，還好讓本人趕上了。」

雪花「呼～」地放心吐氣。結果那動作讓她成熟有肉的大腿與學生用的上衣難以隱藏的大人雙峰都跟著蠢動。相對於那飄散母性的肉體醞釀出的成熟感覺，她身上穿的服裝卻是水手服。將黑色長髮綁成一束的也是造型可愛的紙緞帶——

（——嗚……）

一波未平，一波又起。這個景象一樣會呈現出和金天剛好相反的反差感。成人女性把充滿少女感覺的服飾穿戴在身上，為什麼就會看起來這麼色啊？

奶奶習慣早睡所以應該已經就寢，爺爺大概逃到外面去了，因此我和雪花在這房間中兩人獨處。面對面，坐得好近。雪花為了確認我有沒有瞳孔放大之類的症狀，把她那凜然美麗的臉蛋靠近我眼前——

「我、我已經沒事了。妳太靠近啦，媽。」

「唔。哦、哦哦。說得也是，不行不行。即便是兒子，也不能跟一個已經獨當一面的男人靠得這麼近呀……哈、哈哈哈……」

從臉紅的我面前把臉拉開的雪花，因為自己這句不必要的發言搞得連她自己都臉紅起來。現在由於兩人之間在戶籍上比兄弟姊妹還要親近的關係醞釀出的悖德感，甚至有點開始要爆發的氣氛了。像她明明嘴上說不行，卻不把身體移開。真是在各種意義上很危險的母親啊……！

「……」

「……」

然而，我不能在這時候忽然逃走，要不然就等於宣告我現在把雪花視為女人看待了。基於同樣的理由，我也不能把視線別開，只能繼續跟她對望。跟臉蛋凜然美麗，身體又成熟的雪花。

等等，不、不能這樣吧，金次。這個人在戶籍上……已經是比任何人都不可以進入爆發模式的對象啦。但我又沒辦法靠難讀漢字或質數逃避現實，也不能冥想。根本是死局了。來啦，血流……！明明剛剛才退下去的說，也太有精神了吧……！還有雪花小姐，妳為什麼要閉起眼睛把嘴脣嘟出來啊！

——嗶嗶嗶嗶嗶嗶嗶嗶——！嘰嘰——！

偉士牌機車擾鄰的引擎聲與剎車聲，讓差點要犯錯的我和雪花都全身跳了起來。

理、理子嗎！她肯定是聽亞莉亞說我們回來了吧！

「欽欽～～！雪花花～～！動畫動畫，生誕祭的動畫！因為你們到後來都沒有給我，害人家逼不得已只好上傳根本毫無相關的貞德唱岳得爾歌的動畫騙騙粉絲啦！可是這樣根本就騙不過去，搞得大家群起圍剿了！拜託你們現在馬上拍個什麼影片救救人家嘛啊啊啊！」

「峰、峰少尉！抱歉，因為當時又是擊沉空母又是趕走戰艦，忙得不可開交——」

理子爬上我們家的圍牆摔進庭院，於是雪花慌慌張張跑了過去……讓我們平安撐過了這場危機。不過……

要是我和雪花繼續在這裡一起生活，恐怕遲早會釀出大禍。雖然我早有金女和金天的前科，但妹妹和母親的嚴重性完全不一樣。這下看來——我必須回台場去才行了。嗯。

隔天中午過後，我搭乘電車轉單軌列車回到了位於台場的公寓。

一打開自家門，我就看到有一封信放在玄關旁邊。難不成又被東京電力公司斷電了嗎？

我這個月的電費確實還沒繳，但應該還有一段緩衝期間才對……結果不出所料，那並不是斷電通知，反而是好消息。是高認的及格證書啊！似乎是GⅢ幫我簽收的掛號郵件。通往生存之路前首先要通往大學入學考試之路的第一步，總算讓我踏出去了。離生存還真遙遠啊。

我趕緊透過電郵向望月萌大明神以及松丘館的茶常老師報告這件事……之後……重新面對剛才打開大門瞬間就看到的現實。

因為金天不在這裡，所以GⅢ那夥人也已經消失，現在屋內空蕩無人。就這點來說非常好。但是，牆上這一大推看起來像7.62mm子彈打出來的巨大彈孔到底是什麼鬼？

——我把手機從郵件功能切換成通話功能，打給位於六本木的GⅢ自家。

「喂！GⅢ！」

『嗨，老哥。』

「嗨你個頭啦！這些彈孔是怎麼回事！你現在馬上過來把我家牆壁修好。還有這個月都是你們住在這邊，所以房租由你負責繳給大矢！」

『那些洞就是那個大矢打出來的啊。她假裝小貓叫聲騙我們開門，然後就用AK－47對我們掃射了一番。說什麼因為我們太吵了。』

「真虧你們會被什麼裝貓叫的伎倆騙到啊……等等，現在重點不是——」

『反正原本也只是比暨穴式房屋稍微好一點的房子而已，多開了幾個洞也沒差吧？』

「你這混帳……唉～那我就不跟你講啦。本來我有個你絕對會超高興的新情報要告訴你的說。如果你幫我修房間我就告訴你。」

『……什麼嘛。那根據情報內容我再決定要不要修啦。呿！明明就不是我打出來的洞……』

「你有個媽媽啦。金天晚一點會聯絡你，所以你今天都給我待在東京別亂跑。」

『啥？老哥你在說什麼啦？該不會真的腦袋秀逗──』

噗滋！我立刻掛斷電話。就讓他暫時焦急一段時間吧。

然後關於牆上這些洞，GⅢ肯定很快就會開開心心跑來幫我修補了。別看他那德行，那傢伙其實很多愁善感的。一方面也由於成長環境的因素，讓他對於所謂的家族愛非常飢渴。要是讓他知道自己有了母親，絕對會興高采烈到讓旁人看得都覺得丟臉的程度。

就在我想著這種事情，一個人賊笑的時候──剛剛才掛斷的手機忽然又響起如空襲警報一樣的鈴聲。既不是我設定為安全來電意義的『櫻花開時』，也不是設定為GⅢ鈴聲的『HIT IN THE USA』。是The Prodigy的『Firestarter』……亞莉亞啊！

「──是我。」

『金次，到我房間來。路西菲莉亞醒過來了，可是狀況變得有點傷腦筋。』

拜託讓我休息一下吧。這句話雖然差點脫口而出……但畢竟對方是亞莉亞啊。

而且……夏洛克留下的話也教人在意。

「我去。不過有條件。」

『什麼啦？』

「給我錢。我現在要拿刀給磨刀師保養，需要一筆費……」

『開洞。』

「只是開個玩笑而已啦。」

『你的講法聽起來不像在開玩笑喔？』

「去妳房間的意思是女生宿舍對吧？在那裡要是讓我這個——現在連在校學生都不是的男性被人發現，可是會遭人通報的。因此絕對不能發出槍聲之類讓周圍的人起疑。換句話說，不管我闖出什麼禍都不准對我開槍。這就是條件。」

『……為什麼以闖禍為前提啦？真是的。』

「我也不想啊，但每次都會闖禍不是嗎？雖然自己講這種話也很怪，不過在這方面我已經對自己產生一種相反意義上的自信……」

『好啦好啦，知道了。都開始覺得你有點可憐了。我不會開槍，所以你快過來。』

亞莉亞居然會這麼快就讓步——可見她說路西菲莉亞的狀況變得有點傷腦筋，其實應該不只是**有點**吧。而且我如果繼續留在這裡，可能會有大矢不知何時冒出來催繳這個月房租的危險性。既然現在有地方可以避難，我還是不要待在自己家比較好。雖然說不要久留比較好的自己家也很奇怪就是了。或者說我開始認真懷疑自己到底是為了什麼在繳房租啦。

穿著制服的我走在武偵高中，抵達第一女生宿舍前。只要是名稱中有「女」字的建築物，我基本上就像害蟲遇到萘丸（樟腦丸）一樣不會隨便靠近。而這個地方……自從亞莉亞的母親——神崎香苗小姐獲得釋放那天以後就沒來過了。

我走過以前和亞莉亞一起從頂樓摔下來而留下恐怖記憶的那棟溫室旁邊，躲避眼目溜進宿舍內。牆上跟電梯裡面為了隱藏彈孔貼的小花貼紙比以前更多了。就是因為讓亞莉亞什麼的住進來才會這樣。

在十樓按下門鈴後，亞莉亞便出來幫我開門了。嗚！這地方還是老樣子，從她本人跟房內都飄散出梔子花的超香氣味。感覺亞莉亞濃度有點過高，為了防止爆發，我一開始還是靠嘴巴呼吸撐過去吧。

「我來啦。」

「為什麼你鼻音那麼重啦？」

「……大概是在鄂霍次克海感冒了吧。」

把經口呼吸的事情巧妙掩飾過去後，我在玄關——寬敞的程度或許用入門大廳來表現比較合適的地方脫下鞋子……發現在亞莉亞的小鞋子旁邊，還有路西菲莉亞那雙細跟鞋。

即使早就知道那女人在這裡，我還是會有點緊張啊。

亞莉亞住的房間格局是七房兩客廳一飯廳廚房加儲藏室。裡面就像兩層樓住宅，下層是居住空間，而以前只有放床的上層，現在是什麼都沒有的閣樓。由於女生宿舍建築物的上面部分是呈現階梯狀，所以這裡的格局和亞莉亞以前住的七樓房間一樣。

話雖如此，有如飯店房間的室內缺乏生活感的樣子還是跟以前沒變。雖然跟蕾姬那間水泥裸露的房間相比起來是好很多……但這間有如高級套房的房間中到處都是裝彈藥的箱子跟外型粗獷的通訊機之類的玩意，就只有那些部分看起來像軍事基地。

「因為路西菲莉亞的身體一直都冷冰冰的，我本來還擔心她是不是真的活著——不過到了今早她的體溫開始上升，然後中午時清醒過來，總算讓我可以拍拍胸脯暫時放心了。」

「妳又沒胸部怎麼拍啦。」

「對呀，所以我的手就這樣往下揮空……喂！」

亞莉亞在她胸前重現揮空的動作後，順勢「啪！」一聲對我使出水平手刀。

「不要害我浪費力氣動粗呀。」

「既然覺得浪費力氣就不要動粗嘛……痛死了……今天對象要不是我，肋骨都被妳打斷啦。還好我有吃小魚乾補充鈣質……」

——在南北兩間客廳之中，路西菲莉亞似乎是在比較深處的南客廳，於是我們走在走廊上……

「話說……路西菲莉亞是莫里亞蒂的——也就是福爾摩斯家宿敵的曾孫女吧？真虧妳會願意照顧她。」

「就算是莫里亞蒂的曾孫女，路西菲莉亞也是別的人格呀。像我以前只因為是福爾摩斯四世就被理子攻擊的時候，心情上也很不好受。」

原來如此。像我因為老祖宗源賴光的事情被閻纏上的時候也傷透了腦筋。

「雖然之前也有跟夏洛克大致討論過了，不過關於路西菲莉亞今後要怎麼處置？」

「首先要讓她乖乖聽我們的話。然後問出N的情報。接著我希望慢慢讓她背叛N，並且出面勸降。雖然曾爺爺說希望渺茫，但如果是曾孫女勸說，莫里亞蒂或許還願意聽得進去。就算沒辦法那麼順利——只要路西菲莉亞出面，搞不好還是可以讓列庫忒亞的人們倒戈。如此一來就能迫使N內部分裂，甚至解散了。」

「……如果不花一段相當長的日子好好馴服她，應該很難做到那種地步吧。不過妳的方針我理解了。我也認為必須先讓路西菲莉亞站到我們這邊來才行。那麼——妳說現在傷腦筋的狀況是什麼？」

「她幾乎不願意跟我講話。」

「為什麼？」

「會不會是怕生？」

「妳說穿成那種打扮的她嗎？」

「而且就算她總算開口，也只會堅持『把遠山金次帶過來』而已。」

……這……和恩蒂米菈在加拿大時的發言很像。我本來覺得聽起來很可疑的什麼類族魔術，難道真的讓命運走上同樣的發展了嗎……？若真如此，代表路西菲莉亞也有可能在不久的將來回去列庫忒亞。就像恩蒂米菈一樣。

然而那樣一來，就沒辦法讓她發揮如亞莉亞所計畫的效果了。即使沒有像亞莉亞想的那麼順利，身為金戒指的路西菲莉亞在我們與N的對決中還是可能成為關鍵人物。要是讓她早早離開會很傷腦筋的。

不過說到底，所謂的命運應該是可以改變的東西。如果感覺要失去路西菲莉亞的時候，只要注意別讓事情發展成那樣，想辦法把她留下來就行了。而為了這個目的，現在也必須好好跟她對話才行。

「所以訊問的工作就交給你了。我對那種事情很不擅長，而且能夠和那種存在好好對話的也只有金次呀。」

「訊問的工作是沒問題啦……但為什麼說只有我？」

「那還用說？因為你不是人類嘛。」

「不要講得那麼肯定！我可是有好好在繳都民稅啊！」

「呃，為什麼現在要提到都民稅……？」

「因為如果不是人類應該就不用繳稅了。像流浪貓或是老鼠之類的因為不是人類，所以就算住在東京都內也沒有在繳都民稅。哎呀，這種道理應該是不言而喻，就不跟妳繼續吵了……話說，路西菲莉亞到底幾歲？雖然講話方式有點像老婆婆啦。如果搞不清楚究竟年紀比我大還是比我小，要跟她講話我也不曉得該用什麼語氣啦。」

「這點我也問過了，結果她的回答竟然是『生來第6695日』這種我從沒想過的表現方式。嗯～大概十八年左右。」

雖然亞莉亞有辦法心算但我做不到，於是我拿出手機連上日數計算網站確認——的確是十八歲沒錯。呃，居然跟我同年同月同日生。我還是第一次遇到這種人。

我們接著悄悄走進寬敞的南客廳……

路西菲莉亞就跪坐在牆邊，面對牆壁的方向。

她身上穿的不是原本那套像繩子一樣的黑色泳裝，而是武偵高中的紅色水手服。

……雖然那套像變態女的服裝很不好，但這裙子同樣教人討厭啊。因為武偵高中的制服裙為了方便拔出大腿槍套裡的手槍，所以裙襬設計得非常短。然後所謂『裙子』這樣的魔裝備具有當掀開露出底下肌膚的時候會讓爆發效果急遽攀升的負面功能。與其要背負讓裙子掀開的風險，甚至不如穿泳裝直接看到還比較好呢。

「為什麼要給她穿水手服啦？」

「她原本穿那套衣服會感冒呀，而且現在又是冬天，所以我叫明里去買來的。雖然是L尺寸，但她那個身材穿起來好像還是有點緊的樣子。」

正如穿３S尺寸制服的亞莉亞垂下嘴角所說，路西菲莉亞穿在身上的水手服看起來很緊。即使從背後也能看到突出側面的爆乳把制服上衣都撐高，導致她緊實的腹部都露了出來。真是有如寫真偶像的體型。

另外，路西菲莉亞有個像鹿一樣的尾巴，而裙子的腰帶下方被開了一個倒三角形的洞口，讓她的尾巴可以露出來。大概是亞莉亞叫間宮明里參考路西菲莉亞原本那套有如內衣褲的服裝裁剪出來的吧。然後在路西菲莉亞的左腳小趾……套有一枚腳趾環。

「那個腳趾環是啥？原本沒有那東西吧。」

「畢竟要是讓她發動魔術攻擊也很頭痛，所以我請貞德製作了能夠封鎖魔力的戒指。」

也就是說，路西菲莉亞現在真的被她在納維加托利亞上提過的『封魔之魔』給封住了是吧。

就這樣，亞莉亞跟我講完悄悄話之後——

「好啦，我把金次帶來囉。」

她立刻就把訊問的工作推給我了。我以前在武偵高中的訊問成績很差的說……

路西菲莉亞依然面對牆壁保持端正的跪坐姿勢，沒有回頭。不過——原本有點往下垂的鹿尾巴頓時翹了起來。看來她有把注意力放過來的樣子。

那麼，首先依循制式程序，來確認對方姓名吧。

「呃～……我先問妳一件事，妳的名字就叫路西菲莉亞沒問題嗎？畢竟列庫忒亞人之中有像恩蒂米菈一樣擁有個人名字的，也有像瓦爾基麗雅一樣，個人名和種族名混在一起的狀況。我想妳應該是屬於後者，沒錯吧？」

姓名是不管誰都能夠回答的問題。因此無論警察或武偵在進行訊問的時候首先都會問對方姓名。與其說是為了確認是本人，不如說是為了確認對方的態度與精神狀態。

「——路西菲莉亞族的名字大家都叫路西菲莉亞。唯有成群結黨的弱小下等種族才會具備個別的名字。就像你們人類一樣。」

嗯，看來應該沒問題。姑且不談她那種瞧不起人類的態度，至少對話能夠成立。

「我為何還活著？你們這是對我同情嗎？還是打算在眾多人類見證之中將我處刑，得享殺死路西菲莉亞的名譽？」

「……如果在列庫忒亞，把妳殺死是一種名譽嗎？」

「那當然！畢竟路西菲莉亞天生強大，因此前來挑戰的人不計其數。剛才你提到的瓦爾基麗雅亦曾經襲擊過我，雖然被我輕鬆趕走就是了。嘻嘻嘻！」

路西菲莉亞的笑法很像惡魔……或者說像小惡魔。但她身材是這個樣子，所以應該講中惡魔嗎？不管怎麼說，這傢伙的氛圍就跟我從貝茨姊妹身上感受到的一樣，很有惡魔的感覺。在我的腦中分類就把她丟進『惡魔女』的資料夾中吧。

「我之所以沒有殺妳——是因為有個麻煩的法律規定，要是把敵人殺死我也必須接受死刑。而且當時我如果殺了妳，艦上那群人搞不好會為了報仇大舉來襲啊。」

通常模式下的我將不想傷害女性的爆發模式姑且隱瞞不提，用冷淡的態度這麼回答後……從剛才就一直面對牆壁的路西菲莉亞總算把頭和視線轉了過來。

「——既然我還活者，便表示我們之間勝負未分。現在就來做個了結。」

「勝負早就分出來了吧。妳那時候不但擺出下跪磕頭的姿勢，而且揚言不會離開納維加托利亞結果還是離開啦。妳總不會是腦袋掉在什麼地方，把這兩件事都給忘了吧？」

我搖搖頭如此說道後，路西菲莉亞立刻「嘩——！」地不只臉部，甚至連脖子都變紅，把身子轉過來……

「那、那、那是比三場的規則！」

「就算那樣依然滿足了兩次敗北條件，妳還是輸啊。」

「那就比五場！接下來見識我的大逆轉！」

路西菲莉亞說著，轉向我跪起單腳。嗚哇嗚哇嗚哇，裙子底下！會看到會看到會看到啦！

「路西菲莉亞，妳要是敢在這裡大打出手，我不會放過妳喔。」

亞莉亞「鏘！」一聲拔出白銀色的Government，而且居然還把槍口舉向路西菲莉亞。因此——

「妳別這樣。要是欺負她，能問的東西都問不出來了。既然妳把訊問的工作交給我，就不要插手礙事。」

我制止了亞莉亞的小手。

結果路西菲莉亞保持著跪起單腳的姿勢當場愣住，用睜得圓滾滾的眼睛看向我。

「現在……你保護了我嗎？……為何？」

「廢話。對俘虜的虐待行為同樣受到俘虜待遇法禁止啊。」

就在路西菲莉亞不斷眨動她睫毛尖銳的眼睛時——

「我有事情要跟明里聯絡。不管金次還是路西菲莉亞，要是敢破壞房間裡的東西就等著瞧。」

亞莉亞說著，把這俘虜推給我，逕自離開了房間。

「……」

「……」

然後，過了三十秒、一分鐘……我和路西菲莉亞沉默相望。話說，能不能請妳別繼續單腳跪著啊。

「來戰。」

路西菲莉亞好像還是多少會怕亞莉亞的樣子，壓低聲量對我這麼說道。而且還像個鬧脾氣的小孩子般嘟著塗有口紅的嘴唇。

「才不要。但就算我這麼說妳還是會動手對吧。好，我就至少陪妳打個架。」

我稍微鬆開領帶如此表示後……

「呵哈哈，呵哈哈哈。我乃——侵掠這個世界，將人民推入地獄的路西菲莉亞！恐懼吧！敬畏吧！」

路西菲莉亞站起身子，把雙手雙腳「磅！」地張開成像是漢字『大』的姿勢。

結果她那分成三大束呈現縱向捲曲的長髮輕飄飄地稍微展開。同時，桌上的咖啡杯、架子上的花瓶、牆上的倫敦照片等等，也陸續「卡鏘、喀啦、軋答」地像是發生小規模的騷靈現象般搖晃了一下。是超能力吧。

然而，發生的現象就只有這樣，之後便安靜無聲。她一開始的笑聲也大概是為了不要被亞莉亞聽到，笑得很小聲。講到途中聽見亞莉亞從入口大廳關門出去的聲音，她才把聲量放大就是了。

「……剛才那是什麼？」

「嗚嗚，用你們的話語稱為念力。但因為這個腳趾上的環，害我只能發揮三十分之一的力量。我本來想說在開始戰鬥之前稍微做點效果，把房間裡的東西都『轟！』地炸開的說……」

「不要只是為了做效果就惹亞莉亞生氣啊。剛剛她不是才說過要是敢破壞房間裡的東西就——」

「有機可乘！」

砰！路西菲莉亞這招朝我撲來的奇襲……因為酷似遠山家在對話途中攻擊對手的狡猾小伎倆，所以當場被我看穿了。而且打一開始我就從存在感可以知道，路西菲莉亞相較於之前在納維加托利亞上的時候要**變弱了許多**。雖然還是遠比一般人強大，但與自從認識亞莉亞之後，有如血汗公司職員般連日戰鬥過來的我相比根本不是對手。

我猜路西菲莉亞在納維加托利亞的時候，恐怕是她自己沒有使用超能力的念頭，但還是在無意間用超能力讓身體各部位加速了吧。而現在既然那個力量減弱到三十分之一——

「如果要偷襲，就不要在行動之前把手臂高舉起來啊。」

「呀嗚！」

——即便是沒有進入爆發模式時，能力只剩三十分之一的我也能贏過她。我靠合氣道的橫面四方投借力使力，誘導路西菲莉亞朝別的方向飛了出去。

結果一如我的計算，路西菲莉亞「噗！」地摔落在亞莉亞家的巨大沙發上。而且是用**趴下的姿勢**。這也是我在把她摔出去的時候故意這樣調整的。表示我和路西菲莉亞之間的格鬥能力就是相差了這麼一大截。

路西菲莉亞發現自己又呈現『擺出那個動作就算輸』的姿勢後——

「嗚嗚。嗚嗚～！嗚～！」

她把臉埋進沙發上的靠枕，發出不甘心的聲音。接著……

「嗚～！」

又將埋在靠枕裡的臉露出一半，朝我瞪了過來。用那張紅通通的美人臉蛋。

「……怎麼啦？妳臉紅成那樣……是哪裡不舒服嗎？還有，妳別太用力把臉壓在靠枕上，要是妳的角把它戳出破洞就糟啦。」

由於路西菲莉亞臉紅得幾乎像是生了什麼病，讓我有點擔心地這麼詢問後——

「剛——剛才的不算！因為你肯定是用了什麼狡猾的伎倆！禁止你用那招，我們下一場才來比真的！還有這件衣服也不好！穿裙子不好活動！」

「嘴上講什麼要侵略世界之類的大話，妳氣度倒是太小了吧……？哇哇哇，不要把裙子掀起來！」

「嘰——！」

路西菲莉亞發出怪鳥似的叫聲，把沙發當成跳臺，朝我使出一記像是假面騎士踢的飛踢——可惡，逼不得已了。我躲開飛踢的同時用右手臂抱住她的腳，用右手抓住位置剛剛好的尾巴，用左手臂推動她的身體，並自己屈下身子……為了抵銷她飛過來的力道轉了兩百七十度，再把她輕輕放到長毛地毯上，又讓她擺出趴在地上的動作。

結果……

「～～～～！」

路西菲莉亞「哇——！」地露出驚訝的表情轉回頭，接著臉紅到彷彿要噴出火焰般，用像是看到什麼性犯罪者似的眼神瞪向我。

「你居然握了、握了兩次！握、握我的、我的、尾巴……！」

啊，糟糕。這麼說來，她在納維加托利亞上被我抓到尾巴的時候，也是表現出好像我闖了什麼大禍的反應。從這反應看來……被抓到尾巴對於路西菲莉亞族來說搞不好是相當於受到某種侮辱的行為。我還是道個歉比較好。

「呃不，因為那尾巴剛好在我很好抓的位置，我就順手抓住那邊了。抱歉。」

「你以為說抱歉就沒事了嗎！還有，勝負規則改為比七場！」

「妳總不會一直用那招不認輸吧……？」

面對趴在地上大吼的路西菲莉亞，我盤腿坐下無奈嘆氣。話雖如此……

「不過妳也差不多該明白了吧。妳不管試幾次，都只會被我弄成那個姿勢而已。還是給我安分點啦。」

唯有在這點上，我嚴肅警告路西菲莉亞。畢竟要是她鬧得把亞莉亞房間的東西打壞，就算弄壞的人是路西菲莉亞，肯定還是我得受到開洞之刑。

結果路西菲莉亞就……

「～～～啊嗚～！嗚～！嗚～！」

趴下臉，呻吟起來。然而並沒有再攻擊我。她總算認輸了嗎？

「抓了我的尾巴，又說不殺我。既然如此，就按照規定將我——」

「等等，妳可別講什麼因為輸了就把妳『當成奴隸』什麼的喔？雖然列庫忒亞似乎有那樣的地方規矩，但我可沒能力養什麼奴隸。」

我先發制人如此牽制對方後，「啪！」一聲撲到我眼前的路西菲莉亞接著……

「——將我收為**配偶**，與我生子！這就是規定！」

竟講出了這種完全出乎我預料之外的發言……！

已經慢慢習慣列庫忒亞的我，本來以為就算聽到再怎麼誇張的異文化也不會再驚訝了，但她這句話還是讓我當場「啥！」了一聲。逐漸朝恩蒂米菈模式發展的命運，怎麼好像變得難度更高啦！

「什、什、什麼生子？為什麼會變成那樣！」

「如今也只能這樣了！反正你也是明知會如此才這麼做的吧！就因為看我漂亮——這個賤人！」

「我聽不懂妳在講什麼啦！」

「給我聽懂呀這蠢貨！喂！不要往後退，這樣沒辦法做孩子！我不但在人前落敗，連尾巴都給人屈辱，又沒有被殺，一輩子的臉都給丟光了。若要洗雪這等恥辱——只能成為配偶了！配偶乃一心同體，因此就算給其中一方跪拜磕頭，也等於只是我給自己磕頭，不算什麼恥辱！如今除了生你的孩子，度過身為配偶的一生之外，路西菲莉亞沒有其他路可選！」

她這想法與其說是像恩蒂米菈——或許還比較接近『既然身上的東西被取走，就只能愛上取走的人』的瓦爾基麗雅。列庫忒亞並不是什麼小島或小國，而是一個世界。那麼想當然地域廣大，文化上也會有地方差異了。

在自尊心強的路西菲莉亞族的文化中，恥辱比死還要沉重。為了雪恥不擇手段的想法，或許對她們來說是理所當然的事情。但是，就算這樣，不管怎麼說也太誇張了……！

「而且——對路西菲莉亞來說，繁衍即戰爭。身懷強者之子，生下更強大的下一代路西菲莉亞，同樣是勝利的一種方式。我不為喜好與否，而是為了勝利而生孩子。換言之，我才不是品味低級到會喜歡上男人這種原始生物的路西菲莉亞。在這點上可別搞錯了。」

「什、什麼生、生孩子。妳、妳也講得太直接了吧？稍微考慮一下講法行不行……！」

「請不要搞錯了？」

「不是那部分的講法！」

跟並非自己喜好的對象也會想要生孩子，這和我們的價值觀從根本上就不一樣了……！

然而關於這點，我也不是完全無法理解。畢竟列庫忒亞人只有女性——是單性人種。她們可能並不是透過戀愛結婚，或者就算有那種人也是少數派。那麼在留下子孫的想法上，也許是更功利主義吧。

而在那樣的得失計算上，路西菲莉亞族是將留下強大的基因視為有利的事情。對於強者生存的大自然法則，她們搞不好可以說比人類更加單純。

不，就算是人類——從前的歐洲為了讓自己國家強大，也會無關乎喜歡與否進行政治結婚。日本直到最近也還有一部分的家族單純為了不要斷後而結婚。在這點上，可能只是我自己眼光太狹隘了。但就算這樣，我還是很傷腦筋啊！

居然要我跟才剛認識沒多久的女性跳過一切步驟就成為那種關係……！

「所以從此刻起，我將稱你為家主大人。畢竟遺憾的是，目前我的戰績是三敗。但今後只要我四勝成為最終的勝利者，你就要稱呼我為家主大人，或者稱路西菲莉亞大人也行。」

原來她還沒認輸啊……

姑且先不談這點——如果所謂的什麼類族魔術還繼續有效果，我搞不好要面臨人生最大的危機了。因為當初恩蒂米菈即便沒有真的成為我的奴隸，還是以類似部下的形式服侍過我。換言之，路西菲莉亞的要求也有可能實現到相當接近的形式。雖然說，跟懷孕、生產相當接近的形式究竟是什麼，我完全無法想像就是了。

快想想辦法啊，金次。這下只能當作必要之惡原諒自己，把聽過路西菲莉亞的話稍微想像了各種情景而開始加速的血流力量反過來利用了。快想想有沒有什麼方法擺脫這場危機……！

有、有了——這招搞不好可行！

「妳等一下！」

「怎麼？」

「呃、那個、雖然這種事情……實在教人害羞到難以啟齒啦！但是我跟妳之間，應該沒辦法生小孩吧？因為妳們不是只靠女性傳宗接代嗎？那和我們的、那個、傳宗接代的方式……應該不一樣才對。說到底，妳們究竟是怎麼樣生小孩的？雖然我覺得那內容應該光是聽起來就很恐怖啦……」

由於這是我避諱至極的話題，所以講得很吞吞吐吐，不過我回想起夏洛克講過的話，並從中尋求出路。

恩蒂米菈或者應當屬於列庫忒亞人旁系的閻她們有說過，她們是一群女性之中最優秀的人在成熟之後會變成男性之類的話。但關於這點，恩蒂米菈也只是當成常識知道而已，她本身似乎並沒有實際與男性接觸過。而在那群緋鬼的鬼之國也沒有成為男性外觀的鬼。雖然這終究只是我的假說，但列庫忒亞人所謂的男性，搞不好跟我們人類的男性是完全不同的存在。如果真是那樣，路西菲莉亞再怎麼說應該也會放棄這件事才對。

「嗯，原來你是不清楚這點而感到困惑。那毋須操心。」

「妳們是、那個……會像變身一樣變成男性嗎？變成像我這樣的外型……」

「才不會變成那麼醜陋的形狀。只是將成熟至具備生殖能力的存在仿照原始時代的稱呼而稱之為『男性』罷了。」

路西菲莉亞露出一臉「你怎麼連這種事情都不知道」似的無奈表情，挺直背脊端正跪坐。

結果我也被她影響跟著跪坐下來，讓兩人的景象有如小孩在聽媽媽說教一樣。

「列庫忒亞人直到原始人的時代還有女男之分，然而在進化的過程中逐漸變得只有女性了。畢竟跟只有一半的人能夠生小孩的種族相比，全部的人都能生產的種族比較有利呀。」

……雖然這聽起來好像有那麼一點道理，但她一開始那句『毋須操心』實在恐怖到讓我無法專心聽下去。意思是說沒有問題嗎？不會有問題嗎？真的假的？

「後來，列庫忒亞人種細分成了許多族群。而根據族群不同，能夠生子的條件也不一樣。不過那個條件大致上都相當嚴格，否則光是一點意外就會生孩子了。」

「……那可不行呢……」

「有族群是必須兩人關在密室中持續呼吸同樣的空氣。有族群是必須口對口接觸。有族群是要在蝴蝶園中嬉戲，有族群是吸對方的血。其他還有各式各樣的條件，也有族群把條件視為祕密。只要能滿足條件，和其他族群也是可以進行雜交。雖然說族與族之間有所謂的親和性——即容易生子與否的適性就是了。」

「……」

「在這之中，路西菲莉亞族要將自己分給其他族群的條件極為嚴苛。必須在有月亮的夜晚前往海邊或湖畔，兩人一起沐浴映在水上的月光。如此一來，路西菲莉亞便能發出將自己刻畫到對方身上的光芒。然而那個光非常微弱，因此兩人必須互相緊貼身體。另外，路西菲莉亞的狀況並非讓對方身懷自己的孩子，而是透過將對方成為路西菲莉亞的方式進行增殖。只是這也不一定能夠完全變化，若對方的體內沒有受體，就根本無法成為路西菲莉亞。若只有少數受體，也只能稍微變成路西菲莉亞而已。」

……真是教人驚訝……

列庫忒亞人的遺傳基因交流方式——照她剛才這段話聽起來，有空氣傳染、接觸傳染、以飛蟲為媒介的媒介傳染、血液傳染——湊齊了各種跟細菌或病毒的傳染途徑相同的傳播方式。

所謂的傳染，是將微生物本身連同遺傳基因一起從人體運送到另一個人體的機制。而列庫忒亞人在變成單性物種的演化過程中，將傳染的機制融入到傳播自身遺傳基因的生殖行為上了。

路西菲莉亞那種將對方基因改寫的方法又更加進化。我猜那恐怕是利用放射線。日光的反射光在生理學上成為變化關鍵的例子，我也不是第一次聽說了。像麗莎變身為熱沃當之獸的關鍵要素是月光——也就是陽光在月球表面**反射**的光線。麗莎當遇上垂死的狀況時會為了生存而變身，路西菲莉亞則是以反射光為關鍵要素傳承基因。而且那還必須是映在水面上的月光——也就是將陽光**雙重反射**之後的光線，可見她們是將那樣的生理現象進化得更加複雜的種族。

「簡單來說，就是透過家主大人你們的文化之中所謂『月色真美』、『死而無憾』的互動。如何？路西菲莉亞族是不是很浪漫？」

「夏目漱石和二葉亭四迷啊（註2）。真虧妳會知道那種東西……但並非列庫忒亞人的我身上應該沒有妳所謂的受體吧？我猜啦。」

「是沒有。對方身上有無受體，我能夠靠感覺得知。家主大人身上完全沒有。」

「那麼就算我跟妳成對也無法增殖路西菲莉亞啦。好，這件事就到此為止。」

「家主大人是呆子嗎？我提到水月婚的事情只是要告訴你路西菲莉亞的神祕之處，也就是單純的炫耀而已。說到底，男性是無法生育小孩的劣等生物。要生小孩的是身為高等生物的我。而家主大人要讓我懷子的方法非常簡單——就跟動物一樣，跟這個世界的原始生物人類是同樣的方法。」

「……噫……！」

註2　源自兩位日本文豪分別將英文的「I love you.（我愛你）」與俄文的「Ваша（我已屬於你）」配合日本人的特質委婉翻譯為「月が綺麗ですね（今晚夜色真美）」與「死んでもいいわ（我死而無憾）」的軼事。

「就如同人類即便放棄了樹居的生活型態，雙腳依然殘留又細又弱的腳趾一樣，列庫忒亞的女性們也依然保留有原始的生殖器官及其功能。換言之，對於家主大人一開始的那問題的回答就是——『要生孩子沒問題呦♡』啦。」

果然是這樣！其實仔細想想就知道，在這邊的世界也有列庫忒亞的女性們留下來的子孫啊！

「只是那個功能已經退化得又細又弱，和這個世界的男人之間能夠成功懷胎的機率似乎很低的樣子。尤其像我這樣走在進化最前端的列庫忒亞人肯定難度很高，所以要更加把勁才行。另外，我對於那個原始的方法不是很懂。家主大人想必比較清楚，所以就交給你了。來吧。」

「不行不行不行！我光是聽完這一連串露骨的內容就已經快受不了啦！」

「……為何要抗拒？懷下的吾子，同時也是家主大人的孩子啊？生子留孫傳宗接代乃對於世上所有生物來說皆為好事不是嗎？」

妳這樣講我就很難反駁沒錯啦，可是……！

不管怎麼說，路西菲莉亞在這方面的觀念差距似乎比恩蒂米菈更嚴重。她們或許在生物學上是比較進化的種族，但在文化上卻感覺有一段難以跨越的隔閡啊。

「話說，妳不是主張要侵略這個世界嗎——既然這樣，哪有時間讓妳生什麼小孩？妳講的事情跟做的事情根本互相矛盾嘛！」

「這兩者是相互一致的呀。我的家主大人可真愚昧，讓我都對將來開始感到不安了。」

「？」

「只要強大的我與強大的家主大人努力生產，孩子們又進而延續到子子孫孫，路西菲莉亞侵掠世界的計畫便得以實現。對生物而言所謂的勝利，就是個體的生存與種族的繁榮。自古以來便是如此。」

讓自己的子孫擴展到世界上——

路西菲莉亞的打算並非以個體，而是以種族侵略這個世界。要講起來，就是人型的侵略性外來種。接在與蕾芬潔合作的女神庫洛莉西亞之後，這次又來了個誇張的傢伙。列庫忒亞簡直是個驚嚇盒啊。

「可……可是生物的勝利條件應該還有另一項，就是滅絕其他種族。妳的計畫不是要攻擊人類使其滅絕，侵略這個世界嗎？」

「那種事情我的確可以辦得到，但有違路西菲莉亞的規定。」

「呃、是那樣啊？」

「若要讓數量如此龐大的人類全部滅絕，就必須製造千年寒冬、偏移星球轉軸或是吸入無限黑暗。但那樣做，對我來說也會變成難以居住的土地不是嗎？而且也會變得沒有為我勞動的存在。因此路西菲莉亞早在千年以前，就與人類締結了不會引發全面性戰爭的協定。」

讓地球進入冰河期、偏移地軸、製造黑洞……意思是說路西菲莉亞族連這些事情都能辦到嗎？但願那只是她在唬人。而且光靠貞德做的什麼道具，真的有辦法把那種傢伙的魔力確實封鎖住嗎？我都開始擔心起來啦。

「據說以前也有路西菲莉亞抱著要滅絕人類的野心來到這邊的世界，但不知為何到最後都接連下落不明。雖然不清楚理由，但她們的計畫似乎並不順利的樣子。然而就好像庫洛莉西亞一樣，企圖將這世界的人類毀滅的神也確實存在。今後就由我來保護人類不受那些神的攻擊吧。畢竟現在已經確定我的小孩會有一半是人類呀。」

「已經確定了啊……在妳腦中……」

「家主大人，孩子最起碼要生十個喔。一名路西菲莉亞產十個小孩，那十名路西菲莉亞再各產十個小孩——只要如此反覆十二代，路西菲莉亞的數量便能達到一兆了。」

一、一兆……原來如此，那的確是一種侵略。

——喀鏘！就在這時，傳來亞莉亞回到房間進入玄關大廳的聲響。於是……

「關、關於妳講的什麼生孩子的事情——那只是妳們一族的規定，只是妳個人的願望。但如果要實現那種事，必須有我……呃、該怎麼說？必須有我提供協助。而所謂的協助是以同意為前提。但是，我並不同意那種事。就這樣，妳現在馬上給我換個話題。如果有什麼其他想講的事情，就現在講出來。在亞莉亞面前就算妳繼續講剛才的那些話，我也絕對不會有任何反應。」

我趕緊坐到桌邊的椅子上，放低聲量對路西菲莉亞迅速如此說道。

接著亞莉亞一進入房內，路西菲莉亞也很不高興地嘟著嘴坐到桌邊。然後從我對面的位子稍微把上半身靠過來——嗚哇！被緊繃的水手服擠到中間的雙峰之間、深～邃的峽谷，清清楚楚地在我眼前啦。太可怕，太可怕了。聽完剛才那些話之後更是恐怖十倍啊。

「……那個頭髮與眼睛跟我同樣顏色的年幼女孩，她現在在哪兒？」

「妳說金天？」

路西菲莉亞聽從我的命令換了個話題，讓我內心不禁鬆一口氣。

「我想她應該是路西菲莉亞族的後代。畢竟路西菲莉亞族人數稀少，我除了自己母親以外，即便是遠親，也從未見過任何其他路西菲莉亞。而且我和母親也依循規定在我年幼時便分離了。我想跟金天見個面。」

路西菲莉亞族的人光因為是路西菲莉亞族，就會被其他種族基於功名心態而盯上性命。而且她們在列庫忒亞的生殖方法也相當複雜。因此我能理解她們為什麼會成為稀少的存在，而這點想必讓路西菲莉亞很寂寞吧。

「等我確定妳是安全的存在之後，我再讓妳跟她見面。」

亞莉亞招招手對我說了一句「金次你過來一下」，於是我留下這句話後離開路西菲莉亞面前。多虧如此，讓我擺脫了這場人生最大的危機。雖然我總覺得那只是暫時性而已啦。

3彈　即使投胎七次

「——對路西菲莉亞的訊問如何了？」

「……哦、哦哦，我讓她不會再胡亂出手了啦，但除此之外沒能得出什麼有意義的成果。真是個對應起來很棘手的女人，我不喜歡。讓我傷透腦筋了……」

「嘴上那麼講，但你倒是一直盯著人家的胸部看嘛。」

亞莉亞「哼」一聲把頭別開，讓她的馬尾像波浪鼓一樣甩起來輕輕巴了我一下……接著把我帶向玄關大廳，卻又在走廊轉角處對我做出『等等』的手勢，然後她自己繼續走過去。

（……？）

從玄關大廳傳來女孩子的聲音，而且不只一人。看來亞莉亞是因為有男生在房間的事情如果被發現不太好，所以才叫我留在這裡等她的。於是我從轉角處偷看，發現有兩位莫名嬌小的女生合力把一堆莫名龐大的玩意搬進室內。

那對短雙馬尾二人組是……亞莉亞的戰妹間宮明里，以及間宮的戰妹天音・坎蒂絲。搬進來的東西似乎是家具。

（這麼說來，亞莉亞的戰姊名字好像叫安潔麗卡的樣子——安潔麗卡(Angelica)、亞莉亞(Aria)、明里(Akari)、天音(Amane)連續四代的戰姊妹拼音開頭都是A呢。）

那三個A們在玄關大廳「我這裡抓到了一個女性恐怖分子，要在我這房間進行訊問。」「在亞莉亞學姊的房間嗎！真羨慕。」「天音也好羨慕的呢～」「現在不可以進去喔。除了我以外的人現在禁止跟她見面。妳們把家具放在那邊。」地對話著……

亞莉亞叫她們把似乎是給路西菲莉亞用的床和桌燈等等的箱子放在玄關大廳，然後又叫我留在這裡待命，可見她打算等一下叫我把那些東西搬進來對吧？還有間宮跟坎蒂絲，妳們應該要有反應的不是針對『這間房間』而是對『恐怖分子』才對吧。不要對恐怖分子習以為常行不行？就算妳們是亞莉亞的小妹們，也未免對武偵高中的文化習慣得太過度了。

我躡手躡腳溜回南客廳後……

「路西菲莉亞，亞莉亞買了給妳用的家具回來。自己的東西就自己去搬。」

我對跪坐在沙發上的路西菲莉亞如此命令，可是……

「我不要。」

「妳沒聽到嗎？我再說一次。自己去搬。」

「你沒聽到嗎？我再說一次。我不要。」

「為什麼啦……妳明明一直『家主大人、家主大人』地叫。既然叫我大人，就稍微聽我的話啊。」

「女男之間乃女尊男卑。家主大人，你可要好好對待自己的新娘子。」

「妳把金次當丈夫了？」

「嗚哦哇啊！亞莉亞？」

不知什麼時候跑回來插入對話的亞莉亞娃娃聲，害我心臟彷彿要把肋骨全部撞斷似地用力跳了一下。剛剛還想說瞞過她的對話內容，才不到一下子就曝光一部分了！

「呃、不、那是這傢伙擅自決定的……！」

我轉回頭慌慌張張辯解。亞莉亞則是垂下嘴角，雙手抱胸——深深嘆了一口氣。

接著，她擺出歐美人慣用的無奈手勢。

「路西菲莉亞，我勸妳多珍惜自己的生命。這東西可是會吸引各種危險狀況與事件的危機吸鐵人呀。而且又花心，跟這東西在一起肯定會吃苦喔。而且又花心。」

為什麼要講兩次？還有什麼叫危機吸鐵人？還有不要一直叫我「這東西」。把我當奴隸的傢伙有什麼資格講這些話？這一連串的吐槽差點衝出我的喉嚨，可是……亞莉亞這次怎麼沒有像平常那樣火山大爆發呢？為我做負面宣傳的那個態度甚至有種像正妻不把小三當一回事的從容感覺。不過她額頭上還是有浮現「D」字形的青筋啦。

然後，亞莉亞不理會花心的丈夫——雖然那樣反而很恐怖就是了——和同樣垂下嘴角的路西菲莉亞之間「啪嘰啪嘰！」地……爆出視線火花。

「不准說我家主大人的壞話。」

「哦～？Ｓｏｒｒｙ啦。」

……這氣氛不太妙喔？要是不趕快想想辦法，恐怕會爆發武偵 vs 惡魔的怪獸戰爭啊。難得千年前締結的協定都要被打破了……！

到頭來，那些家具還是由我搬到七房的其中一間臥室，連組裝的工作都是一個人負責，害我花了好久的時間。由於是私底下個人品味有點少女興趣的亞莉亞挑選的床和桌子，所以上頭還有一大推充滿小公主感覺的多餘裝飾啊。

——現在都已經完全來到晚餐時間。肚子餓死啦……

因此我像隻蟑螂一樣入侵到廚房，結果當場發生問題。亞莉亞家的廚房裡居然沒有一點像樣的食材。冰箱冷藏庫只有牛奶跟魚肝油錠，冷凍庫也只有冷凍桃饅。那傢伙平常到底是怎麼生活的？

亞莉亞本人則是在北客廳，一點都沒有要把香苗小姐還住在這裡時教過她的廚藝好好發揮的跡象。

於是……

「亞莉亞，妳別老是在那邊保養什麼手槍，去訂個披薩來吃啦。我要夏威夷口味。」

我抱著讓她訂外送當作家具組裝費用的打算，如此對她說道。

「路西菲莉亞如果沒有再多透露一點情報就不准吃飯。讓她一天不吃東西或許嘴巴就會鬆一點了。」

「不要虐待俘虜。剛好相反啦，相反。應該要給她吃點美味的，讓她心情好一點才對。」

「哦～這樣喔～你對她真好呢。畢竟她很漂亮嘛，身材很好嘛！那就你負責給她東西吃呀，給你那位可愛的新娘子！」

亞莉亞朝我狠狠瞪過來，對於幫路西菲莉亞講話的我感到很火大的樣子，擺出晚餐連一顆蘇格蘭蛋都休想吃到的態度。雖然她的白銀手槍還在拆解保養中，但是在另一把漆黑手槍拔出來之前——我趕緊逃出客廳……

真沒轍，看來我只能自己出去買食材回來了。這種事態發展難道也是類族命運嗎？然而這次是我一個人去買東西，身邊沒有跟著什麼會在店裡忽然抓起玉米吃的雙胞胎。就當作命運多多少少有朝著不同的方向在發展吧。

雖然現在的時間要買晚餐用的食物稍嫌有點晚了，不過時間晚也有時間晚的戰略可行。由於我還是老樣子身上沒多少錢——於是在超市的特價區買了幾樣出清特價的蔬菜，然後看著手錶來到浮島北車站附近的外帶便當店。這裡不但大分量的便當一律都賣五百日圓，而且還是到了打烊前兩小時會把賣剩的東西全部半價出清的超級優良店家。於是就在晚上八點整……我與儼如群狼來襲的武偵高中學生們展開一場爭奪戰，順利贏得三個半價便當。而且在同樣會特價出清的麵包店買了只有幾十日圓的麵包。嗯～連我自己都覺得表現優異呢。唯有在這種事情上。

「好，大家一起吃吧。」

一方面也為了讓氣氛不和悅的亞莉亞與路西菲莉亞能夠稍微改善關係，我讓那兩人一起坐到餐桌邊。

如果想要把身為俘虜的路西菲莉亞拉攏為自己人，好在將來對N發揮什麼效果——首先必須讓她在這房間的生活變得舒適才行。要是她和亞莉亞繼續交惡，想必難以達到目的。

路西菲莉亞看到我排列在桌上的半價食品滿漢全席，頓時愣住……

「這怎麼看都有三人份呀。難道我也可以吃到一人份嗎？」

她好像很驚訝的樣子。大概以為自己是俘虜就連飯都沒得吃吧。

「那當然，妳一樣會肚子餓不是嗎？」

「這麼說是沒錯啦。不過家主大人可真慷慨。該不會是想把我餵胖之後吃掉吧？畢竟有些種族迷信只要吃了路西菲莉亞就能成為路西菲莉亞。」

路西菲莉亞用開玩笑的語氣如此說道後，開心地把椅子靠近我。

「怎麼可能吃，吃了也怎麼可能變嘛。就跟吃了魚不會變成魚一樣啊。」

「呵呵呵！我的家主大人實在幽默。的確就算吃了魚也不會變成魚呢。呵呵呵！」

她這態度好像真的被我戳到笑點的樣子。通常我只要講出這種半開玩笑的發言，幾乎百分之百都會被女生嫌冷的說。難道出生年月日一樣的話，連幽默品味也會相似嗎？

「喂！金次！不要跟N那麼要好！」

亞莉亞也同樣把椅子靠近我，拉我遠離路西菲莉亞。由於她抱住我的手臂讓我的手肘碰到她胸部，害我當場大吃了一驚。雖然因為她本人正在生氣所以沒注意到就是了，不過讓手肘觸碰根本不存在的東西聽起來好像也很奇怪——

「話說，這是什麼便當啦？」

「呃、啊，這叫半價便當。因為是當天賣剩的東西，所以菜色每天不同。妳們挑自己喜歡的去吃吧。我不會事後要求付錢的。」

雖然這下變成我請客讓人心裡不太能接受，但是跟亞莉亞要錢又很麻煩，路西菲莉亞更是身無分文啊。

「盡是我沒見過的料理呢。」

路西菲莉亞同樣把我的手臂抱向自己——嗚哇！這邊倒是整隻上臂都陷進實際存在的東西之中了！——用開心嬌甜的聲音如此說道。我不曉得是否因為她是什麼惡魔女孩的關係啦，不過這傢伙總是積極做出惹亞莉亞生氣的行為啊。

「那、那妳就看外觀挑選啦。」

被我這麼說後，路西菲莉亞便拿走漢堡排便當，亞莉亞則是挑選天婦羅便當，因此我是最後剩下的南蠻雞便當了。

就這樣，我們三個人「啪喀啪喀」地打開塑膠容器的蓋子開始用餐，但是……

「這條炸蝦根本八成都是麵粉皮嘛。我才想說它尾巴怎麼這麼小。而且吃起來還溼答答的。」

亞莉亞立刻就對我的半價便當嫌棄起來。這該死的有錢人。

「那不叫炸蝦，叫天婦羅。麵粉皮也是很珍貴的熱量來源喔。還有那個會被油浸得溼答答的也是沒辦法的事情，畢竟是早上做的東西一直放到晚上才吃啊。」

「還有這個白飯，味道好像怪怪的。真的是白飯嗎？」

「廢話。那是用化學調味料添加風味，用甘胺酸增加色澤，用矽利康調整過口感的完美白飯。」

「那樣哪裡叫完美啦！還有這個萵苣聞起來有氯氣的味道，咬起來的口感也好怪。」

「那不是氯氣，是次氯酸鈉的氣味。浸泡過次氯酸鈉可以讓蔬菜的顏色變得鮮豔，保存好幾天都不會變色。事先也有用漂白劑消除過菜葉上的黑斑黃斑，所以看起來很漂亮對吧。而且不只是外觀表相而已，那菜還有浸泡過強鹼所以真的不容易變壞，妳放心吧。防腐劑跟保存劑也都有加到位。至於妳說咬起來的感覺是因為有用磷酸鹽讓它變得比較脆。」

「根本一堆添加物嘛！」

「妳在街上看到的便當現在都是這樣，別在意。這些添加物的分量都有保持在厚生勞動省規定的範圍內。應該啦。」

「夠了。我不吃。」

虧我好心解說了市面上的便當能夠保持美味與新鮮度的祕密，亞莉亞大人卻不太高興的樣子。就連路西菲莉亞也一邊吃著做成荷包蛋形狀的加工蛋一邊講著「嗯，的

緋彈的亞莉亞
Aria the Scarlet Ammo
侵掠的新娘
XXXV
35
赤松中學
尖端出版
www.spp.com.tw
© Chugaku Akamatsu 2021
Illustration : kobuichi
KADOKAWA CORPORATION

確不美味」這種話。

「我說妳們啊！我可是靠著以半價便當為主食的生活才活到今天的，今後也是一樣。妳們敢瞧不起半價便當，我可是會生氣喔！不准妳們吃剩！」

就在我變得像忍者亂太郎的餐廳大嬸時……

「雖然不美味，但我還是會吃。畢竟是家主大人難得給的食物。而且要是不趁能吃的時候多吃點，也不曉得什麼時候會餓肚子。遇上饑荒的時候可是十天、二十天都沒得吃呀。」

列庫忒亞的糧食狀況或許不太好的樣子，路西菲莉亞嚴肅地講起這種事。而且還露出實際經歷過飢餓而留下恐怖記憶的人才會有的眼神。

即使是我也沒經驗過那麼長期沒飯吃的狀況，因此……

「……味道姑且不說，但我最起碼不會讓妳餓肚子的。這點我向妳保證，所以今後妳不用擔心那種事。」

我覺得至少在這點上要讓她安心，而認真如此表示。

結果路西菲莉亞用她那對大眼睛看向我……

「……」

她臉上露出感動至極的表情。雖然接著又變成好像內心小鹿亂撞的表情讓我搞不太懂就是了。結果亞莉亞馬上「啪！」一聲重新抓起免洗筷……

「既然妳吃，我也吃。不然總覺得好像輸給妳的樣子，讓我不爽呀。」

她用找人吵架似的口吻對路西菲莉亞如此說道。結果路西菲莉亞也回她一句「既然已經放棄過一次，就是妳輸了。嘻嘻嘻！」並對著亞莉亞扮了個鬼臉。原來在列庫忒亞也有那種羞辱人的動作啊。

那兩人即使嘴上嫌得要命，卻無論白飯或配菜都吃得比我還快。然而……

到最後終究沒能改善她們之間的關係啊。

雖然一邊吃著半價便當的狀況很難有現實感，不過根據夏洛克的說法——我們如何對待路西菲莉亞將是影響到兩邊世界趨勢的重要關鍵。既然如此，我們三個人互動的這段生活應該是很重要的局面才對，可是卻從一開始就進行得不太順利。

的確，路西菲莉亞是N的金戒指，莫里亞蒂的曾孫，是相當於敵方陣營中僅次於首領的大人物。另一邊的我和亞莉亞也是與N對抗的陣營中兩枚重要的棋子。這三個人今後的關係究竟會繼續彆扭還是會變得圓融，的確會造成很大的影響。

要是讓路西菲莉亞跟亞莉亞過著不斷累積壓力的生活，可是會很危險的……在我們與N的戰鬥上。

沒錯，這是一場戰鬥。一場名為「生活」的新型態戰鬥。不同於至今那些槍砲刀劍與魔術交鋒的戰鬥，而是我和亞莉亞這對搭檔從未體驗過的新型戰鬥——

——要說累積壓力，其實我也一樣。亞莉亞平常似乎連洗衣服都是交給間宮負責，因此現在不讓外人進房間的狀況就讓待洗衣物都滿出洗衣籃了。

沒洗過的女生衣服對我來說，就跟炸彈是同等級的危險物品。雖然世界上好像也有比起女生本體更喜歡女生未洗衣物的變態，不過畏懼返對的我則是決定在意外事故還沒發生前緊閉眼睛、停止呼吸，把那些玩意都丟進滾筒式洗衣烘衣機中。即便如此，透過手抓的觸感還是可以知道，有水手服上衣、連身睡衣、百褶裙、膝上襪——咦？這是什麼？啊，是路西菲莉亞那套像細繩泳裝的玩意。材質有如絲絹或尼龍般手感滑順，至於這個奇怪的洞……應該是讓尾巴露出來的洞吧。畢竟像萜萜蒂、列萜蒂的衣服也有同樣的洞。至於猴則是因為尾巴較細，所以是穿低腰內褲適應的。我搞不好是這世界上對於有尾人種的內褲知識懂得最詳細的人類呢。

話說，用手指到處摸這種東西的模樣才真的看起來像個變態啊。而且也快憋不住氣了，還是快點辦完事吧……

「哦哦！」

就在這時忽然傳來路西菲莉亞的聲音，害我以為被抓包而差點心跳停止。

不過那聲音聽起來很遠，於是我趕緊把開洞的細繩內褲丟進洗衣機——倒入洗衣精讓洗衣機開始運轉後，回到飯廳。

結果我看到路西菲莉亞在那裡搖著尾巴……站著偷吃食物。那是原本要當成明天早餐的麵包，被她擅自從袋子裡拿出來了。哎呀，反正我買很多，讓她吃掉一個也沒差就是了。

「家主大人，這可真美味呢。我很中意。這叫什麼名？是哪個國家的食物？」

笑容滿面地轉回頭的路西菲莉亞一口接一口吃進嘴巴的是──

「那叫咖哩麵包。咖哩來自印度，麵包來自西洋國家，然後在日本把兩者融合為一的。」

或許在列庫忒亞雖然有類似漢堡排的食物，但沒有咖哩麵包吧。就像恩蒂米菈吃到蕎麥麵的時候也一樣，當人體驗到自己未知的風味時味覺指數似乎會破錶，有時讓人徹底上癮的樣子。

「既然妳喜歡，明天如果又是半價，我就再買來給妳啦。」

「咦？真的嗎？你願意為我準備我喜歡的東西？」

「為什麼要露出那麼驚訝的表情啦？既然要吃就吃喜歡的味道不是比較好嗎？反正也才四十元而已。」

聽到我這麼表示後……

「那是，你願意……將我當成新娘子對待的意思嗎？」

路西菲莉亞又用感動的眼神看向我。

「不要再提那件事，亞莉亞會生氣啦。另外，咖哩麵包雖然還有一個……」

我從袋子裡拿出另一個咖哩麵包，結果路西菲莉亞就「哇～」地把手伸過來。

但是我把麵包舉高到頭上，不讓她抓到。

「不過這個妳留到明天早上，否則妳沒早餐吃囉。」

「你、你在命令我嗎？又要叫我乖乖聽你的話嗎？我可是偉大的路西菲莉亞，從來沒有聽令於任何人過！給我交來！」

「那麼這就是妳的第一次。現在不准吃。」

在影響兩個世界趨勢的這場與N的戰鬥之中堪稱重要局面的這段生活——於「衣食住」的「食」上抱有缺陷。雖然尚在摸索究竟該如何引導至期望的結果，但如果不稍微改善一下食生活也不行吧。至少絕對不能讓沒早餐吃的狀況發生。

由於身高差距抓不到咖哩麵包的路西菲莉亞又「嗚～」地鬧起彆扭，於是……

「回答呢？」

我擺出些許嚴厲的態度，結果大概是輸給我好幾次的記憶湧上她腦海的緣故……

「……是……」

路西菲莉亞把手縮回去，份外老實地這麼回應了。而且帶著有一點點畏怯的眼神。接著又露出對於自己剛才的動作感到驚訝似的表情，用雙手抓住自己左右兩邊的犄角……

「嗚～……啊嗚～……嗚嗚～……怎麼回事？我這個樣子，我這個心境，究竟是怎麼回事……嗚～！啊嗚～！嗚嗚嗚～！」

她莫名其妙地忽然發出不成話語的聲音，苦惱起來。一下彎低身子，一下又往上伸直。

不過女生的感情對我來說比相對論還要難解，因此我也只能放著她不管。

而且現在時間也很晚了……

「那我差不多要回家去睡啦。妳可別跟亞莉亞吵架喔？」

我說著，準備走出飯廳……結果被路西菲莉亞一把抓住夾克下襬。妳幹什麼啦？

「家主大人這傻子，不要丟下新娘子一個人呀。給我睡在這個家。」

「這裡是女生宿舍，男賓止步啦。而且又不是留妳一個人獨處，還有亞莉亞在啊，不會孤單吧？」

「配偶怎麼可以在不同家過夜？亞莉亞跟家主大人不一樣，她是僕人。」

「我什麼時候變妳僕人了啦？我才想說你們到底在吵什麼……」

如此說著並嘆了一口氣的，是不知何時現身在飯廳門口的亞莉亞。

「總之我不依我不依！家主大人要留在這裡！」

啪！路西菲莉亞抓住我的身體，香的氣味和柔軟的觸感害我當場慌了起來——的時候，亞莉亞表示「我也有準備你的床啦。跟我過來拿。」並且把我從路西菲莉亞手中剝開。

「咦咦……？我也要留在這裡過夜……？」

「畢竟照她那樣子，搞不好半夜會為了找你而偷溜出去呀。」

——就這樣，我被亞莉亞帶到吊有備份制服、迷彩服、C裝備的戰鬥背心、便服、禮服等等服裝的衣帽間。地板上還有壓克力的防彈圓盾與摺疊收納成背包形狀的滑翔傘之類的東西——然後從那衣帽間的深處……沙沙沙……

「嘿……咻！這個你拿去用。這是明里偶爾會用的東西。那孩子在這裡過夜時，如果我不在家就會跟我客氣不睡床上，所以我幫她買了這個。」

亞莉亞用像是拿抹布擦地板的動作推出來的，是一張摺疊收納起來的充氣墊。也就是把空氣灌到裡面，讓它膨脹成皮囊筏形狀使用的玩意。

真沒轍……那我就把它鋪在閣樓之類的地方睡吧。那樣總比直接躺地板來得好，而且要我睡在亞莉亞平常屁股坐的沙發上，在爆發的意義上也很恐怖嘛。

於是乎，我也蹲下身子準備把那充氣墊拿起來——

「……嗚……！」

呈現擦地板姿勢的亞莉亞，讓她胸襟的制服內側……完全被我看見了！

不過，我看見的是她上衣與身體之間形成的隧道另一側的裙子。如果今天換成白雪或理子，不，就算換成蕾姬應該也會被胸部遮住而看不到另一側吧。但亞莉亞的胸部也不是說透明的，還是可以看到撲克牌圖樣的隆起部位。只是看到的面積極小，讓我在爆發方面的意義上九死一生。

「你幹麼忽然變得動都不動？沒事吧？」

「隧、隧道……呃不，謝謝妳。不過我以前進行埋伏監視調查的時候用過這種玩意，睡得很不好。因為枕頭的部分靠起來像氣球一樣。所以我回房間拿我自己的枕頭來好了。在那期間妳們把洗澡之類的事情都做完。我絕對會回來，就拜託妳關照一下路西菲莉亞啦。」

我趕緊把充氣墊拿起來後，將它從衣帽間搬到寬敞的南客廳……上層的閣樓。

接著向亞莉亞借了房間鑰匙卡，暫時離開女生宿舍……走在夜晚的學園島，回到無人的自己房間。

然後從自己床上抓起枕頭裝進紙袋——這時才忽然想到，我還是連蓋被也一起帶過去比較好。畢竟亞莉亞如果拿出什麼舊毛毯給我蓋就完蛋了。要是蓋上那種沾滿亞莉亞酸甜氣味的布，我別說是睡不好了，肯定連睡都睡不著吧。

我估算那兩人輪流洗澡應該會花的時間，享受片刻的自由——雖然說也只是提著裝有枕頭與蓋被的紙袋，站在路邊確認順便帶來的參考書與筆記本而已——之後，回到亞莉亞房間……

很好，室內燈光昏暗。看來那兩人都已經做完睡前準備，上床就寢了。或許是為了當發生什麼事情的時候可以立刻察覺，亞莉亞敞開著臥室的房門——已經睡著了。

在透過玻璃天窗灑進來的星光中，可以看到呈現小寶寶睡姿的亞莉亞……睡臉有如天使般，讓人不禁看得入迷。可愛到簡直能夠洗滌心靈的程度。而且她身材明明很幼小，還是多多少少呈現出有女性感覺的曲線美。

然而就爆發性的意義上那並不是很好的景象，於是我避開路西菲莉亞的房間爬上鋪有木頭地板的閣樓。

這塊空間與其說是閣樓還不如說是上層客廳，非常寬敞。只有自己一個人盤腿坐在這種地方總有一種沉靜不下來的感覺。我接著對充氣墊呼呼吹氣，把它灌飽成皮囊筏的形狀。這玩意莫名讓我回想起在無人島上的恐怖記憶呢。而且它顏色是粉紅色也讓我不太喜歡。

（唉呀，不能奢求太多吧……）

在各種方面放棄挑剔的我，抓起枕頭與蓋被躺下來——

——側躺的我與呈現小鳥坐的姿勢坐在充氣墊旁邊的路西菲莉亞四目相交。

「家主大人～」

「……嗚哇！妳跑來幹什麼……！」

大概是在我吹充氣墊的時候爬上來閣樓的路西菲莉亞，身上穿著才剛從烘衣機烘乾的那套細繩泳裝。床邊忽然出現一名半裸美女的狀況，對於一般男生來說或許有如美夢——但對我來說除了惡夢之外什麼都不是。糟糕，由於驚嚇過度，害我明明躺著確腳軟了。身體變得不太能動彈。

（危、危機來襲！真不愧是危機吸鐵人啊我……快請求救援，要把亞莉亞叫起來嗎……！）

不，這個狀況下如果把亞莉亞叫來，她不幫忙反而成為敵人的可能性很高。而且路西菲莉亞來到這裡的理由也可能不是夜裡私通之類的惡質目的。舉例來說或許是她想上廁所可是一個人會怕之類的。雖然說我是屬於想像很強的類型，所以即便是那種理由我也不太想陪她去就是了啦——

「我想看家主大人的裸體。」

果然是惡質的理由！不愧是惡魔！

「為為為為為什麼啦……！想看裸體妳自己去照鏡子不就好了！反正妳穿著那樣像變態女的打扮，幾乎跟全裸沒兩樣啊——」

「家主大人這傻子！我是想要仔細觀察所謂男人這種生物的肉體呀。因為我不曉得究竟有什麼樣的器官。而且你可別瞧不起這服裝。這是為了展現自己身上的肌膚沒有絲毫傷痕，藉以炫耀自己的強大，是路西菲莉亞引以為傲的民族服裝！」

怎麼會有如此色的民族啊……路西菲莉亞族……！

「但既然家主大人不喜歡，我就脫掉。」

如此說著把手伸向自己背後衣服釦子的路西菲莉亞，大概是因為來自只有女性的世界，所以對於裸露自己身體的事情沒有羞恥心的樣子。那樣很不妙啦！

「不要脫不要脫衣服！不要露不要露出胸部啊啊啊！」

「哦，我想說家主大人老是盯著我和亞莉亞的胸部瞧，還以為你想看的說。」

路西菲莉亞頓時愣住……不過還是停下了脫衣服的手……呃、原來我……老是盯著她們的胸部瞧嗎？或許吧。但那是基於對爆發方面的警戒心才那麼做的。對吧，金次？

「嗯～女人與男人的身體構造不同。我對男人身體有興趣的，是跟女人不一樣的部分。那麼反過來想，家主大人應該也對只有女人才擁有的部位感興趣才對。例如胸部。可是真的要給你看卻又那麼慌張。實在奇妙。」

路西菲莉亞把食指放到嘴邊思考，接著「啊！」地露出彷彿頭上冒出燈泡的表情，然後又咧嘴浮現宛如小惡魔般的賊笑。

「哈哈～我知道了。雖然我同樣由於這等高貴使然，至今尚未生過孩子也沒讓別人生過小孩——家主大人如此年輕，肯定也還沒讓女人生過自己孩子的經驗吧？」

「如果有才誇張啦！」

「所以你會對自己沒有自信，表現得如此害臊。呵呵！真是可愛的小毛頭。」

明明跟我同歲卻把我當小毛頭對待，路西菲莉亞愉悅地四肢趴下——擺出母豹的姿勢。結果她雄偉的雙峰、隨著那個動作、搖晃起來……！

「……家主大人臉都紅了。見到美麗的我靠近，讓你心兒怦怦跳了是不是？」

路西菲莉亞緩緩搖動尾巴，慢慢逼近我。伸直手臂，挺起上半身露出自己的頸部，也讓胸部往前凸出。接著臉上浮現睥睨我似的邪惡笑容……

「嘻嘻嘻！有趣有趣。愉快愉快。現在的你跟戰鬥交手時判若兩人呢。」

聽到她這句誇耀勝利的發言，讓我知道了。

路西菲莉亞已經察覺，如果是這種事情她就能夠占上風。那對欺負人的眼眸中，可以看出輸給我好幾次而受挫的自尊心正漸漸復燃。

「瞧～你其實很想看這裡對吧？想看就老實說你想看，那樣我就讓你一飽眼福喔……」

找回惡魔尊嚴的路西菲莉亞在我眼前緩緩地、妖豔地撐起她的身體。最後變成高跪的姿勢，將她以女性來說毫無缺陷的身體展露無遺。

然而她並沒有把只要她有那個意思隨時都能馬上脫掉的衣服脫下來，甚至連準備要脫的動作都沒有。這是在等我按捺不住開口叫她脫掉。在等我降伏於美麗的路西菲莉亞之下。

「如果想摸我的身體，老實說出來。那樣我就讓你摸。想摸什麼地方都可以……」

路西菲莉亞有如展開黑色的翅膀般——用雙手撩起她華麗的捲髮，同時露出沒有絲毫毛渣的美麗腋下。

好不容易撐起上半身的我，想要正對著路西菲莉亞用坐姿往後退下……可是卻辦不到。彷彿本能在禁止我遠離眼前這位最高級的美女。

「你想對我做什麼，想要我為你做什麼，全～都儘管說出來。那樣我就什麼都讓你做，什麼都為你做。直到天明……」

路西菲莉亞見到我在本能上盯著她的身體看，便露出興奮顫抖的表情。路西菲莉亞族恐怕具備吸引別人目光為樂的本能。因此她只要順從自己的本能行動就能夠誘惑我。明明討厭女人的我，現在居然快要被她把心奪走。路西菲莉亞在展現自己的魅力上就是如此厲害。

可是，但是，如果我折服於她就會發生大事了。因為這個人剛才說過她想要生小孩什麼的啊！

因此我拚命忍耐，結果路西菲莉亞到最後終於——把全身往前倒下……

「嗚呵呵呵！吼呀～」

抱住我的身體，把我壓倒在充氣墊上……！

（……嗚……！）

宛如剛做好的棉花糖般軟綿綿，卻又充滿重量感的左右雙峰——在擁抱的壓迫下延展，包覆我的胸膛。與我身體緊密接觸的，是彷彿裡面沒有內臟一樣柔軟的腹部，以及完全沒有一絲贅肉的蠻腰。又白又長的美腿帶著彈性夾住我一邊的腳，妖豔地纏繞不放。更教人驚訝的是，她竟然連腳趾都用上，搔癢似地輕撫我的腳背。

「家主大人～……我的、家主大人～……呼哈……呼……」

路西菲莉亞朝我的頸部吐著有如熟透的芒果般甘甜的氣息——同時把薄得讓體溫都能完全穿透、銳角的剪裁設計讓布料面積極小的下半身衣服都貼到我身上。就像是把那服裝陷入肉中的蠻腰往我身上磨蹭似的，路西菲莉亞前後蠢動著她裸露的雙腿。彷彿沿著看不見的階梯往爬，彷彿踏著緩慢的步伐舞蹈般，動作無比煽情。

我動不了。在這樣宛如被蛇纏住身體的姿勢下，我完全動彈不得。要是稍微動一下手指就會觸碰到路西菲莉亞的肌膚，稍微動一下手臂就會抱住路西菲莉亞的身體，稍微動一下脖子就會與路西菲莉亞嘴唇相疊。我此刻就處於這樣的位置，被路西菲莉亞支配著。

「呵呵！是我贏了。」

——耳邊不經意的呢喃聲，頓時讓我回神。

路西菲莉亞這傢伙，竟然給我用了魔法啊。即使被那個腳趾環封印了魔力，她還是對我施展了魔法。只要是美女，誰都能夠施展的——名為魅力的魔性力量。而且她還透過讓講話聲音恢復平常的樣子，解除了對我施展的魔法。為的是剛才這句**勝利宣言**。

「知……知道了啦，這次就算妳一勝沒關係。拜託妳饒了我吧……」

從鬼壓床或者應該說女壓床的狀況中總算獲得解脫的我，抓住路西菲莉亞腋下，就像健身訓練的仰臥推舉一樣將她推高並認輸了。

「呀哈！家主大人～這樣好癢呀。既然如此，今後要不要每晚都這樣你儂我儂，增加我的勝利場數好了？嘻嘻嘻！」

路西菲莉亞笑著讓抱到我背後的手臂使力，想要把自己身體拉下來。痛啊，痛痛痛！不要把指甲戳在我的背上。

「要是妳敢那樣做……我也會主動跟妳打架，增加自己的勝場數！」

「唔，那樣就沒完沒了啦。換言之，如果想要決定出勝負就必須想想其他對決方法才行。要怎麼比才好？家主大人你也想想。」

「我明天會想啦，總之妳現在先把身體讓開……！」

「才不要！我要趁這好機會贏到最後。更何況我的火已經被點燃啦。」

「我、我都已經認輸了，妳不要過度攻擊。像我用格鬥打倒妳的時候，也沒給妳最後致命一擊不是嗎！」

「來來來，家主大人！用你的手把我的衣裳脫下來吧。脫掉新娘子的衣服，可是身為丈夫的義務。接下來我要用一整晚的時間讓你嘗嘗落敗的滋味。嘻嘻！然後生下寶玉般的娃兒——」

「不要對自己不利就假裝沒聽到！」

「嘎呀——！」

耳朵痛死啦！她用像是鹿的嘶叫，又像怪鳥的鳴叫聲裝傻過去了。

但其中一方輸掉之後還繼續比賽的行為，無論在任何競賽之中都是犯規的。我可不同意那種事！畢竟要是同意了就會發生大事啊！

「讓開！讓開！」

「呼嘻嘻！來呀來呀！不然家主大人先讓我看嘛～♪」

我和路西菲莉亞就這樣在充氣墊上彈呀彈地糾纏在一起。路西菲莉亞雖然站著打架很弱，躺著交手倒是有一套，把我的睡衣上下都給脫掉了。但是還有最後一件。這是我的尊嚴，絕不讓妳搶走！絕不！亞莉亞，妳也來幫我！呃、等等？亞莉亞……小姐……？

「……你這個男人……竟然趁我睡覺的時候，在我家亂搞……」

她在！她居然在這裡！在這層閣樓，或者說就在這張充氣墊旁邊——臉上浮現出「D」與「I」的青筋！啊、現在「E」也劈里劈里地浮現了……！

「……呃不……這是……不對……不是那樣的……請聽我解釋來龍去脈……」

「亞莉亞妳來得正好，幫我壓住家主大人的手或腳。那樣我等一下就稍微分給妳一點。」

面對恐懼到講話變成敬語的我，以及不曉得是打算把我的什麼分給亞莉亞的路西菲莉亞──剛起床心情很差的亞莉亞接著……嘎啊啊啊────！

明明是深夜卻發出怪獸般的叫聲，同時把腳「砰！」地往上踢高到讓她的連身睡衣都全開，把有如雙重螺旋般糾結在一起的我和路西菲莉亞一起踹到上空。然後……

「這個！笨蛋笨蛋笨蛋笨蛋笨蛋笨蛋笨蛋笨蛋笨蛋笨蛋笨蛋笨蛋笨蛋────！」

她雙臂擺出擠二頭肌的姿勢，在『這個！』的時候雙拳往上捶，把撞到天花板分離彈回來的我和路西菲莉亞再度打上去。接著在『笨蛋笨蛋笨蛋！』的時候有如朝上打洞的挖掘機一樣「砰砰砰！」地施展雙手連續高速上鉤拳。拳擊造成的上升力量與我和路西菲莉亞隨重力往下掉落的力量持續平衡，展開了無限拳擊之刑。

被亞莉亞那甚至連水泥牆都能像豆腐般打出破洞的強勁拳擊各賞了一百拳之後，我和路西菲莉亞才總算獲准掉落到木頭地板上……

「這個笨蛋金次！還有路西菲莉亞也是！讓妳跟金次見面之前我不是就說過了！金次在體質上不可以讓女生靠他太近，所以不可以跟他貼在一起呀！」

在奄奄一息的我們旁邊，張開雙腿挺胸站立的亞莉亞朝著正下方──不知道為什麼對著路西菲莉亞那對雄偉的雙峰大聲說教，並用力雙手抱胸。

「可、可是，亞莉亞不也會靠近他、嗎……」

「我是他搭檔所以沒關係！」

「那麼、我、我是、他新娘。是家主大人的、妻子……妻子即使投胎七次，都是丈夫的、妻子……」

路西菲莉亞說著，昏了過去。這傢伙也是個不懂得放棄的女人啊。

不妙，我的意識也漸漸模糊，要昏了。搞不好要死了。但就算我死了，假如剛才路西菲莉亞講的事情是真的，難道我下輩子還要被這個惡魔女糾纏嗎？我不要啊……

——隔天早上，又有問題發生了。

亞莉亞要到學校去。

那樣一來，家裡就只剩下我和路西菲莉亞。要我跟那個企圖做小孩的美女惡魔娘從現在開始兩人獨處整整半天的時間，可怕，太可怕啦。

於是我在房間的玄關大廳，苦苦哀求著手拿書包準備出門的亞莉亞：

「呃、喂，亞莉亞，妳別去什麼學校啊。反正妳二年級的時候就已經把學分都修完了不是嗎？」

「我總不能一直都不去吧。而且現在我在強襲科還是教官輔佐呀。」

亞莉亞，妳居然在當蘭豹的輔佐啊？嗚哇，突兀感完全蹺班了。

「你可別趁我不在就跟路西菲莉亞做奇怪的事情喔？」

不妙，我無法阻止亞莉亞去上學。而且她還對我宣告了她不在家時的什麼禁止事項。

「奇怪的事情……？那傢伙的存在本身就很奇怪吧。」

「你有資格說別人……？」

「那究竟是什麼事情不能做？妳不講具體一點我也不知道。」

雖然路西菲莉亞很可怕，不過亞莉亞同樣很可怕，因此我仔細向她確認這點。

「那、那種事情不要讓我講出口呀這個變態。啊，你因為從小那樣的體質下活過來所以不曉得呀……對不起。呃～總之……你不要跟路西菲莉亞靠太近。就像是接近禁止令之類的東西。明白了嗎？」

亞莉亞不知道為什麼紅著臉對我如此命令，但……

「光是在同一個家中就算很接近了吧？」

「你們不要互相觸碰！」

「說到底，我本來就不想跟女人互相觸碰。這點妳也曉得吧。到頭來我究竟不能做什麼事情？妳拿範例影片或圖片給我看，象形符號也行。」

「夠了！接下來你自己去想啦，這個笨蛋！啊，講到笨蛋我就想起來。車輛科的武藤剛氣呀……」

「講到笨蛋會被想起來啊，武藤……真是可憐……那傢伙怎啦？」

「因為平賀文暫時回國，所以我拿了各種東西委託她修理。聽說她現在是把武藤的車庫當工作室的樣子。你等一下可以幫我去看看修理得怎樣嗎？我今天應該會忙到沒辦法過去。」

「哦、哦哦，那是沒問題啦……但路西菲莉亞要怎麼辦？這樣會沒人盯著她喔。」

「嗯～那就當作順便散步，帶她一起過去如何？反正從昨天的狀況看起來，只要有貞德的腳趾環應該就不會造成什麼大問題。」

「……這麼說也對。讓她一直關在家裡也會悶吧。」

「那我去上學囉。」

「啊，亞莉亞，到頭來禁止事項究竟是什麼？」

亞莉亞丟下如此發問的我，只說一句「我不知道！」後就出門去了。因此我也只能說著「妳路上小心車子……」送她離開。順道一提，亞莉亞跟車子相撞是車子會壞掉，所以我這句話是為了駕駛人的安全著想而給她的忠告。

在窗戶寬敞而明亮的亞莉亞房間，上午時間——由於沒事可做，我坐在桌前念著書。我可是個即便在潛伏地點或無人島上都會用功念書的人，不管處在什麼狀況下我都會照念不誤。甚至應該說當遇到什麼煩惱的時候，有個事情可以逃避反而比較能保持心靈上的安定。逃避現實並不可恥，那是為了維護心靈，也就是維護腦袋健康的生存戰略。

今天的讀書進度是製作記憶卡片。這是將外觀像小便條紙的卡片用金屬環串成一疊的東西，乃考生必備道具。便於攜帶，讓人在搭電車或排什麼隊伍的時候也能用功。

每張卡片的正面寫題目，背面寫解答，一般都是由考生自己製作。因此我勤奮地寫著各種升學考試中會用到，但除了考試以外想必一輩子都派不上用場的知識。

「蒙特婁議定書……U化社會……出席議員的三分之二以上……」

「家．主．大．人♪」

來了。但是別理會。我要靠著鋼鐵般的意志走在學問之路上。

「男女共同參與性社會……男女雇用機會均等強化月……育兒養老法……」

「家～！主～！大人～！」

「啊啊啊幹什麼啦！不要在耳邊大叫！」

鋼鐵般的意志有如 **Pocky** 巧克力棒一樣被折斷的我，把路西菲莉亞揪著我耳垂的手用力揮開。

但身穿水手服的路西菲莉亞對於我的憤怒絲毫不當一回事，把雙手貼到自己臉頰上笑了起來。

「嗚呵呵呵！被晾在一邊好一陣子後再被注意，真是教人愉悅的事情呢。」

「……是嗎……？」

「你看你看，我可是**換穿**上了家主大人喜歡的水手服喔。」

「我什麼時候說過我喜歡那種東西！雖然是比那套跟泳裝一樣的衣服好多了啦……話說妳來幹什麼的？」

「來對決。格鬥也可以。我回顧至今和家主大人的格鬥戰，已經想到獲勝手段了。」

這傢伙真不懂得記取教訓。光是從她這句不謹慎的發言，我就大致能猜出所謂『獲勝手段』可能是什麼了。

「現在不行。我在念書。」

「念書～？竟做那種無聊的事情。你怎麼念書？讓我看看。」

「喂！不要擅自亂拿東西。為什麼要來煩我啦！」

「因為我想知道家主大人的事情嘛……」

路西菲莉亞拿起橡皮擦如此說道後，不知為何好像覺得這句話是失言似地趕緊摀住自己嘴巴。

「我、我說的想知道，可不是什麼因為喜歡所以在意之類的喔！我和人類的女性不一樣，才沒興趣喜歡男人這種下等生物，也不能有那種興趣。我所為之事全都是為了，呃～……對，為了獲勝！這是為了獲勝的事前調查！」

她臉紅起來，慌慌張張講出這樣的話。

我反正已經很習慣被女生嫌噁心，所以就算不被喜歡，我也完全不在意就是了……

「嗚～嗚～！嘿！我鑽我鑽我鑽～」

「痛痛痛痛！」

紅著臉把橡皮擦「啪！」一聲放回桌上的路西菲莉亞，表現出像是要把什麼事情掩飾過去的態度，用雙手夾住我的頭——把中指塞進我雙耳、食指壓住我雙眼、拇指插進我兩個鼻孔。這是什麼惡質的纏人方式啦！

「啊啊啊放開我！妳到底幹什麼啦！」

但我這時候如果還手，只會順了她的意。因此我擺脫路西菲莉亞式頭部固定後，不予反擊。接著為了繼續寫記憶卡片，再度拿起自動鉛筆……之前，被路西菲莉亞搶先拿走了。

「話說，家主大人。這支筆是誰給你的嗎？這刻印，難道是什麼女人的徽章？」

「為什麼要對那種事情有興趣啦？那是我在路上拿到的宣傳贈品，上面印的是不曉得哪間製藥公司的標誌啦。快還給我。那支筆的塑膠部分有一點裂開，已經不太好寫字了，妳別粗魯對待它。」

「呵呵！你連買這種東西的錢都沒有嗎？家主大人可真沒出息。區區一支筆，要不然我隨便去哪兒幫你偷來──」

「我在節約利用啦！」

我把自動鉛筆搶回來後──臉上帶著賊笑的路西菲莉亞接著又「唰！」地抓起記憶卡片。她這是企圖藉由不讓我念書逼我跟她對決是吧？

「喂！還來！」

「才不要。」

大概是覺得就算我生氣，至少會把注意力放到她身上很開心，路西菲莉亞表現得非常愉快。

這混蛋……！

「可惡……快還來！」

「才～不～要～嘻嘻嘻！」

我為了把單字卡搶回來而抓住金屬環的部分，路西菲莉亞則是把卡片粗魯地往自己的方向扯。結果……劈里──！

卡片用來穿環的洞口部分一口氣被扯破了。

「……嗚！」

「……！」

這下就連路西菲莉亞也露出『哇！闖禍啦！』的表情──見到我皺起眉頭，頓時慌張得嘴角顫抖起來。

但或許因為她終究是惡魔，所以不道歉。甚至反而……劈里！劈里劈里！把造成我不理會她的主因，也就是那疊單字卡片用她塗了大紅色指甲油的雙手當場撕碎。臉上還帶著自己也知道在做壞事而有點緊張的表情。

「……」

這下就算是我也生氣了。這是屬於不生氣不行的狀況啊。

於是我從座位上起身，瞪向路西菲莉亞……

結果她往後退下一步、兩步，彷彿覺得『呃、有必要那麼生氣嗎……？』似的，露出有點畏怯的表情。然而，接著從她口中冒出來的卻是……

「呵、呵呵。反正家主大人看起來腦袋很差，念書也沒有意義啦。」

──故意唱反調的惹怒發言。

「……對我來說，念書是關係到生存的重要行為。不要礙事。但就算我這麼說，妳的腦袋肯定也聽不進去。我就教訓妳一頓，讓妳的身體牢記這點。」

「哦、哦哦，要動手？要動手了嗎？好，對決啦。我本來就是想對決才來找你的。」

把單字卡的殘骸丟到一旁的路西菲莉亞雖然眼神深處帶著歉意，雙手卻「唰唰！」地做出揮拳動作。

接著，她彷彿要讓那對爆乳脹得更大似地深深吸氣──

──於是我立刻逼近她，用右手的手指夾住她鼻梁高挺的鼻子，用左手摀住她玫瑰色的嘴唇。

光是吸氣的準備動作便很好猜了，剛才路西菲莉亞說過的『獲勝手段』，其實就是那招像怪鳥一樣的叫聲。那個尖銳的叫聲具有讓人類在本能上畏縮的效果，而我也的確每次聽到那叫聲都會有一瞬間露出破綻。

然而那跟弗拉德的『瓦拉幾亞的魔笛』比起來根本是小意思。而且只要像這樣事前阻止她發出聲音，就什麼事都不會發生。

「唔唔───！」

「──嘿啊！」

我順勢把她的臉往下壓，並且使出柔道的小內割掃她的腳──路西菲莉亞便朝後面倒下了。

那大概是路西菲莉亞流的受身方式吧，她像顆球一樣把身體縮起來往後滾動，接著起身反擊……之前就被我猜到她的動作，於是我搶先追擊。在路西菲莉亞還在半蹲階段的時候就朝她頭頂用力往下賞了一掌。

受到兩根犄角保護的頭頂竟然被人攻擊，肯定是路西菲莉亞從未經驗也沒想像過的事態吧。結果她完全無法做出對應……

「呀嗚！」

當場讓她稍大的屁股跌坐到軟綿綿的長毛地毯上，雙手往背後撐了。

還是老樣子，贏得很輕鬆呢。即使是普通狀態的我好歹是個男生，再怎麼說也不會輸給女生啦。除了能夠徒手把鐵管彎成α形的亞莉亞以外。

等等……呃……喂、喂喂……！

（……嗚……！）

由於路西菲莉亞是撐起膝蓋跌坐到地上，讓我發現了。

這傢伙，沒有穿她那套繫繩內衣褲啊！也就是說她把水手服直接穿在身上，裡面無論上半身或下半身都沒穿的意思。她剛才說『換穿』的時候我就應該要察覺才對！是說她穿得這樣沒有防備到我面前……究竟是想做什麼？我背脊都不寒而慄了。

剛剛我在看清楚細部之前就把眼睛別開，可說是不幸中的萬幸吧。

「嗚～……嗯～……啊嗚啊……嗚嗚、嗯……」

看來頭頂果然是路西菲莉亞的弱點，她當場暈得搖頭晃腦。可是那聲音聽起來莫名有煽情的感覺，害我感到不知如何是好。

「唉～……『黑夜森林的嘶叫』也好，我的弱處也好，原來全都被看穿了。家主大人真的好厲害……」

姿勢難堪的路西菲莉亞既不感到丟臉，也沒有表現出不甘心的樣子。

她反而一臉陶醉，莫名用一種像是興奮發抖的表情抬頭看向我。這傢伙到底搞什麼？

「那也未必。我的體格普通，力氣也只比平均稍微好一點而已。只不過因為我小時候像白痴一樣被硬塞了各種招式，這幾年來又像白痴一樣過著天天戰鬥的日子。我只不過是個慣於打架的戰鬥白痴罷了。」

由於被女生稱讚是再尷尬不過的事情，所以我如此謙虛說道……但這些根本不是什麼謙虛而是事實，講得我自己都難過起來了。

「不，你的力量也很強。畢竟整體來說，男人的力氣會比較大。相對原始而接近野獸的男人會比較強，或許是理所當然的事情。而且繁殖上也像野獸一樣……」

「我～就～說～！不要把話題扯到那裡去。會讓我不舒服啦！」

我有點發飆地這麼斥責，結果依然癱坐在地上的路西菲莉亞，又再度露出既畏怯又興奮的奇怪表情。

「……然後呢？家主大人不打倒我嗎？不把我翻過來擺出那個姿勢嗎？現在這樣可

不算家主大人獲勝喔。」
「怎麼可能做那種事！那樣不就會看到——呃、不、怎麼說……」
「然後不抓我的尾巴、打我的屁股嗎？不讓輸掉的我享受……啊，不對，嘗受被虐待的滋味嗎？」
我講話吃螺絲，路西菲莉亞也同樣吃螺絲，但兩個人的話卻互相對不上頻率。
「……？」
「……？」
我不攻擊，她不反擊。氣氛上感覺這次的第五戰不算數了。
結果路西菲莉亞露出「呿！」的不滿表情。這也讓我搞不懂。她明明在確定要輸的對戰中因為比賽規則才逃過落敗的下場，為什麼還要擺出那樣欲求不滿態度？
（算了，女生的感情我再怎麼想也只是白費力氣……）
於是我把被撕破的記憶卡片撿起來——
「這是讓人記住東西用的重要道具。我用膠帶把它修好，妳也來幫忙。」
「……我可不道歉。然後再把它弄破。嘻嘻……！」
「——給我道歉！」
對於這個毫不反省的犯人，我不禁大吼。結果路西菲莉亞頓時表現出伴隨恐懼的同時又有種快感似的奇妙顫抖方式。然後朝著天花板的方向……
「啊啊嗯。對、對不起～」

這次發出像在哭泣又像在喜悅，同樣很莫名其妙的聲音……不過哎呀，至少她道歉了。

雖然總有一種她故意說出討罵的發言讓我罵她的感覺就是了——

「妳下次再敢弄破它，我就讓妳更痛。不要再煩我了。」

我如此警告路西菲莉亞後，把膝蓋放下來變成小鳥坐姿勢的她，露出彷彿雙眼都冒出愛心似的表情看向我。真的到底在搞什麼啦……

「家主大人。」

剛剛才那樣嚴厲警告過她不要來煩我，過沒多久又來了。

而且還一臉若無其事。我可是在念書地說。

「下一場對決。這個如何？」

路西菲莉亞說著，端出她似乎擅自在廚房做來的料理。

添加胡蘿蔔的、馬鈴薯泥……是馬鈴薯沙拉嗎？外觀看起來應該是那樣，但感覺又有點不一樣。

「這是什麼？」

「我故鄉的鄉土料理。雖然不算新鮮，但我找到類似的材料。」

「妳用我從超市買來的東西做的啊……」

看看時鐘，現在也快中午了。我因為太專心讀書都忘了要做午飯，而且肚子也餓了，就吃吃看吧。不過必須先確認安全才行。

「路西菲莉亞，妳先吃一口我指定的部分。畢竟要是妳在裡面下毒就不好玩了。」

「真過分的丈夫，居然懷疑新娘子做的料理！不愧是我的家主大人……」

她嘴上這麼說，卻扭動著身體好像很愉悅的樣子。是因為我剛才那句話代表只要她試過毒我就會吃的意思，讓她感到開心嗎？

路西菲莉亞聽我的命令，拿湯匙吃下那道料理的一部分……

嗯，應該沒問題吧。畢竟這傢伙吃的食物好像也跟人類一樣。

「如果家主大人覺得好吃就算我贏囉。因為那樣家主大人下次還會想吃，變得必須依賴我啦。」

意思是說就像昨天晚上說過，她想了不一樣的對決方式是吧。而且雖然我想她應該是無意識的，不過她挑選了比較像女性的領域。的確，我在料理方面並不算非常拿手，所以輸了也沒辦法用同樣的方法逆轉。她總算在戰術上做了正確的選擇呢。

「妳那套理論我是不太懂啦，但總之只要我不講好吃就算我贏了嗎？」

「對。」

規則清楚定下來了，於是我在表情愉快的路西菲莉亞觀察之中也吃了一口那道料理……不算甜，不算辣，就是很普通的馬鈴薯沙拉。雖然味道清淡，不過有種我沒嘗過的風味。剛做好的溫度也分數很高。好吃是好吃啦，但也沒到讓人稱讚的程度……

不，這很好吃喔。越吃越有種吃再多也不膩的感覺。這是屬於會讓人上癮的那種類型啊。更重要的是這個有深度的醇厚滋味，究竟是怎麼做出來的？真是了不起。

不知不覺間，我就把整道料理都吃光了。連最後沾在盤子上的一點點殘渣都用湯匙挖乾淨。接下來只要不講好吃就算我贏了，不過——

「真好吃。」

哎呀，我都吃到精光了還講那種理論也不通吧。畢竟實際上也真的很好吃。

「對吧？對吧？好，我贏了。如何？這下家主大人是不是變得沒有我就活不下去啦？要不要我再去做一盤？然後像餵小娃兒一樣讓我直接餵你吃？」

路西菲莉亞露出愉快升天似的表情，用合在一起的雙手右邊、左邊、右邊地連續觸碰自己臉頰。看來那大概是列庫忒亞人表現開心的動作。實在很有女人味。

「餵我倒是不用了，不過妳再做一盤吧。這味道不錯。亞莉亞的廚房應該只有鹽巴跟胡椒之類的調味料才對，這是什麼味道？」

「我的味道。」

「我知道這是妳做的，這點我不懷疑妳。我想知道的是妳用什麼調味料做出那個味道的？」

「所以我就說，裡面添加了從我身體出來的東西呀。」

——噫……！

從裙子腰帶旁露出來的短尾巴彈呀彈地擺動的路西菲莉亞小姐——妳這是拿了什麼鬼東西給我吃啊……什麼鬼東西……！

「順道一提，那是液體喔。想不想知道從哪裡出來的～？」

「我不想知道我不想知道！都已經吃下去了！」

這傢伙真的是個惡魔啊！我不曉得是唾液還是汗水什麼的啦，竟然給我添加了那種怪東西！不過從剛才我命令她試毒的時候她吃得很平常的樣子判斷，那應該是吃了也沒問題的東西。肯定！但願！

東大文科分成文科一類、二類、三類三個學系，分別是法學系、經濟學系與文學系。我報考的文科一類在入學中心考試也就是第一階段預選考試中會考國文、地歷公民、數學、理科、外文等科目，在第二階段考試則會測驗英文、數學、人文、社會、自然科學等知識。

光聽到這邊，我一開始就覺得『怎麼可能對這麼多科目樣樣精通嘛！』不過……松丘館的茶常老師說過『對你來講很難的事情，對其他人來講一樣很難。大家都不是什麼超人，而是人類呀。』這樣一段話，讓我茅塞頓開。所謂的入學考試並不是什麼全部科目都能拿滿分的考試**超人**的戰鬥，而是考試**人類**的戰鬥。既然是人類就不會用念力或雷射，而是用劍或弓挑戰名為考試題目的怪物。大家都是在偶爾遭遇打不倒強敵的狀況下，以及格成績為目標努力奮鬥。尤其像我有英文滿分的優勢，因此就算在其他科目上如同考試類人猿應該還是能夠奮鬥到某種程度。用棍棒和投石。

即便我現在是連考試猿人都尚未達到的動物等級，不過和原本是昆蟲等級的武偵高中時代相比起來已經像樣多了。像上次的模擬考，我的綜合成績是D——也就是來到及格可能性兩成的程度。至今的人生中，我從未有過像這樣明顯呈現出努力成果的經驗，因此現在可說是幹勁十足。下午我一定要用功念書。

「……家主大人～……」

幹勁都消失啦……

為什麼路西菲莉亞會在這裡？剛才我因為料理添加物的事情氣到不理她好一段時間後，她不是就乖乖跪坐在客廳角落了嗎？雖然那時候她滿臉通紅地用陶醉的眼神看著我，嘴上嘀嘀咕咕呢喃著「我這高貴的路西菲莉亞……竟被家主大人晾在一旁不管……這是何等不安，何等恥辱……但是……」並呼呼哈哈喘氣的怪模樣，老實講很恐怖就是了。

「我不跟妳對決喔。」

「家主大人～……來對決嘛～……難得、我、想到……」

「夠了夠了，不要用淚汪汪的眼睛看我。真沒轍。好啦，快快對決，快快結束。」

見到我從位子上起身，路西菲莉亞便頓時露出彷彿會聽到嘻嘻笑聲的開心表情。

「你那是什麼冷淡的態度？我在列庫忒亞可是受盡眾人畏怯與奉承，家主大人卻對我如此冷漠。真是好過分的人。傷到我的心了。」

「妳的表情和發言完全不一致啦。然後呢？這次的對決內容是什麼？」

「尋人對決。」

「那是啥？」

「用你們的話來講就是『捉迷藏』。」

「妳幼稚園兒童嗎……」

「尋人對決可是很高等的決鬥方式。像在實戰中，不會被對手發現身影的人就絕對不會輸。我的躲藏技術可是很強的喔。尋人更～強喔。」

對了，我讓她先躲，然後丟著不理她吧。這樣我就可以念書了。

「那妳先去躲。要躲在哪裡都可以，但是要在這家中。」

「你那眼神，是打算又把我丟著不管對吧？我又要因此飽受寂寞，然後像現在這樣嘗到再度被家主大人理會的愉悅……不對，你要認真尋人，清楚分出勝負才行。讓我想想，要是過了十分鐘你還找不到我，就算我贏！」

「被妳發現了……好啦，我會認真找。那我面向那邊的牆壁閉起眼睛，妳躲好之後發出聲音告知我。在這點上採用日本的地方規則沒問題吧？」

「好。來來來，快面向牆壁。」

路西菲莉亞推著我的背，讓我面朝牆壁。總覺得她好像樂在其中的樣子。在她心中這已經不是什麼對決，而是玩遊戲了吧？

我就這樣面向牆壁不久……

路西菲莉亞的腳步聲根本聽得清清楚楚，還可以聽到亞莉亞的臥室房門被打開的聲音。不過這應該是她故意發出聲響卻實際上沒有躲在那裡的陷阱吧。畢竟她好像對捉迷藏很有自信，再怎麼呆也應該能想到那點程度的事情。

「躲～好～囉～」

……她的聲音完全是從亞莉亞的臥室傳來啊……

不不不，捉迷藏也有發出聲音之後再立刻移動到第二躲藏點的技巧。畢竟這次有時間限制，我就靠嗅覺確實把她找出來吧。

於是我循著路西菲莉亞殘留在空間中那有如芒果的氣味尋人……結果她果然只有從走廊移動到臥室而已的樣子。

或者說，我一進到臥室就發現啦。

在亞莉亞那張充滿公主風格的床底下，從有如床單下襬似的床裙中——露出了制服裙與像鹿的尾巴。她全身縮成烏龜的姿勢，藏頭不藏尾。真虧她敢那麼自信滿滿地說什麼自己很會躲藏呢。

「找到啦。」

我說著，往她尾巴一抓——

「呀♡」

結果她把尾巴連同屁股一起縮進床下。因此……

「喂，被找到還逃跑可不算數喔。」

我這麼說後，路西菲莉亞似乎在床底下一百八十度前後調換，把變紅的臉蛋探出來。被她那兩根角勾到的床裙看起來就像什麼頭紗一樣。

「家、家主大人……你居然又抓我尾巴……」

「啊，我又犯了。抱歉。呃……尾巴被碰到會痛嗎？」

「不，很舒服。」

「……」

「只是那樣會害我癱軟無力呀。要是一直被抓住，路西菲莉亞就會變得任憑擺布。因此抓尾巴是一種禁忌，是把路西菲莉亞當玩具的行為。雖說家主大人已經做過三次就是了。真是的。真是的。你究竟要把我貶低到什麼程度？真高興……不對，真教人生氣呀！」

路西菲莉亞「吼呀！」地露出利牙，因此……

「真的很抱歉。我不會再犯了。」

的確一而再、再而三地做出對方討厭行為的我只能低頭道歉。

「啊、不，只是不小心就算了。畢竟路西菲莉亞可是寬宏大量的。就、就算是故意，如果對象是家主大人，也不是完全不能原諒。或者你也可以像剛剛那樣趁我大意的時候……抓得更緊一點……其實像剛才，我也不是說完全徹底都沒有、在期待家主大人會不會抓尾巴、的部分……所以、真的……很棒……」

路西菲莉亞依然紅著臉抬起眼珠看向我，嘀嘀咕咕唸著什麼難解的話。

「……總之，這樣算我贏了嗎……？」

「啊，對了。我都忘啦。家主大人真色！這個呆子！現在只是你找到我而已呀。接下來只要換我把你找出來，就算平手了。路西菲莉亞不會輸的！」

路西菲莉亞說著，從床底下爬出來……為什麼我要被她罵色啊？真不能接受。

「好啦，你去躲吧。我很快就會把你找出來。」

她踏著輕快的步伐走向牆邊站好，把那形狀優美的臀部朝向我。翹起來的尾巴還像節拍器一樣左右擺動。

（……唉……）

我到底在幹什麼嘛。可是如果不照做，路西菲莉亞又會來煩我。而且只要對決結束，即使我不理她，她也會安分一段時間。那我就認真躲起來贏過她，結束這場對決吧。

於是我基本上躡手躡腳地快速移動，在幾個地方故意發出腳步聲或轉門把的聲音。音量控制在路西菲莉亞勉強可以聽見的程度。接著在客廳發出「躲好啦」的聲音之後，無聲無息並盡可能發揮全速地爬上閣樓，躲進擺在那裡的一個空間狹小——但如果想進去還是進得去的衣櫃中。全程小心注意，不發出任何聲響。

——這衣櫃的門板很薄，整面都有通氣用的隙縫。不出我所料，從隙縫勉勉強強能夠看到外面的狀況，不過從外面只能看到裡面一片黑暗。

（看得見的範圍是閣樓、階梯和下面客廳的一部分……是嗎？）

這樣我在某種程度上可以知道路西菲莉亞的動向。如果十分鐘內感覺快要被她發現，我也能找機會從這裡移動到別的地方。

然而……躲進來後我才注意到。這個衣櫃中，亞莉亞那像梔子花一樣酸甜的氣味好濃啊。從半透明的內櫃裡裝有撲克牌花紋布料似的東西判斷，這裡大概是用來收納暫時不穿的貼身衣物。另外還有體香噴霧的庫存，讓香氣達到致死量。必須用嘴巴呼吸才行。

「我要找囉～嗚呵呵！家主大人不在。不在這裡呢。丟下我不知躲到哪兒去了。我被丟下了。被家主大人認為沒有價值了。沒有價值就是沒有價值了♪」

從樓下傳來路西菲莉亞打從心底感到開心似的聲音，以及輕快的腳步聲。雖然講的內容我聽不太懂意義，但總之她大概很喜歡玩捉迷藏吧。

「家主大人～？在這兒嗎～？」

路西菲莉亞徹底上當，在我剛才發出聲音的地方仔細尋找，浪費著時間……

「家主大人～？」

從衣櫃縫隙可以看到她穿著水手服的身影在樓下客廳一下找桌子底下，一下找沙發後面，還有陽臺之類的地方。距離時限還剩下五分鐘。

她接著茫然地站在客廳，東張西望。

「家主大人～……？」

完全發出沮喪的聲音了。

虧她剛才還那樣自信滿滿，找人的技術根本遜得可以嘛。像窗簾後面或是那臺超大的電漿電視後面，她都還沒找呢。更不用說這個閣樓，她連上來都還沒上來過。

「找不到……找不到家主大人。難不成，他真的不見了……？跑到外面去了嗎？家主大人～！」

路西菲莉亞發出聽起來真的很焦急的聲音，總算沿著螺旋階梯爬上閣樓。對對對，就在這裡。妳終於上來啦。等等，為什麼我要為她加油啊？

然而她轉頭環顧閣樓，看到那裡只有地板上的充氣墊、我的枕頭、蓋被以及早上她自己脫下來亂丟的細繩泳裝……忽然全身無力地癱坐下去。從跪坐的姿勢左右移開雙腳，屁股貼到地板上，呈現小鳥坐的動作。

「嗚嗚……嗚嗚……家主大人。家主大人不喜歡我……所以才丟下我，不知跑到哪兒去了……對家主大人來說，我是不要的女人。我就像廢紙屑一樣被丟掉了。沒錯，我根本是配不上家主大人的女人……家主大人……家主大人……我、我為什麼……會有這樣的心情……嗚嗚……」

路西菲莉亞把雙手的手背放到眼角邊……哭、哭起來了。而且是真的在哭。

怎麼辦？對決的事情放到一邊，我是不是出去比較好？可是還有四分鐘啊。

正當我猶豫不決的時候，路西菲莉亞趴到充氣墊旁邊哭泣的同時——把手伸向我從自己家帶來的枕頭，另一隻手伸向蓋被。她難道要嘔氣睡覺了嗎？

「……家主大人，家主大人……既然不在就是我的東西了。這是我的東西了……啊啊……家主大人……啊嗚……嘶～嘶～……呼哈……家主大人～……是家主大人的味道～……」

那傢伙怎麼……把我的枕頭抱到自己臉上，呼呼哈哈地呼吸……又用嘴巴輕咬我的蓋被……她到底……在搞什麼……？

她全身扭動的模樣……該怎麼說？有點猥褻。害我都有種像是撞見什麼犯罪現場的感覺了。

就在我如此嚇傻的時候——路西菲莉亞忽然像伏地挺身一樣「啪！」地撐起身體……

「等等！這樣我不是有如喜歡上家主大人——喜歡上什麼人類男性的變態了嗎！」

根本不是「有如」而已，妳剛才的動作完全就是變態啊……路西菲莉亞自己對自己吐槽後，「噗！」一聲又把通紅的臉蛋壓到我枕頭上……

「不對！不對！……好像也不是不對，我不知道！嘶嘶嘶哈～！嗚嗚！嗚嗚嗚……！嗚啊……啊！啊……！噫～噫噫嗯！嗚哇啊啊家主大人——！」

這次她發出的不是哭聲，是類似哭聲但又好像哪裡不太一樣的聲音。而且那感覺似乎是身體發生了缺氧或異常發作之類的問題。狀況緊急，必須去救她。

「——喂、喂，路西菲莉亞。妳怎麼了？沒事吧？」

就在剩下三十秒便能獲勝的時候，不知為何連自己都變得滿臉通紅的我跑出衣櫃——

「嗶呀啊！」

結果三束螺旋髮都彈起來的路西菲莉亞把我的枕頭與蓋被往旁邊一丟，同時全身跳了起來。

接著掉落在充氣墊上一彈，最後在地板上摔了個四腳朝天。

「痛、痛呀啊啊！」

「妳有辦法呼吸嗎？冷靜下來，深呼吸。妳跟人類應該是幾乎同樣的生物，所以這樣做一定可以改善狀況。」

我按照以前在強襲科學過的現場急救程序，讓仰躺的路西菲莉亞確保氣管暢通，進行指示的同時測量她的脈搏。心跳數一百，偏快，不過沒有到異常的程度。太好了。雖然造成她身體發生異變的原因不明，但看起來應該不會危及性命的樣子。

「找、找到了～家主大人。這樣就平手囉。」

明明我這麼嚴肅認真，路西菲莉亞倒是瞇著泛淚的眼睛對我露出笑容。

「我說妳啊……話說，妳到底在搞什麼鬼？還擅自拿人家的枕頭。」

「──呼呀？啊、被、被你看到啦？那是、一開始那是、呃～裝哭！我想說靠裝哭把你騙出來呀！」

不管怎麼看都像真的在哭啊……

哎呀，畢竟路西菲莉亞是惡魔，或許對那種事情很拿手吧。

「可是因為那樣你還是沒出來，所以、呃～我想說睡床的蓋被如果被搶走你應該會傷腦筋，所以打算把它偷走。至於聞味道是為了靠氣味把你找出來的準備工作啦，準備工作。」

「不要做那麼噁心的事情行不行……」

明明剛才就是靠氣味把路西菲莉亞找出來的我，將自己的行為擺到一旁如此說道後……

「噁、噁心——你說我噁心……？什麼什麼！我很噁心嗎！這樣呀。這樣呀。啊、嗚～你太失敬了！」

不知為何一瞬間表情興奮愉悅的路西菲莉亞緊接著「啪！」一聲手腳撐地，「嘿！嘿！」地像鬥牛一樣用她那對犄角作勢要刺我。不過哎呀，既然她恢復精神就好了。隨便她鬧吧。

就在我如此鬆懈下來的時候……

「嘻嘻嘻！家主大人家主大人家主大人！我咬！嗯～嗯～～！嗯嗯～～！」

「嗚哇！不要這樣！妳幹什麼啦！」

奮力甩著尾巴的路西菲莉亞忽然朝我的手腕咬過來。只是輕咬，露出一臉充滿幸福的表情。

這是什麼感情表現方式啦？而且還在嘴巴裡舔我的手腕，癢死了！於是我抓住她的角讓她鬆口後——嗚哇！口水都拉出絲了。

就在我嚇得臉色發青時，路西菲莉亞又撲向我抱過來……像隻貓一樣把頭髮跟犄角——貓沒有犄角啊——往我身上磨蹭。好、好柔軟。還有像芒果一樣甘甜的香氣，讓我尷尬到不行啊。

「家主大人，我還以為你跑出門到哪裡了，好寂寞呀。不要再不見啦……」

啊，聽她這麼說我才想起來。我必須出門——到武藤的地方去才行啊。那可是亞莉亞交代的事情。

4彈　生活即戰爭

當我說要出門的時候，路西菲莉亞竟說什麼「真的嗎！那必須換上正裝才行。」並作勢要換上那件細繩泳裝，害我吃盡苦頭，不過最後總算讓她穿著水手服出門了。

身材有如寫真模特兒、腳穿高跟鞋又身穿水手服的路西菲莉亞，一路上都吸引眾人的目光，讓我都覺得很害羞……但這傢伙即使外表成熟也還只是十八歲，依然算穿著水手服可以被社會原諒的年齡，因此我或許不應該在意路人眼光才對。不，說到底，水手服這種東西，只要想穿其實任何人都可以穿。反正又沒犯什麼罪。像克羅梅德爾也會穿嘛。嗚！心靈創傷湧上來了……

「家主大人，這裡是什麼地方？女性全都穿著這套水手服。是人類的軍隊嗎？」

「雖然教人難過的是妳這講法還頗接近事實的啦，但不是那樣。這裡是學校。」

「哦？學校。」

在初次來到的武偵高中校內——路西菲莉亞好奇地東張西望，而我也同樣不斷張望周圍。畢竟今天是平日，校內有學生。一個遭到退學的傢伙跑到學校亂晃，肯定會被指指點點吧。搞不好會被嘲笑呢……

「家主大人你怎麼啦？從剛才就怪怪的。為什麼？難不成你討厭學校？」

路西菲莉亞一臉賊笑向我如此詢問。真教人火大！

「光是從跟我同年的亞莉亞有來上學、我卻沒有的狀況，應該就能猜出個端倪吧。話說，妳這是明知故問對不對？」

「你在說什麼我聽不懂。啊，你是遭到退學了對吧～？」

她假惺惺地做出好像現在才知道的表情，對我露出皓齒。個性也太差了吧！

「我總算明白妳被稱為惡魔的理由了。給我聽好，妳在這地方不准叫我家主大人，要叫我金次。」

「知道了，家主大人。」

「這個愛唱反調的傢伙……」

由於天生眼睛長得凶，所以對瞪人很有自信的我即使對她狠狠一瞪，她反而只會露出興奮高興的表情。惡魔的對待方式真的太難啦。比狐狸、鬼或精靈的難度還要高。

「家～主～大～人～」

「我剛才就叫妳不准那樣叫了！」

「家主大人，家主大人。」

而且她還會勾住我的手臂不放。當有人，尤其當有女生經過附近的時候，她又會「呵呵呵！」地對我磨蹭，引誘對方朝我們的方向看過來。這傢伙根本是不偏不倚地精準做著我討厭的事情，故意在找我麻煩吧？

我用手按著因為壓力而作痛的胃，走在學園島中央北側的第5區，經過武偵高中附屬小學的小孩子們在裡面玩耍的兒童公園旁邊，朝單軌列車的高架軌道下面走去。那裡就是車輛科的車庫群。其中的十六號車庫……武藤的車庫就快到了，於是……

「妳夠了沒？快放開我啦！我討厭走路的時候跟女人勾什麼手臂啊！」

我說著，把路西菲莉亞推開。

「為什麼！居然把新娘子推開，這家主大人太過分了！」

路西菲莉亞嘴上這麼說著卻一臉笑嘻嘻地……要是我把她帶到武藤那些人面前絕對會被調侃。而且路西菲莉亞想必也會明知我不喜歡而故意說自己是我新娘什麼的，到時候這場人類與惡魔的夫妻關係搞不好會因此成為既定事實。因此……

「妳到那邊的公園等我。我馬上回來。」

「如果我乖乖等，家主大人等一下會對我好嗎？」

「……我盡量。」

就這樣，我把路西菲莉亞留在兒童公園，自己一個人進入十六號車庫。

武藤的車庫中，到處擺滿應該是別人委託他們修理、保養的手槍、步槍、機關槍、引擎以及好幾臺的機車與車輛。而我一進入那間車庫——

「喂，花花公子。剛才我在外頭看到啦，你又釣到一個超級漂亮的美女是吧。每次見到你都跟不同的女人在一起呢。」

用扳手搔著自己雷鬼頭的車輛科．鹿取一美馬上就對我囉嗦起來。

明明我刻意把路西菲莉亞留在外面的說……居然還是被看到了。

「雖然講了應該也沒用，但我還是要陳述事實。那傢伙不是妳想的那樣。我才要說每次遇到妳都會換一臺新卡車呢。那麼受車商歡迎也很辛苦吧。」

亞莉亞說的送修品，我立刻就看到了。因為鹿取那臺卡車後面可以像鷗翼車門一樣把側面打開的貨架就是那玩意的維修場所。

在那有如什麼小舞臺般的貨架上，平賀同學叫著「遠～山～同～學！」，而武藤也叫著「哦～金次」向我打招呼，並停下各自手上的工作。

於是我爬上貨架，對小跑步朝我跑來的平賀同學說道：

「之前在華盛頓DC受妳關照啦。」

本來我還有點擔心她會不會又忽然把頭拆下來，不過眼前這個是真的平賀同學。究竟是精巧的機器人還是真的人類，我靠氣味就能辨別了。

「不用客氣的啦。遠山同學讓加勒艾露她們的學習大有進展，受到關照的應該是文文才對的啦。」

「金次你是來幫忙跑腿的對吧？剛才亞莉亞有打電話來過。」

「對。這是YHS／02嗎？狀況如何？」

亞莉亞委託運輸GA小隊——武藤他們修理的東西之一是滯空裙甲。那是平賀同學發明的一種將七枚推進器兼姿態控制飛翼裝在腰部的飛行工具。我在實戰中有看過它好幾次，也看過它墜落好幾次。

「這型號已經是YHS／03的啦。文文按照亞莉亞同學的要求裝上了限制解除系統，讓它能夠從平常的機動型態變形成高速型態的啦。而且材質跟燃料也都換成了最新的東西，讓續航時間延長的啦。」

我聽她這麼一說而仔細觀察，那形狀的確跟上次看到的不太一樣。有如朝下綻放的花朵般的翼片外觀變得薄而輕量，感覺又更加洗練了。顏色依舊是粉紅色。另外有兩處像是線圈砲的槍口讓人有點在意就是了。

在鹿取的卡車貨架上，還有應該是從北海道運回來的奧爾庫斯潛艇正在維修中。

「說到飛的東西，遠山同學的妹妹交給我們的這個，也差不多要修好的啦。」

教人感到意外的是還有一個玩意……GⅢ在羽田海灣跟尼莫交手時被打壞的加布林——可以稱作是個人用噴射滑翔翼的小型飛行器也在這裡。大概是這附近沒有其他技術人員有辦法修理這東西，所以就拜託平賀同學的吧。

加布林是一臺只有主機翼、外觀像迴旋鏢的噴射機。有如艦載機一樣可以靠鉸鏈往上折疊的機翼以前是白色的，但或許是從上次在夜戰時被看得清清楚楚的狀況得到反省，這次換成了深灰色。

「而且這次還有從國土交通省航空局申請到航空器註冊編號喔～雖然只有拿到測試飛行用的編號啦。」

在車庫深處「啪嘰啪嘰」焊接著吉普車板金的安齋勝對我這麼說道。光從背後就可以看得出來，他又胖啦。

他們之所以把滯空裙甲、奧爾庫斯跟加布林放在貨架上維修，大概是因為那些都是機密性很高的委託品。當有什麼外人要進入車庫的時候，只要把卡車貨架的鷗翼側門關起來就能馬上隱藏了。

「金次的關係人還真是給咱們見識了好東西，讓我學到好多啊。亞莉亞上次也有得到你妹的同意，觀摩了一下加布林的構造喔。」

「加布林只要用固定翼式的懸掛式滑翔翼為基礎，奧爾庫斯只要用魚雷為基礎，文文應該也能自己從頭製造出來的啦♪」

武藤和平賀同學各自這麼表示……把這些玩意交給運輸GA的這四個人維修，將來他們搞不好就能夠開發、製作出這類的新兵器，甚至包辦流通、販賣，成立一間軍武製造商呢。裝備科和車輛科的人感覺都有大好前途，真叫人羨慕。

我把滯空裙甲與奧爾庫斯的狀態以及交貨日透過電子郵件告訴亞莉亞後，離開車庫一看……我叫路西菲莉亞待著等我的那座兒童公園怎麼好像有點吵，都是小孩的聲音。

難道路西菲莉亞闖了什麼禍？於是我趕緊衝進公園，卻見到路西菲莉亞用穿高跟鞋的腳踏著輕快的腳步——

「瞧，是不是很有趣？以前在我故鄉也流行過類似的玩具，所以我也會呢。」

她玩著武偵高中附屬小學到現在才流行起來的超級溜溜球，表演『帶狗散步(Walk the dog)』。一群放學後的小學生們則是笑著大叫「長角的大姊姊好厲害～！」並跟在她後面。

接著路西菲莉亞又用溜溜球的繩子部分像翻花繩一樣變出各種形狀，讓小朋友們看得大叫「是Atomic Fire！」「Regeneration！」「雖然有點不一樣不過是東京鐵塔！」等等招式名稱，興奮地跳來跳去。

「哈哈哈，小孩子實在可愛。我也好想快點生呢。」

在小朋友們圍繞中笑咪咪的路西菲莉亞——雖然發言內容有一部分讓人感到危險性——不過竟然在這麼短的時間內，就跟見到不認識的大人會極端提高警覺的現代小學生們打成一片了。就算讓我花上一年，也不可能被小孩子們喜歡到那種程度。

從那群小朋友親近她的感覺看起來，原因並非單純是溜溜球很厲害或是她穿著武偵高中制服之類的理由。

之前在納維加托利亞上看到她那群部下的時候，我就多少可以察覺了……

那是路西菲莉亞擁有的能力。類似偶像魅力或領袖魅力之類的特質，能夠很快被他人喜歡，讓他人著迷。想必那並非源自魔力，而是路西菲莉亞族與生俱來的魅力。看著她明明是個惡魔卻在小孩子們圍繞中彷彿聖女般微笑的模樣，就算是我都感覺快要喜歡上她了。

路西菲莉亞是有如綻放的花朵一樣人見人愛的存在——

——但我可不會鬆懈戒心。因為那朵花搞不好是毒花啊。

不管本人是否心存惡意，那傢伙都是N的大人物，是協助過大魔王莫里亞蒂的一人啊。

我們三點多回到女生宿舍的時候，剛好亞莉亞也回來了。太好啦，這樣我就可以從路西菲莉亞的無限對決中獲得解放了。

亞莉亞一回來就在檢查一套全新的武偵高中紅色水手服，於是……

「那是啥？給路西菲莉亞的換穿衣物嗎？那樣尺寸倒是有點小啊。」

「裝備科的三年級有個很厲害的設計師。我請理子幫忙介紹，請對方做了一套新制服給我啦。」

要是讓亞莉亞穿上那套滿是荷葉邊的制服可是會可愛過度，在爆發方面很糟糕喔……？我這麼想著，戰戰兢兢看向那件水手服，卻發現它形狀很普通，看不出來跟平常的制服有什麼差別。不過哎呀，畢竟亞莉亞意外地很會打扮，或許有什麼我分辨不出來的差異吧。

而且裙子長度看起來應該也沒有比她現在穿的短，路西菲莉亞則是吃著我在回來路上買給她的咖哩麵包很安分，那我就繼續念書啦——

正當這麼想的時候，我的手機響了。是來電，而且是國際電話……又是夏洛克嗎？不對，國際冠碼是＋33（法國）。呃，真的是誰啦？我可不會講法文啊。

「……是誰？如果是打錯電話，你可錯得太離譜囉。」

不得已之下，我只好接起電話用英文這麼說道——

『是我，尼莫。尼莫・林卡倫。』

……！

這下又是個不得了的人物打來啦。

『你講的美語西部口音太重了，我聽不清楚。講日文就行。我最近學了些日文，已經可以講到日常對話的程度。雖然漢字還幾乎都看不懂就是了。』

尼莫這段話的確是用日文講的。居然在這麼短的期間就能講到這種程度，真厲害。不愧是十五歲就拿到法國國家文憑的知識分子。

不過這通電話——要是讓亞莉亞或路西菲莉亞知道通話對象，感覺事情會變得很複雜。我想現在暫時先由我一個人跟她對話，等事後再巧妙轉告那兩個人會比較好。

於是我躲到閣樓之後……

「妳從哪裡知道我電話號碼的？」

『萜萜蒂、列萜蒂姊妹寄信到我的郵政信箱，我從那裡得知的。我有命令過她們要把任何參與過的事情都向我報告，而看來她們很忠實遵守的樣子。』

我們開始如此對話。

「既然可以打電話，代表妳平安無事吧？」

『雖然諾契勒斯被夏洛克追殺了好一段時間啦。』

「妳現在在哪裡？」

『日本。東京。』

什、什麼麼麼……？

『路西菲莉亞在你那裡吧？』

「是、是啊。」

『那我過去。但我對東京的地理不熟。而且我自己是個嚴重的路痴。』

路痴……怪不得她在羅馬和尼加拉瀑布的時候，身邊都有隨從同行。

『所以說，你過來接我。我本來打算搭電車過去你那邊，可是我看不懂站名……現在從車站走出來，也搞不懂這是什麼站。如果搭乘計程車之類的小型車，我的體質又會暈車……』

要我去接尼莫是沒問題啦，但要帶她到這裡來就很困難了。路西菲莉亞還姑且不說，但亞莉亞可是真的把尼莫視為仇敵啊。

不過，當人到國外迷路時那種難以言喻的不安，我在香港也體驗過。

總之我先過去救她吧。畢竟就算叫她找人問車站名或轉乘到台場的方法，一個路痴搞不好也會搭車搭到不知什麼方向去了。

「車站有什麼特徵？」

『我猜這裡應該是東京的中央車站。外觀跟阿姆斯特丹的中央車站非常像。』

——那是東京車站啊。

我向亞莉亞講了一聲「我去一下便利商店」之後離開宿舍，經由新橋站轉搭山手線抵達東京車站。接著再打電話確認，尼莫說她在一處楓樹的林蔭道路。東京車站附近那樣的地方只有一個，就是靠近皇居那一側的丸之內一角。

我快步走在進行著整建再開發的丸之內仲通大街——經過國內外名牌店櫛比鱗次的丸之內大廈與公園大廈底下。穿過斑馬線，來到楓樹林蔭道。在蒂芙尼丸之內店的旁邊——

——看到了，是尼莫。

還好她再誇張也沒穿著軍服軍帽，而是很有女孩味的便服。

有少量荷葉邊裝飾的白色上衣，搭配淺珊瑚紅色的迷你裙。大概是為了配合初冬稍寒的市街，肩上披著邊緣有毛茸茸仿真毛皮的披肩外套。腳邊放著一個設計上有點少女感、畫有艾菲爾鐵塔圖案的行李箱。上次在尼加拉瀑布看到的時候也是一樣，她穿便服時的打扮總有一種大家閨秀的感覺。只不過那個蝴蝶結點綴的可愛側肩包中肯定裝有自動手槍（Le Français）就是了。

尼莫似乎心情靜不下來地，用手梳著自己的瀏海和雙馬尾。

接著——明明還有一小段距離卻發現了我之後……

「……金次！」

踏著略帶光澤的低跟鞋，在林蔭道用女孩子的跑步方式全力朝我奔來……「啪！」一聲抱到我身上來了，而且還踮起腳尖。或許她剛才真的感到很不安吧。

「我好想見你呀……」

尼莫抱著我，抬起喜悅的琉璃色雙眼。略帶弧度的雙馬尾輕輕搖曳，飄散出她那像是櫻桃的香氣。

好、好可愛，而且好嬌小。被她抱到身上的瞬間也幾乎沒有感受到什麼體重。這樣的小女孩居然是曾經被美國派遣（寂靜之鬼）特務追殺的國際恐怖分子，真的是人不可貌相呢。

「找到迷路的小孩啦。太好了。」

「我好想你呀。」

……尼莫抬著泛淚的眼睛，又對我說了一次同樣的話。那眼神看起來彷彿在這段見不到面的日子中，在尼莫心中我的存在又變得更大了。

「……」

「……」

像這樣跟她貼在一起……就讓我不禁回想起兩人在無人島上生活的那段日子，變得尷尬起來。而尼莫似乎也跟我一樣，頓時臉頰泛紅，陷入沉默。

「……真虧妳有辦法甩掉夏洛克啊。而且我聽說你們甚至展開了反擊。妳實在是個厲害的女人呢。」

「我、我的族人可是深海一族，在海中不可能會輸的。」

尼莫總算放開我後，語氣有點緊張地如此邊走邊說，要去拿她的行李箱——於是我上前幫她拿起了行李。畢竟跟尼莫同是法國人的貞德以前說過，幫女性提東西是男

性的義務也是名譽什麼的。

「終於……有時間可以跟你交談了。」

在那座島上的最後一夜。

尼莫說過『真希望有更多時間可以跟你交談』這樣一句話。

「我那時也希望可以跟妳多聊聊。這下願望實現，真是太好啦。雖然說，接下來要聊的可能會是我們在島上想都沒想過的話題就是了。」

「嗯，我知道。帶我去見路西菲莉亞吧。」

——尼莫應該是能夠在我們和路西菲莉亞之間搭起橋梁的人物。

老實說，把技能點數幾乎都點在戰鬥力上的我和亞莉亞……就算有辦法保護路西菲莉亞，感覺也很難從她口中問出有意義的情報，或是把她拉攏到我們陣營。雖然我並不期待尼莫會做到那種利敵行為的程度，但至少可以確定她的介入能夠改變事態發展的流向。我要趁這機會對逐漸走向僵局的狀況給予變化，抓到通往進展的契機才行。

在山手線的電車上，尼莫站得相當貼近站在車門邊的我，導致她小巧的肩膀或是有氣質的裙襬等等部位都貼到我身上，讓人覺得很難為情。我不曉得這是不是法國人的距離感啦，不過真希望可愛的女孩子能夠跟我保持更多的距離呢。

在百合鷗電車的座位上也是，尼莫坐得非常靠近我。而且在她那件波萊羅小外套下面——上衣的胸口處不知何時垂下一個東西，於是我瞄了一下……發現那是用我在無人島上送給她的青瑪瑙做成的項墜。她剛才還戴在衣服底下，現在卻掏出來了。為什麼？因為戴在衣服裡面會刺刺的嗎？尼莫這時注意到我發現那個項墜，頓時靦腆地紅起臉頰。實在莫名其妙。

「話說，妳其實用瞬間移動到我的地方來不就好了嗎？那樣還可以節省電車費……」

「陽位相跳躍是會伴隨風險的招式，我不想隨便濫用。尤其要跳躍到我不熟悉的場所時，必須搜尋並設定座標，很難辦到精確又安全的跳躍。如果是跳躍到『視野內』或『有深刻印象的場所』相對上就容易多了。」

哦～……雖然我聽不太懂，但總之在不熟悉的土地，還是搭乘公共運輸工具移動比較保險是吧？看來超超能力也沒有想像中那麼萬能的樣子。

尼莫望著不知不覺間已經入夜的窗外，稍微把身體靠向我——

「真漂亮。就快要到 quartier 了呢。明明在艦上頂多只是當成判斷方位的指標，可是跟你在一起卻看起來彷彿閃閃發亮，真是不可思議……」

她有點陶醉地講著這種詩情畫意的話。

「卡地亞？呃，有誰在戴嗎？」

我小聲說著，環顧車廂內的女性乘客們，結果尼莫輕笑一聲：

「不是那樣。quartier 在法文中是指半月的意思。你說的時尚品牌卡地亞（Cartier）在拼法跟意思上都不同。那是人名……金次……」

尼莫從旁邊抬頭看著我的臉，眼神看起來好像有點恍惚。因為跟我的臉距離太近，讓她眼睛對不上焦點嗎？畢竟她另外有一副眼鏡，大概視力不太好吧。

「抱歉，我不太懂法文啊。」

「喜歡。」

「啥？」

「啊！——我、我不小心就。啊、啊哈。不小心的。啊哈哈。總覺得有點熱呢。」

尼莫彷彿要把不小心脫口而出的話塞回口中一樣，滿臉通紅地摀住自己嘴巴——接著又乾笑起來，從下方用雙手朝自己的臉搧風。會熱嗎？我倒是覺得入夜開始冷地說。

還有，她講那句喜歡，是指她喜歡卡地亞嗎？我不曉得她對我講的意思是要我送她還是怎樣啦……但那種高級的名牌裝飾品，就算把我抓起來抖也抖不出來啊。

後來，尼莫在車上就像要掩飾什麼事情似地慌張多話起來。不過她臉上一直都帶著笑容。話題圍繞著只有我們兩個人知道的那段無人島生活的回憶。因此我也跟她聊起——猴子小金次和小狗蘭迪斯，椰子和鳥蛋，魚和海膽的話題。接著聊到那間用亞歷山大椰子樹當成柱子搭建的小屋……我不小心回想起當時從一樓透過竹子天花板縫隙看到尼莫的櫻桃花紋內褲，差點自己踩下爆發地雷。不、不可以繼續想下去啊，金次。像是現在坐在旁邊的尼莫會不會也穿著那東西……之類的事情。啊啊，我就說不要去想像了嘛……！

在千鈞一髮之際，百合鷗電車抵達台場站，讓我逃過了進入爆發模式的危機。接著從這裡到學園島的東京臨海單軌列車由於班次較少，因此我和尼莫在車站等車的同時——趁著周圍沒什麼人，開始談起比較深入的話題。

「你和路西菲莉亞沒有打起來吧？」

「放心，還沒有。雖然她給我惹出不少麻煩就是了。」

「沒事，總之你們沒有打起來就好。我最擔心的事情，就是路西菲莉亞和金次會不會打起來然後大開殺戒。」

「我才不會殺她。畢竟也有武偵法要遵守嘛。」

「反了。我講的是如果路西菲莉亞有那個意思，真的發動魔術，別說金次了——這世界上全部的人都會被殺掉呀。」

「……她本人也有隱約提過那樣的事情。既然尼莫也這麼說，代表那是真的吧。還好有把那傢伙的魔力封印起來。」

聽到我這麼說，尼莫頓時睜大她那對如洋娃娃般的藍色眼睛……

「——封印？你辦到那種事了？我們以前也曾經為了預防萬一，有考慮過那樣的行為，但最後認為應該辦不到呀。你還真的是個化不可能為可能的男人。」

雖然不是我，是亞莉亞拜託貞德辦到的啦。不過我現在還沒辦法跟她講亞莉亞的事情……但是在抵達女生宿舍之前，我再怎麼說都必須告訴她亞莉亞在家裡就是了。

「封印的有無先姑且不說……路西菲莉亞族代代都遵守著不會和人類爆發全面戰爭

的協定。她本人也很清楚把人類毀滅對自己也沒有好處，所以應該不需要太擔心吧。只不過，她靠單獨一個人的力量是可以辦到的。藉由大魔術侵略這個世界。」

「……」

「路西菲莉亞在那邊的世界——是列庫忒亞的神族。而且還是上等神，很強大的神。即便她本人相對上比較偏向和平主義，如果出現什麼人企圖利用她的力量，還是可能讓這個世界陷入危機。我們必須小心這點才行。」

「憑那樣也叫神啊……而且還是上等的神……」

和路西菲莉亞的對決中贏過好幾次的我，不太當作一回事地露出苦笑——但尼莫的表情卻依然嚴肅。

「那邊的神在概念和定義上與這個世界的神不一樣。在那邊是指能夠憑著本人的意志自由改變世界，狹義來講就是將『能夠毀滅世界的存在』稱為神。」

——在列庫忒亞所謂的神，是能夠毀滅世界的存在——

雖然聽起來很恐怖，但這定義也讓人可以理解。像這邊世界的神明之中，有讓硫磺與烈火從天而降的耶和華、能夠破壞萬物的溼婆、擴散傳染病的塞赫麥特、躲進天岩戶導致世界被黑暗籠罩的天照大御神……在描述神明的時候經常會藉由把人類在完全無從反擊之下全面屠殺，或是讓世界滅亡之類的描寫方式，顯示其力量之強大。

而這點對於列庫忒亞人來說不只是文章描述，而是現實。跟蕾芬潔有交流的花之女神・庫洛莉西亞，也的確可以說擁有只要想毀滅世界就能辦到的力量。

「神的上等、下等又是什麼？既然能夠毀滅世界，大家應該都同等級吧？」

「關鍵在時間和效率。神的強弱決定於『能夠多迅速、多有效率地毀滅世界』。」

……在全部都有辦法毀滅世界的前提之下，根據那個辦法厲不厲害來決定上下地位的神明……

如果那樣的存在們可能來到這個世界，也怪不得美國和日本都加入『砦派』，試圖阻止第三次接軌的發生啦。

「看你還很鬆懈的樣子……我就把路西菲莉亞的強度講得讓你也能夠明白。你上次交手過的花之女神庫洛莉西亞以神的強度來說只屬於下等的中段。假如有能夠自由發射人類所有核武的存在，其強度也只算中等的下段。畢竟以列庫忒亞的尺度來講，熱核攻擊並不算是多有效率的手段。然後——路西菲莉亞的力量屬於上等的中段。她毫無疑問是上等神。」

「……」

就在我臉上的苦笑表情不知不覺間徹底消失，額頭開始滲出冷汗的時候——

「當然，辦得到和要不要做是兩回事。像人類也製造出了氫彈，但世界並沒有毀滅。剛才我也說過，路西菲莉亞並沒有那樣的意思……然而還是不要惹她不開心比較好，而且也應該在一旁照顧她順便進行監視。說到底，畢竟她是屬於如果周圍沒有人照料她就不行的類型呀。」

尼莫對我如此說道。

「是、是啊，這點我很清楚。」

「路西菲莉亞在N的時候總是自由奔放，教授也不會管理她。或許因為是曾孫女，教授對她很放任。只不過這次，教授第一次拜託我去關照她了。」

意思是說莫里亞蒂也同樣——不惜動用到金戒指的尼莫，試圖要介入這件事情嗎？

雖然我腦中那樣的意識逐漸變淡了，但我們和路西菲莉亞的這段共同生活……果然是攸關兩個世界的命運，是N與我們這場戰爭的一大關鍵啊。

亞莉亞的事情該怎麼對尼莫說才好？尼莫的事情該怎麼對亞莉亞說才好？即便我絞盡腦汁，依然想不出個解答……我和尼莫就這樣來到浮島北站下車，抵達學園島的女生宿舍了。

「這裡就是你的家嗎？你住的地方比我想像中的好嘛。」

因為看不懂漢字所以當然也不知道『第一女生宿舍』是什麼意思的尼莫，依然表現得心情很好。一想到這個笑容何時會消失，就讓我忐忑不安啊。

不過只要看到尼莫現在這身——有如大家閨秀的服裝，亞莉亞肯定也能明白她不是來打架的。我想她應該會明白吧。

（算了，就讓她們見了面再說明吧……）

老是把事情往後拖延的我，帶著尼莫來到十樓，穿過公用走廊，鼓起勇氣「嘿呀！」一聲——打開亞莉亞房間的大門。

結果聽到聲音的路西菲莉亞，就像養的狗一樣跑到門口來。

「家主大人～……尼莫！真虧妳能來到這裡。讓我賞妳個謝禮，就是我的笑容。」

「同志路西菲莉亞，很高興看到妳平安無事。我從諾契勒斯上看到妳從海中被劫走，也有把這件事告知納維加托利亞。大家都很擔心妳呀。」

聽到尼莫這麼說，路西菲莉亞頓時表情變得有點黯淡——

「尼莫和我同為金戒指還姑且不說……但我已經無顏面對底下的人了。可以拜託妳告訴大家路西菲莉亞已經死了嗎？」

「那可不行呀，畢竟妳還活著。」

正當路西菲莉亞與尼莫如此交談的時候……

「你去個便利商店還真久呢。肯定又是在店裡看霸王書了吧？不可以那樣喔？呃——尼莫！」

來到玄關大廳的亞莉亞當場跳了起來。

「嗚！神崎・福爾摩斯・亞莉亞……！」

王見王的尼莫與亞莉亞都互看著對方，全身僵住——

「……！……」

「……！……」

亞莉亞思考著尼莫來到這裡的過程，尼莫思考著亞莉亞會在這裡的理由——但或許想到最後都覺得現在那種事情無所謂了，接著便……唰！唰！

她們各自朝著對方擺出向前看齊的動作，然後……紅紫色與琉璃藍的眼睛各有一邊開始發出光芒……！

就在身為上等神的路西菲莉亞，大概也不想被雷射流彈波及而往後退下一步的時候——

「Stop！Stop！」

我插入那兩人中間，在亞莉亞眼前跟尼莫眼前「啪！啪！」地各拍一下手，嚇她們一跳。結果她們真的都嚇得眨了一下眼睛，雷射就被取消了。呃，因為她們要發射雷射的時候總是一直睜大眼睛，所以我只是情急之下想到這樣做或許有機會讓她們中斷而已……沒想到居然真的停下來了！那也就是說，我過去努力想出來的『Discord Danza（矛盾之傘）』啦、『Non uguale（不等號）』啦，根本全都沒有必要嘛……！

「金次你讓開！尼莫是差點殺掉曾爺爺的敵人呀！」

「那是我要說的話！夏洛克是差點要殺掉我的敵人！」

就在我回想起以前在藍幫城和磁浮新幹線上經歷的死鬥，不禁茫然自失的時候——亞莉亞與尼莫夾著我互相使出鉤拳作勢毆打對方。一個從我前面，一個從我後面。

「金、金次，原來你和亞莉亞住在一起嗎！到達生殖可能年齡的男女竟然同居——呃，雖然我和你也同居過、一、一、一段時期啦。可是——太猥褻了！」

尼莫對我大吼大叫導致露出破綻，於是亞莉亞「呀！」一聲從上衣背後反手拔出小太刀刺向她。結果尼莫也讓她那可愛服裝的屁股部分掀起來，拔出一把短劍開始反擊猛刺。

「這傢伙！這傢伙！給我站到比較好刺的位置上呀！」

「妳才是！那麼小隻的身體被金次一擋就什麼都看不到啦！」

她們接著又圍繞著我互相作勢要刺對方的側腹，但照這兩人的個性，搞不好很快就會耐不住性子，乾脆直接往前連同我一起攻擊啊。而且路西菲莉亞雖然現在還只是眨著睫毛很長的眼睛愣在一旁，但也難保她會不會做出有利於尼莫的行動。

氣到腦充血的亞莉亞和尼莫各自「Frog!」「Rosbif!」地——用英文和法文互罵起來。畢竟她們分別是英國人和法國人，或許本來就有合不來的地方吧。但要我來講，歐洲人根本不管哪國人都分不出有啥差別啊。雖然對他們來說，應該也是分不清日本人和中國人就是了。

「——到此為止！英法戰爭結束！兩邊都給我把發亮的玩意收起來！」

我推住亞莉亞與尼莫的額頭展開雙臂，把兩人分開。結果由於手不夠長，變得攻擊不到尼莫的亞莉亞就……

「金次！為什麼你不站在我這邊！尼莫可是恐怖分子呀！」

立刻這樣賭氣起來了。

「我——對於尼莫的恐怖攻擊行為本身也是持反對意見。但行為的根柢處有其想法，而那個想法本身並不一定是壞的。任何人都有具備其想法的權力。妳也稍微聽聽看尼莫的理念吧。尼莫也是，現在先和亞莉亞溝通看看，重新檢討一下妳推動事物的方法吧。」

我為了促進雙方互相理解，對那兩人如此說道。

結果亞莉亞卻把腮幫子脹得更大，而尼莫倒是露出有點心動似的表情。

「你那是什麼偏袒尼莫的講法嘛！你對待我和對待尼莫的態度會不會差太多了？」

「那廢話。尼莫對我開過槍的次數是二十槍，妳對我開過槍的次數是四千六百十七槍。光位數就不一樣啦。整整相差了兩位數。」

「虧你記得那麼清楚……明明該記得的事情都不記得的說……」

「亞莉亞，妳就先暫時休戰，讓尼莫進到家裡吧。在路西菲莉亞的事情上，她想必會對我們有所幫助。尼莫妳也別打架了。只要把平均一天會對我開八槍的事情擱到一邊不談，亞莉亞基本上是很可靠的人啊。」

「真虧你可以把那種事情擱到一邊不談呀……算、算了，也罷。就讓我來好好監視亞莉亞，以免她傷害路西菲莉亞。雖然目前看起來好像沒問題的樣子。」

看到尼莫把短劍收回背後，於是亞莉亞也……即使表情不太爽，還是把小太刀收起來了。畢竟只靠我們兩個人的話，在路西菲莉亞的事情上感覺難有進展，因此就算來自敵人的幫助也求之不得——看來在這個想法上，亞莉亞跟我是一致的。

「話說在先，我不會把路西菲莉亞交給妳喔。路西菲莉亞，妳也沒有回去N的打算吧？」

「嗯……」

尼莫用半瞇的眼睛輪流看向亞莉亞與路西菲莉亞之後……一開始本來要穿著鞋子直接進入屋內，但似乎馬上想起這裡是日本，於是把鞋子脫掉後才踏進屋內。接著蹲下身子很有教養地把脫下的鞋子擺整齊後，在亞莉亞帶路下，跟著我和路西菲莉亞一起走在走廊上……

「哼，好一條缺乏色彩的走廊，真像亞莉亞的感覺。應該掛些畫作裝飾才好，至少也要掛照片之類的。」

結果尼莫立刻就開始嫌棄起來。態度真不和善呢。還有，照片不好。萬一被掛上克羅梅德爾的照片要怎麼辦啦？

後來，亞莉亞、尼莫與路西菲莉亞都坐到客廳的白色桌子旁——或者應該說是我催她們坐下的。連咖啡也是我在泡，想盡辦法營造出四個人可以對談的空間。

然而亞莉亞和尼莫卻始終保持沉默。路西菲莉亞也被那樣的氣氛嚇得悶不吭聲了。

「……」

「……」

「……」

我也一邊喝著咖啡，一邊不知如何是好地眼睛瞄來瞄去……

雖然我剛才主張雙方對話，但根本不知道該從什麼事情開始談起才好。不是我在自誇，我這個人可是比起錢或品德更缺乏溝通能力啊。就算我講說「現在這裡有粉紅色、水藍色跟黑色，在頭髮顏色上倒是變得色彩繽紛了呢。」之類的話，肯定只會冷場而已……

結果在場四個人之中，感覺溝通能力最強的路西菲莉亞忽然……

「那麼亞莉亞跟尼莫，妳們一起去洗澡。我等一下也會和家主大人一起洗。像這種時候就是應該這麼做。」

講出這種發言，於是……

「家主大人……？」

「為什麼啦！」

尼莫和亞莉亞總算開口發出聲音了。雖然一邊是感到奇怪的聲音，一邊是滿臉通紅的怒吼聲啦。

「這麼說來……路西菲莉亞在納維加托利亞的時候也是，當船員之間有人吵架就會強迫雙方那麼做。據我所知，那似乎原本是恩蒂米菈提出的點子。」

「沒錯。這是精靈族的智慧。只要一同泡進水中，感情自然就會變好。」

我聽到尼莫與路西菲莉亞講起這樣的事情，於是……

「好，就這麼辦。除了我以外的人全部一起去洗澡。在日本也有所謂袒裎相見的文化——根據浴缸製造商的問卷調查顯示，有六十一%的日本人表示曾經有過和朋友一起洗澡後心靈距離變得更近的經驗。有種講法說鞠躬的起源，是藉由不會直視對方的動作來表示自己沒有攻擊的意思，握手的起源是雙方互相表示自己手上沒有帶武器。而一起洗澡就是那種表態方式的終極型態。透過彼此都變得毫無防備的方式，自然能夠產生出信賴關係。」

認為這是個好機會的我，立刻引用各種根據表示贊成。

畢竟除非是靜香，否則一般人通常不會一天洗兩、三次澡。所以只要現在讓她們全部人都去洗完澡，就能事先預防當我洗澡時，有女人跑進浴室的慣例不幸事件再發生。我真是太聰明啦。

「為什麼家主大人不一起洗？」

路西菲莉亞頓時疑惑地連同角一起把頭歪向一邊。於是……

「我才要問妳為什麼啦！男人和女人不會一起洗澡的！好啦，全體解除武裝！立刻入浴！我趁這時間出去買晚餐回來。還有，妳們洗完澡之後看是睡衣還是便服都好，總之給我穿好衣服。要是只包著浴巾到處走可是會感冒的喔。」

我從亞莉亞和尼莫身上把槍械刀劍都沒收起來集中到一處，並趕緊出門。嗯～太完美了。這下不但保護了我自身的安全，那些傢伙如果在洗澡時可以互相幫對方刷個背什麼的，或許也能稍微變得感情融洽。而且這樣一來還迴避了類族命運——應該讓命運流向變得跟恩蒂米菈的時候大不相同了。畢竟當時我可是在洗澡時遭遇過很慘痛的經驗。等等，金次，你可別回想起來喔。因為爆發模式之中也有一種叫回想爆發的東西啊。

我今天同樣買了半價便當跟特價出清的麵包後，回到宿舍……

看來由於路西菲莉亞居中湊合尼莫與亞莉亞之間的關係，再加上尼莫以前在無人島泡過溫泉之後，似乎徹底迷上泡澡的樂趣而主動表示要洗澡的緣故，那三個人好像真的一起去洗完澡了。畢竟亞莉亞家的浴室很大，三個人一起洗應該也不會擠吧。而現在亞莉亞和尼莫之間感覺起來終於沒有剛開始那樣緊繃了，還會加上路西菲莉亞一起「肚子餓了呢。」「我也是。」「我也一樣。」地彼此交談。原來那份問卷調查的結果是真的。

不過……說到那個亞莉亞和尼莫，大概是亞莉亞提供給尼莫的緣故，那兩人身上都穿著水手服。這點我還勉強可以接受，但她們都把吹乾後的長髮直接披在背上。對於看慣她們雙馬尾打扮的我來說，簡直像是不知誰家小孩的狀態。一邊是粉紅色直髮，一邊是天空藍的略捲髮，的確是亞莉亞跟尼莫沒錯啦。

「啊，金次你回來啦。今天又是吃半價(Hangaku)便當嗎……」

「Hangaku？漢堡排(Hanbaagu)嗎？不好意思啦，讓你請吃那麼好料的。」

來到飯廳的那兩人——即使髮型變成長髮，臉蛋依然是亞莉亞跟尼莫。這景象讓我感到雙重新鮮，超可愛的。可愛到我都暈了一下。這兩個傢伙明明平常總是不讓鬚眉、英勇戰鬥，嬌小的身體和一頭長髮卻又能發揮出強烈的女子力。那樣很不好啊。

「有咖哩麵包嗎？有咖哩麵包嗎？」

踏著輕快腳步過來的路西菲莉亞，背後的頭髮則是有如形狀記憶合金似地保持著三叉的縱捲髮……於是我對著亞莉亞和尼莫有點緊張地說道：

「啊～妳們，頭髮。拜託綁成平常的樣子。」

結果路西菲莉亞聽到我這麼說，就把自己的縱捲髮抓到側頭部……

「唔。家主大人比較喜歡這種髮型的女人嗎？那要不要我以後也這樣綁？」

聽到她這樣充滿奉獻精神的發言，害我不自覺朝她瞄了一眼。她那模樣倒是有種現實中到了高三還在綁雙馬尾的沒常識女孩的感覺……這反而在發育良好的肉體與天真無邪的心靈之間呈現出反差，讓血流為之加速呢。或許就是因為我對這種很沒抵抗力，所以老是被沒常識的女孩騙吧。

「呃不，這不是什麼喜不喜歡的問題。不把頭髮綁起來的話，吃便當會沾到吧？畢竟頂著平常不習慣的髮型時，應該很難注意到自己的頭髮在什麼位置才對。」

像這種歪理就能很快想到的我，嘗試誘導亞莉亞與尼莫把頭髮綁起來——結果那兩人也露出「這麼說也對」的表情，各自不知道從什麼地方變出髮圈，用讓人懷疑是不是拷貝貼上似的相同動作，把一邊髮圈含在嘴上，用另一邊的髮圈綁起右邊馬尾。接著又同時綁起左邊馬尾。亞莉亞跟尼莫，妳們其實很有結交為一對好姊妹的潛力吧？

「綁好啦。」

「吃飯吧。」

站在一起抬頭看向我的亞莉亞與尼莫……果然綁成雙馬尾還是很可愛！

說到底，基本上雙馬尾是女生專用的髮型。換言之就是女生的象徵。女生、女生、女生，這兩個文字在我腦中不斷打轉。結果爆發性的血流就──等等，喂！金次！要是光感受到女生而已就爆發，可真的會沒辦法過正常的社會生活啦！畢竟即便沒有列庫忒亞那麼誇張，這個世界上的人也有半數是女生啊……！

「……真是的。現在居然會像這樣跟尼莫還有路西菲莉亞一起吃便當，簡直教人不敢相信。全都是因為金次擅長哄騙女人的特異功能呢。」

「什麼特異功能。啊！喂、路西菲莉亞！不要偷我的竹輪天婦羅！給我還來！」

我一下子對用湯匙吃親子丼的亞莉亞吐槽，一下子把手伸進我的大分量綜合便當偷走配菜的路西菲莉亞口中，在餐桌上依然忙得不可開交。

「我已經吞下去了，不能還啦。亞莉亞──大家在一起和樂融融是好事。世界與世界的連結，乃起始於人與人的連結。這個世界與列庫忒亞之間想必也會透過我和家主大人的這段婚姻而順利連結在一起吧。」

明明自己就有咖哩麵包和唐揚雞便當，卻緊接著竹輪天婦羅之後又搶走我炸竹筴魚的路西菲莉亞如此表示──結果吃著肉燥便當的尼莫當場「嗚！」一地噎到喉嚨，亞莉亞則是嘟起嘴巴。

「路西菲莉亞，妳跟金次的那個……那個**扮家家酒**可別玩得太過火喔。趁這個機會我就講清楚，我可是被金次求婚了呢！」

亞莉亞伸手用力指向路西菲莉亞講出這種話，結果這下換成我噎到了。

「嗚咳！——呃、我有嗎！」

「啥啊啊啊啊啊啊啊啊啊——？」

就在我跟亞莉亞雙雙露出眼珠子都要彈出來似的表情互看對方的時候，一瞬間看起來大受打擊的尼莫緊接著狠狠瞪向亞莉亞……

「亞莉亞！——妳難道答應那個求婚了嗎！」

「咦！啊、這、這個嘛，還沒……」

「那就不成立！我也跟妳講清楚，我可是有求婚過！雖然金次還沒有答應，但是在單方面有求婚過的這點上來說，以數學角度來講是一樣的！是平手！」

尼莫，妳到底懂不懂數學？我都開始擔心以前被她教過的功課究竟是不是正確的了。

「……」

亞莉亞和尼莫又再度互瞪起來，於是我為了隨時可以逃跑，將椅子稍微往後移開。

結果就在這時——路西菲莉亞說著「你們別吵了」，並伸手制止那兩人。

哦？她要幫忙打圓場嗎？正當我這麼想時……

「有什麼好爭的？只要大家一起生家主大人的孩子不就好了？真的要比就比孩子的數量。雖然第一名絕對會是我啦。畢竟我肚子裡已經有家主大人的孩子了。」

她竟然講出這種話，害我當場一跌，把臉都栽進大分量綜合便當裡了。

「等、等等！亞莉亞，尼莫，妳們別信她的！不要用鐵青的臉看向我！喂！路西菲莉亞！我……我可不記得有那種事啊！」

我一邊用手撥下黏到臉上的白飯，一邊用幾乎要折斷免洗筷的力道緊握拳頭，主張自身的清白。

「什麼叫你不記得了，真是過分呢。明明家主大人趁亞莉亞不在的時候，那樣激烈品嘗過人家的身體……嗚嗚……嗚哇哇……」

「拜託妳們不要用空洞無光的眼神看向我啊，亞莉亞，尼莫！什麼品嘗過身體，妳是在講那個嗎？摻了妳體液的薯泥──路西菲莉亞，妳剛才這段話後半或許是真的，但是跟前半完全是不同話題啊！不要玩弄莫名其妙的話術！」

「趁、趁我不在的時候……你們究竟做了什麼事……？薯泥……到、到底是什麼變態行為……？」

「也就是說，你品嘗過路西菲莉亞的身體是真的嗎！居然趁其他女人不在的時候，你這傢伙太狡猾了！呃不，雖然你當面品嘗也會讓人不知該怎麼辦就是了啦……」

亞莉亞露出彷彿遇到等級超越自己想像的變態似的眼神看向我和路西菲莉亞，尼莫則是對我大聲斥責起來……

「妳們不要那麼容易被騙！路西菲莉亞也不要裝哭啊！」

「哦！寶寶動了。」

路西菲莉亞把手放到自己肚子上露出微笑，結果亞莉亞和尼莫當場連人帶椅倒在地上了。

「──才短短一兩天怎麼可能長那麼大啦！」

「嘻嘻嘻！騙妳們的～」

路西菲莉亞把椅子往後推開，彎下身子，朝著倒在桌子下眼睛打轉的亞莉亞跟尼莫──把兩手食指放到自己左右臉頰上，吐出舌頭扮鬼臉。真是名副其實的惡魔……！

「為什麼要撒那種謊啦？妳這不是害她們差點暈過去了嗎！」

「因為我講說想要生孩子，家主大人就會羞得要命，讓我很煩惱究竟該怎麼辦才好呀。我實在無法理解，為什麼人類對於生小孩的話題要感到害羞？」

「就算妳這樣認真問我，我也不曉得為什麼……總之就是會害羞啦！」

「所以我只是想確認看看，人類的雌性是不是同樣也會感到害羞。剛才那是一場實驗。然後果然，人類的雌性也會害羞。難道人類是反其道而行，藉由完全相反的表現──透過害羞的行為在求愛嗎？嗚～真難以理解……嗚呀！妳們做什麼！太不敬了！」

就在路西菲莉亞擠著眉頭陷入思索的時候，亞莉亞和尼莫忽然分別抓住她左右兩邊的縱捲頭髮一扯，把她拉到桌子下。於是路西菲莉亞也反過來用左右雙手各抓住亞莉亞和尼莫的一邊馬尾……三個人全部「痛痛痛痛！」地打滾起來。

……我看……我就別管她們了，吃自己的便當吧……

（不過，話說回來……）

我本來以為尼莫到來能夠讓事態有所好轉，但其實感覺是一進一退。雖然從尼莫口中獲得了關於路西菲莉亞的情報，而且也勉強讓亞莉亞跟尼莫之間進展到不會互鬥的程度，可是現在又換成路西菲莉亞會挑釁那兩人。

照這樣下去，狀況可能不僅是一進一退而已，亞莉亞和尼莫會持續累積壓力，和我之間的事情遲遲無法如願的路西菲莉亞想必也會越來越不滿，這個生活遲早會發生破綻。亞莉亞和尼莫開戰，尼莫把路西菲莉亞帶回去，或是路西菲莉亞跟我爆出嚴重的錯誤，這些狀況都有可能會發生。而且雖然我已經很習慣了，但每天只吃半價便當與麵包的吃食生活——很可能讓亞莉亞、路西菲莉亞或尼莫——其中任何一個人的健康發生問題。貞德製作的封印也畢竟是出自貞德之手，難以保證能夠撐到什麼時候。

然而這段生活即使名目上說是生活，卻屬於和N的戰鬥之一，而且肯定會是重要的轉捩點。現在N的重要人物——尼莫加入其中，想必讓其重要程度更提高了一層。雖然是前所未有的戰鬥型態，但不可輕易後退的這點應該跟平常的戰鬥是一樣的。甚至反而要投入更多戰力，往前推進才行。

這條戰線最大的問題在於——參戰人員全部都很缺乏對應「生活」的能力。我、亞莉亞、路西菲莉亞與尼莫，大家都沒有生活力。拿實戰來比喻，就像是無人統率的烏合之眾只會各自胡亂投擲石頭或汽油彈的狀態。

像這種時候必須有具備正確軍事知識的軍人介入其中。要講起來就是找一個『生活軍人』來幫忙統率這個混亂的戰況。

雖然講到生活能力第一個會想到的是白雪，但她還在神殿，無法立刻趕來。而且白雪是近於「砦派」的星伽家之中的一員，因此會有和尼莫或路西菲莉亞對立的風險。或者反過來與路西菲莉亞勾結，在關於我的小孩什麼的事情上搞出一大麻煩，不，兩個人合起來搞出兩大麻煩事的可能性也非常高。

現在有辦法立刻趕來，而且目前在「砦派」或「門派」的問題上沒有預設立場的生活專家……

——這條件下的選擇就只有一個了。

於是我探頭看向餐桌下……

「喂，亞莉亞、尼莫、路西菲莉亞，妳們放開彼此的頭髮啦，小心會禿頭喔。呃～我明天會叫個人到這裡來。那是和N沒有牽扯的中立人物，所以不用擔心。是我的朋友。」

聽到我這麼說，原本糾纏成一團的那三個人——各自露出驚訝的表情重新坐好了。當中身高比較高的路西菲莉亞的後腦杓和犄角還撞到餐桌一下。

「朋友？你的朋友頂多只有武藤和不知火而已吧？這裡是女生宿舍喔。」

「呃，原來你有朋友嗎？不是想像中的假想朋友？」

「居然能夠和家主大人交朋友，想必是忍耐力相當強的人物吧……」

「你們也太失禮了吧。我只是想說忽然講名字的話，尼莫和路西菲莉亞也不認識，所以才那麼稱呼的──不過就是麗莎啦。」

我這麼一說後，明白麗莎有多可靠的亞莉亞被抓得亂糟糟的頭髮上立刻冒出一顆燈泡。

「這是個好主意。畢竟那孩子很喜歡打掃做飯之類的。」

「也不是說什麼喜不喜歡，她的職業是女僕啊。反正這個家很大，多一個人住也沒問題吧？」

「嗯，好。那麼包括給尼莫用的份，我再多準備兩張床來。」

很好，被採用啦。這場戰役，從現在開始要反擊了。無論在任何狀況中都有辦法帶來柔和日常生活的麗莎就是反擊的王牌。要是打出這張最終王牌也沒辦法順利，想必也就無計可施了。這恐怕是史上最為和平的一場──背水之戰吧。

隔天放學後，我打電話一叫──麗莎便立刻來了。騎著一輛淑女車，籃子中還有裝了食材的自備購物袋。

在女生宿舍的腳踏車停車場像個坐墊小偷般躲躲藏藏的我一現身，麗莎便輕輕捏起制服的防彈長裙向我行禮。

「主人，這次受您所求，麗莎非常榮幸。」

她那對柔軟的長睫毛鑲邊的翠玉色眼眸露出微笑——光這樣就飄散出和平與療癒的氛圍了。不愧是生活軍人，不，生活將軍，威信十足呢。

「這次不好意思又要麻煩妳啦。這次的戰役和以往不同，平日生活本身就是戰鬥。這段生活能否過得順利，將會有很重大的影響。」

「我明白了。關於事態內容我也有聽亞莉亞大人說過，也明白有位人物自稱是主人的新夫人。」

「這點不需要明白啦。呃～路西菲莉亞應該說是……」

「主人是亞莉亞大人的搭檔，路西菲莉亞大人的丈夫，尼莫大人的成對存在——」

……被她這樣一一列舉，我都開始胃痛起來囉？

「不過，搭檔只要工作結束後就可能離別，夫人只要感情結束就可能離婚，成對存在只要平衡狀況結束就可能離散。相對地，生活永遠不會結束。唯有女僕直到最後都會陪伴在主人身邊的。」

麗莎提出她的女僕最強理論，臉上帶著不論我身旁有什麼女人都從容不迫似的笑臉……但就算是女僕也可能有解雇之類的狀況吧？哎呀，或許這表示她有自信不會遭到解雇的意思。而且實際上我們的關係也的確像這樣持續著。

「……雖然講起來都覺得蠢，但我還是要說路西菲莉亞並不是我的什麼新娘子喔。不過我並不會禁止妳為了討好她而將她當成我的妻子對待。畢竟要是惹路西菲莉亞不

開心，她搞不好會在短時間內很有效率地將地球破壞掉。另外，或許跟現在講的事很難兩立，但妳在家中的立場必須保持中立。無論對亞莉亞、路西菲莉亞或尼莫，都要平等對待。」

「我明白了。」

「老實講，那三個人實在很難搞。感覺除了妳以外不行啦。」

聽到我這句發言，麗莎忽然「唉呦」地把立起來的雙手放到嘴前，就像是覺得做出極為驚喜的表情很不端莊，所以在遮掩那個行為的樣子。接著，她又露出彷彿女僕髮箍周圍都冒出小花似的幸福表情。

用雙手遮著變紅的臉頰，稍微踮起腳尖把嘴巴湊到我耳邊的麗莎……

「主人，沒想到您會把麗莎擺在第一，而且還把那種話講出口。麗莎真是太幸福了……今後麗莎會更～努力侍奉您的……」

伴隨有如糖漿般甘甜的氣息對我如此小聲說道……那是什麼像瞞著夫人受到主人寵愛的女僕一樣的反應……？

啊，剛才那句話。我講的本來是『那三個人對我來說實在太難應付，感覺只能靠麗莎才行了』的意思——但由於說明不清，結果讓她解讀為『不管亞莉亞、路西菲莉亞或者尼莫都是難搞的女人，我最喜歡的還是麗莎』的意思了嗎？如果是那樣，我完全搞砸啦！

然而看到麗莎現在這麼開心……要是我說什麼『才不是那樣啦笨蛋』否定她，她搞不好會當場哭著跑回去。到時候就失去將軍領導，暴動持續下去，最後可能讓地球陷入危機啊。不得已了，關於這點等到事後再向她訂正吧。畢竟生活即戰爭，而戰爭難免會有多多少少的犧牲嘛。

因為裝滿食材的購物袋看起來很重，我本來說要幫忙提的——可是麗莎卻表示「不，怎麼可以讓主人提東西呢。這是女僕的工作」。並用雙手抓起購物袋，把它提在自己的裙子前面了。結果那動作剛好讓麗莎的左右手臂從兩側把豐滿的雙峰擠向中央，害我在搭電梯的過程中一直想著她的水手服上衣會不會「磅！」一聲破開露出底下花紋刺繡的白色內衣，甚至連內衣都「劈里！」一聲裂開讓豐滿的果實都跑出來，被幻覺所煎熬著。我的想像力會不會太強啦？

進入亞莉亞房間的玄關大廳，將購物袋放到一旁的行李架上後……麗莎便對著亞莉亞帶來門口的尼莫與路西菲莉亞優雅地行了一個屈膝禮。

「初次見面，我叫麗莎（Lisa）・艾薇（Avé）・杜（du）・安克（Ang），是來自荷蘭的女僕。尼莫大人，貴安。有幸見到與主人成對、擁有獨一無二優越能力的人物，我深感福氣。」

對於用流暢的法語問好的麗莎——大概是被恭維的尼莫「嗯、嗯」地用品評似的眼神瞧了一番後，明明也不是屋主卻用日文回她「很好。畢竟是金次介紹的人，我就允許妳進來吧」這樣一句話。

然而……就連巴斯克維爾小隊或福爾摩斯家的人都有辦法討好的無敵麗莎卻……

「路西菲莉亞大人也是，我聽說您是主人的——」

「——沒大沒小。」

第一次踢到了鐵板。

把穿著水手服的雙峰用力挺起，傲然站立的路西菲莉亞打斷了麗莎的問好。

「竟然把我的家主大人稱作主人，這不是重複了嗎？要那樣稱呼家主大人，可得先經過我的同意。我乃前來侵掠這個世界的神，是非常偉大的存在呀。」

面對那樣將我的手臂一把抱過去的路西菲莉亞……

「真是抱歉，請恕我的失禮。」

麗莎完全不為所動，對她如此鞠躬低頭。接著把上半身抬回來時，雖然見到路西菲莉亞用雙峰夾住我手臂而流露出微粒子等級的火大氣息——卻巧妙控制臉頰的肌肉，擺出笑臉不讓對方察覺。

「侵掠世界嗎，真是心懷壯志的大人物呢。麗莎由衷感到敬佩。噢噢，若有幸服侍偉大的神路西菲莉亞大人，將是麗莎一輩子的光榮。」

麗莎有如演著獨角戲般如此說著，還穿插了一些崇拜路西菲莉亞似的動作。結果……

「——對吧。對吧。嗯嗯。好，妳要稱呼家主大人為主人也可以。」

來到這地方後完全沒有被當成神明對待的路西菲莉亞頓時又傻笑、又害臊，似乎對於謙卑態度恰到好處的麗莎感到非常滿意，心情變得極佳。

好、好厲害啊，麗莎的這個修正能力。別說是來自不同國家了，甚至對於來自不同世界的人——她都能把話語拿捏在高度花言巧語卻又不至於令人反感的程度，秒速討好對方。這能力……如果讓她當上外交官，無論面對什麼國家、什麼樣的敵對關係，應該都有辦法圓融應對吧？

雖然她本人對於女僕的工作很自豪，所以不可能去當什麼外交官就是了。

不管怎麼說，總之現在麗莎順利進城了……這下不只是粉紅、黑、水藍、金的髮色而已，連貧、爆、普、巨的胸部變化都豐富起來了呢。在這方面我必須小心注意才行。

麗莎為亞莉亞她們泡紅茶，讓她們聚到桌邊後，接著又馬上用放在廚房的一個蛋糕架盛裝五顏六色的點心端到桌上。而下午茶這樣的活動似乎不論來自哪裡、怎樣的女生都很喜歡的樣子，結果亞莉亞、路西菲莉亞與尼莫簡直就像發生奇蹟似的全都乖乖喝起茶來。另外，我明明在這裡住了好幾天，卻都不曉得原來亞莉亞家有一臺黑膠唱片機，麗莎卻光是稍微繞了一圈就眼尖地發現了那玩意，於是播放起巴哈的《G弦上的亞莉亞》（G弦上的詠嘆調）。

藉由音樂讓武偵與恐怖分子們鎮靜下來後——麗莎安靜且熟練地用除塵撢與溼拖巾開始打掃起各個房間。在明明有三名女性卻亂糟糟的家中不到幾小時就變得亮晶晶之後——麗莎接著又開始做起菜來，簡直勤奮到讓我都擔心她會不會累了。於是……

「呃～……我為了預防萬一半價便當賣完的時候，所以從自己家帶了不少速食麵過來。反正也要在賞味期限內吃完才行，所以今天晚餐妳做這個就可以啦。」

我拿了五份醬油味的明星拉麵給在廚房哼著鼻歌確認蔬菜新鮮度的麗莎，結果……

「唉呦，謝謝主人。那麼我就用這個做料理了。」

麗莎露出彷彿做家事做得樂此不疲的閃亮亮笑臉這麼回應我。

然後，她「咚咚咚咚」地——用宛如專業廚師的動作切起她拿來的洋蔥，放進明明不做菜的亞莉亞卻徒有道具特別高級的Le Creuset鍋子裡，用牛油與沙拉油炒熱。呃，明星拉麵不是只要用熱水煮過就可以了嗎……？正當我如此疑惑的時候，麗莎又把牛腩肉丟進鍋中快炒，用砂糖、醬油與味醂調味。拿湯勺與小碟子試味後，「Mooi（好）」了一聲。接著在另一個大鍋中煮起速食麵，並且將洋蔥與牛肉挑到一個大碗裡，用鍋中殘留的肉汁混合速食麵附的醬油湯粉，加入熱水煮開。動作始終輕盈巧妙，有如鋼琴演奏家。

麗莎將煮好的麵分裝到四個盤子上堆成富士山的形狀後，把剛才挑起來的牛肉與洋蔥放到上面，再加上切成碎塊的番茄與春菊(茼蒿)增添色彩。最後還在拌麵富士山的山頂放上蛋黃。

（……嗚……！）

看、看起來好美味……！從原本單調的速食拉麵竟變出了華麗到彷彿閃閃發亮，而且又感覺營養均衡的料理。簡直難以相信。

「好啦，主人還有各位，晚餐準備好囉。」

就在麗莎把不知何時泡好的普洱茶，連同做好的麵一起排列到餐桌上時——時間剛剛好是晚上七點。

早已被香味引誘聚集而來的亞莉亞、路西菲莉亞與尼莫臉上都帶著「這值得期待！」的表情，紛紛表示「看起來很好吃呢！」「應該很補精力喔。」「味道好香。」讓氣氛變得好熱鬧。雖然有一部分的發言好像很恐怖就是了。

「今日的餐點是牛肉與當季蔬菜的乾拌麵。春菊雖然寫作春，但其實現在才正是季節。請各位盡情享用。吃到一半的時候撒個胡椒在上面，還可以享受不同的滋味喔。」

跟著大為興奮的亞莉亞她們，我也拿起筷子吃了一口——

（好吃……太好吃了……！不敢相信是用那個速食麵做出來的東西……！）

味道真是太出色了。最棒的是這個有如把壽喜燒與拉麵的魅力都加入其中的風味。為之起舞的舌頭，在春菊的苦味與番茄的酸味共演連彈的點綴下又舞得更加起勁。從那樣少量的食材與調味料竟然能夠達到如此奇蹟般平衡，簡直是神技。

「真不愧是麗莎。將簡單的東西做到完美，是唯有一流的高手才能辦到的事情喔。」

「實在太美味了！這是哪個國家的料理？」

「蔬菜攝取不足的問題也同時解決了。原來如此，真是個優秀的女僕。」

亞莉亞、路西菲莉亞與尼莫也都說著一百分滿分的感想。

「雖然調味是日本的味道，不過麵食本身據傳是源自中國。至於食材的搭配上，我參考了泰國的料理。」

站在桌邊適時為大家添茶的麗莎，如此回答路西菲莉亞的問題後……

「畢竟這個原材料的醬油拉麵就是用日本的醬油與中華料理融合出來的東西。像妳愛吃的咖哩麵包也是，不同的文化交雜在一起就容易誕生出新的好東西。尤其因為日本是島國，就像和魂漢才、和洋折衷等等成語所示——這土地上的人自古以來就容易對來自海外的東西感到興趣並加以吸收。日文也是世界上融入最多外來語並持續變化的語言，另外也將中世紀傳進來的佛教與日本的當地信仰融合產生了獨自的宗教觀。還有把美式漫畫與日本繪畫的概念融合起來誕生了日本漫畫的表現方式——」

「吃了好吃的東西精神就來啦！家主大人，我們下一場對決要比什麼？畢竟現在我們總算平手了嘛。」

「妳聽我說話啊。難得我可以把念書時學到的知識拿出來賣弄的說……！等等，我現在是三勝兩敗才對吧？妳少在那邊趁勢謊報戰績。」

「嘻嘻嘻！」

我和路西菲莉亞如此閒聊的同時，伸手幫胡椒罐關得太緊打不開的尼莫打開罐子。

「唔！這味道的確和黑胡椒很合。我的筷子都停不下來了。」

「真的嗎？那把胡椒也給我。」

「拿去。妳可以撒一部分吃吃看。」

「說得也是，那我就撤一半變化味道。」

多虧麗莎的料理，讓尼莫與亞莉亞也交談得比以前更加融洽……太好啦。延續過去在我房間與在貝克街的經驗，這次擢用麗莎果然又是正確的選擇。她很快就讓我們的生活出現改善的徵狀了。

在麗莎將軍的領導下，我們這群烏合之眾總算逐漸排出陣型。只要讓我、亞莉亞、路西菲莉亞與尼莫之間的羈絆變得更穩固──總有一天也能夠對N產生良好的影響。雖然目前還完全看不出來那究竟會以什麼樣的形式顯現就是了。

晚上，亞莉亞她們在北客廳看著衛星電視的BBC新聞，我則是在一旁念書……就在肚子感到有點小餓的時候……

「各位，我做消夜來了。」

麗莎剛好準備了三明治來，真是體貼啊。大大的銀盤子上裝有火腿、雞蛋、鮪魚、起司等口味的三明治，甚至連女生吃的水果三明治都有。那我就在這邊休息一下，跟大家一起吃吧。

──於是我們圍到桌邊，享用著各自想吃的三明治與咖啡或紅茶。

「話說，你到這個家來也很用功念書嘛。這是好事。」

在東京車站或電車上明明表現得很像女孩子的尼莫，現在卻用男性化的語氣對我說話。看來她在亞莉亞她們面前就會那樣的樣子。

「哎呀……畢竟妳也知道，我高中中途退學了。既然沒辦法去上學，就只能靠自己努力啦。」

「這麼說來，我聽說主人高認測驗及格了。恭喜主人，很棒，很棒喔。」

麗莎說著，用她白皙的手摸摸我的頭……

「呃，妳從哪裡知道那件事？」

「是望月大人告訴我的。」

哦哦，畢竟我有向恩人望月萌報告這件事嘛。然後在武偵高中，萌和麗莎都是救護科。跟我有緣的那兩個人大概是這樣認識的吧。

「你在高認的考試中努力得出好結果了嗎？很、很棒，很棒喔。那麼為了正式的入學考試，我這次再教你數學吧。一對一。」

尼莫也勉強伸長手臂……有點害臊地摸摸我的頭。

「那我也要！除了國文之外我都可以教你。」

結果不想輸給尼莫的亞莉亞也表示自願要當我的家庭老師了。以前搭乘伊・U繞北極海時我就經驗過，亞莉亞這傢伙教人的方式是用槍威脅的超級斯巴達式教育啊。雖然說因為太恐怖所以逼得我專注力無限飆高，確實會學得很快就是了啦。

後來，戴上眼鏡的尼莫與單手握槍的亞莉亞坐到左右兩邊……開始教起我數學與理化。

然而教我這個白痴是相當費力的一件事，需要兩人互相合作。多虧如此，尼莫和亞莉亞到最後甚至感情變得好到只要我得出正確答案，她們就會「好耶！」地開心擊掌的程度。

等到今天的讀書進度告一段落，時間來到晚上九點。我本來預定可能還需要兩個小時的說，果然有人教就能結束得比較快呢。

但如果因此繼續讀超過原本計畫分量的內容，會導致明天以後的幹勁下降。所以今天就到這邊，去睡覺吧。不，要睡覺好像也太早了……

於是我想說用手機上網逛逛而進入南客廳，結果看到麗莎正拿著針線……幫忙修補尼莫那頂軍帽上讓雙馬尾露出來用的洞口邊緣破損的地方。

「麗莎，妳有沒有什麼可以消遣時間用的東西？我現在有點無聊。」

我試著向她提出這樣一個亂來無理的要求，結果……

「有的。我有帶一些玩具和桌遊過來喔。」

她竟然這麼回答。這位女僕到底有多萬能啦？

剛才在位於第二女生宿舍的自己房間與這裡之間往返了好幾趟的麗莎，拿出應該是那時候帶來的一個盒子——裡面裝有撲克牌、大富翁、卡卡頌、骰子等等東西。看來她非常理解這次的任務內容，帶來比較多可以多人同樂的玩意。

「哦，這是……咬指蛇嗎？妳居然會有這個稀奇的東西。」

「是的。那是望月萌大人之前接委託到沖繩出差的時候買回來的禮物。」

所謂咬指蛇是一種把外觀像帶子狀的椰科樹葉編成多重螺旋狀管子的玩具。正如其名，形狀很像一條蛇。把手指伸進那條蛇的嘴巴——也就是管子的前端入口後將尾巴一拉，螺旋就會收縮使得管子內徑縮小，讓手指變得拔不出來。而且越用力拔、管子就縮得越緊，相反地，只要推一下尾巴就能讓內徑放大，簡單把手指拔出來。

因為咬指蛇有兩條，於是我跟麗莎借來後……走到北客廳找正在看電視的亞莉亞、路西菲莉亞與尼莫。

「嘿，妳們知道這個蛇是什麼嗎？」

我這麼說並亮出咬指蛇，結果亞莉亞和路西菲莉亞都露出「？」的表情，不過尼莫卻「我知道。我在越南看過。那如果把手指伸進去——」地差點給我破梗，因此我立刻從坐在地板上的她背後用手摀住她的嘴巴。

「嗚咕唔哇喏唔啊！」

「把手指伸進這條蛇的口中後，如果是乖孩子就能馬上拔出來，但如果是壞孩子就會一輩子拔不出來了。亞莉亞，路西菲莉亞，妳們試試看。」

我把頓時臉紅掙扎的尼莫壓制下來，並且把兩條咬指蛇遞出去——

「你笨蛋嗎？又不是羅馬的『真理之口』。」

「家主大人真傻呢。這只是用普通的草編成的管子呀。」

亞莉亞和路西菲莉亞同時把食指伸進咬指蛇口中，同時用另一隻手握住尾巴……

「好，我要拔出來囉。好……我要拔了。咦……奇怪……？」

「……拔、拔不出來……！……？」

噗噗噗噗。瞧妳們兩個，慌張得把原本就很大的眼睛睜得更大啦。

「看來妳們平常都壞事做太多啦。從今以後妳們就跟蛇過一輩子吧。」

在咧嘴奸笑的我與露出無奈眼神看向那兩人的尼莫面前——路西菲莉亞「嘎呀——！」地滿地打滾，拚命拉扯咬指蛇。

亞莉亞則是用依然咬在她手指上的蛇捶打我，淚眼汪汪地抗議：

「你這是對我做了什麼事情啦！這樣我不是一輩子都沒辦法扣扳機了嗎！」

妳的食指在人生中的用途就只有那樣嗎……？

用幾乎產生殘像的超高速度，像跳地板舞一樣在地上打滾的路西菲莉亞，穿的裙子都被掀到危險邊緣，而且亞莉亞又敲得我很痛，於是我把摀住尼莫嘴巴的手放開了。

「路、路西菲莉亞，亞莉亞，那東西是越拉越拔不掉的。妳們推它的尾巴。」

尼莫如此告訴那兩人後，她們就像影片暫停播放似地當場定格……

接著一推，一拔，各自把手指從咬指蛇中拔了出來。而且大概是就算拔出來也依然無法理解其構造的樣子，兩人臉上都帶著傻愣的表情。

「很有趣對不對？凡事強迫硬來都不會有好結果，如果用拉的不行就試試看用推的——那就是教育人這項道理的一種沖繩玩具。」

面對講得得意洋洋的我，亞莉亞與路西菲莉亞都露出笑容……

……咦……是露出了笑容、沒錯啦……可是額頭上好像冒出青筋的樣子……？

「真的很有趣呢。那麼接下來換金次吧。」

「就讓咱們確認看看，家主大人是乖孩子還是壞孩子。」

那兩人分別讓咬指蛇咬住我左右兩手的食指，接著用力一拉！

力道簡直像在拔河一樣！

「痛痛痛痛痛啊！呃、喂！住手！不要拉得那麼用力！」

「唉呦，拔不出來呢。」

「家主大人！真是個壞孩子！」

「住手住手住手！手指！我的手指！蛇拔不掉我的手指都要被拔掉啦！對不起！真的非常抱歉！」

尼莫用爬的逃離現場，亞莉亞和路西菲莉亞則是用怒髮衝冠的表情把我的兩手食指往左往右、往上往下地甩盪。速度比跳繩的雙重跳還要快。噫呀啊啊！我的手指內部都發出嘎嘰嘎嘰的聲響啦啊啊！

一分鐘後——總算被解放的我全身癱軟地倒在地毯上……

「你、你還好吧，金次？你的左右食指都被折成正常人不可能辦到的鋸齒狀了……」

爬著回來的尼莫幫我把咬指蛇鬆開，臉上露出嚇傻的表情。欲哭無淚的我接著把一根食指三處，兩邊總計六處的脫臼，用遠山家整復術「啪嘰啪嘰」扳回原位後……

「各、各位，來，咬指蛇就玩到這邊，請問要不要來玩玩看其他遊戲呢！」

聽聞騷動的麗莎抱著遊戲盒趕到現場，把差點又要被亞莉亞和路西菲莉亞用蛇套住兩手中指的我拯救出來了。

把咬指蛇永久封印後，我們接著決定來玩尼莫從遊戲盒中挑選出來的『狼人遊戲』了。那是一種玩家各自分配到村人或狼人的角色，大家來找出誰是狼人的推理遊戲。尼莫似乎喜歡玩，而我在偵探科的課堂上玩過所以也知道遊戲規則。但亞莉亞和路西菲莉亞不曉得怎麼玩，於是由尼莫負責說明了。

在尼莫進行說明的時候，我和麗莎搬了一張可以讓大家圍在一起的矮桌到客廳來——

「真的是狼人的麗莎來玩狼人遊戲，感覺好怪啊。對了，麗莎，如果妳是狼人被大家找出來，要不要真的變身來一段演出？『吼啊～！』這樣。」

「唉呦，呵呵呵。非常抱歉，身體變大的變身必須是遇到危機的時候否則辦不到的。而且根據月齡會有程度上的不同。我雖然可以按照自己的意思變出耳朵或尾巴，但今晚是半月前，所以應該也只能變出一半左右……」

麗莎向我說明了這樣一項麗莎小知識。哦～……原來那個變出的狗耳朵還會根據月齡有改變啊。

「聽完尼莫的說明我已經理解規則了。不過這真是有一點點殘酷，也因此反而很像小孩子會玩的遊戲呢。」

「要嫌的話妳可以不要玩喔？」

亞莉亞大概是對於畫風有點恐怖的遊戲卡片不太喜歡而開口批評，結果路西菲莉亞把她軟綿綿的雙峰放到矮桌上並如此說道後……

「……算了，我就陪妳們玩玩吧。畢竟我是大人。」

盤腿坐下的亞莉亞也為了與之對抗，全力嘗試把自己的胸部放上桌面，但畢竟沒有可以勾住的部位，結果讓她整個身體直接往下掉，讓下巴「砰！」一聲撞在桌面上。然後又變得一臉不爽，改用手托著腮幫子。亞莉亞的貧乳藝又多了新的花招啦。

麗莎也坐到矮桌邊後，游刃有餘地將雙峰放到桌面上。難道那動作是非做不可嗎？露出這樣疑惑表情的尼莫也……勉強成功讓胸部放到桌面上了。尼莫明明身高跟亞莉亞不相上下，胸部卻姑且算有肉呢……以前我在魚鷹上摸過，所以本來就知道這點就是了……

另外，這個現象似乎是由於亞莉亞家的矮桌高度不上不下，所以胸部有肉的人大家都很自然會變成這樣的樣子。因此我對眼前這個看了就難受的景象也無法吐槽，逼不得已下只能一邊小心自己的血流一邊玩狼人遊戲了。這下不只是麗莎，連我都像狼人一樣啦。

然後……玩起來就可以發現狼人遊戲真的很有趣，也會讓每個人的個性都浮現出來。

對於恐怖作品的氣氛缺乏抗性的亞莉亞，因為很害怕「有狼人潛伏在村中」這樣的遊戲背景設定，自己當村人的時候心情都會寫在臉上。正經八百的尼莫即使在玩這樣的遊戲時也會認真追求勝利，而且不允許任何一點違反遊戲規則的行為。對勝負很執著的路西菲莉亞則是每次獲勝都會表現得開心萬分。

一方面也因為麗莎很會當遊戲主持人GM的關係，讓遊戲毫無冷場……

亞莉亞、路西菲莉亞、尼莫與我——大家都逐漸變得比以前還要親密了。過去曾經互鬥的人，不知不覺間變得有如老朋友般互不拘泥。

然而，這時我不經意想到……

（這個狀況……女性四人，男性一人……）

萬一第三次接軌的大門被打開——想必會陸續現身的列庫忒亞人，全部都是女性。根據規模可能會使得地區性、國家性、世界性的人口數目偏向女性。在比較極端的狀況下，搞不好就會像現在這個房間裡一樣。到時候想必也會出現跟我一樣，被多名女性包圍而感到苦惱的男性吧。不，或許也會有反而非常歡迎這種狀況的豪邁男性就是了……

——到那時候，原本在這個世界的女性們究竟會作何感想呢？

在這點上，不對，從這點上擴展對各種事物的想法……我總覺得第三次接軌的背後似乎隱藏有什麼很大的問題。不單純只是男女人口平衡的問題而已，應該還有其他很多問題。有如潛伏於村中的狼人一樣，乍看之下難以察覺——但有一天可能露出獠牙的問題。

靠著麗莎的力量，我們的生活獲得大幅改善。

不但屋內與衣物都常保清潔，最重要的果然還是餐食內容變好了。三餐總是吃到美味的東西似乎可以讓人減輕壓力，不易發生爭執，而且營養攝取均衡也能讓心理狀態保持良好的樣子。亞莉亞老是愛生氣的原因或許就出在她平日的吃食生活，我總覺得她現在不只是臉蛋，連個性都好像變得可愛了。

然後那個麗莎和亞莉亞白天都必須去學校……在這裡住了一段時間的尼莫也已經不會在附近迷路，於是一個人去便利商店買東西。

就這樣，現在家裡只剩下我和路西菲莉亞。我們好像有一段時間沒有這樣兩人獨處了……正當我想著這種事情並坐在客廳念書的時候，忽然感覺到有視線——於是轉頭一看——

路西菲莉亞在稍隔一點距離的地方看著我，不發一語，眼神呆滯。而且臉頰好像有點泛紅，還把一隻手放在自己胸口上。

然後跟我對上眼睛的她頓時變得表情慌張……接著又做出像在否定自己思考似的動作，把頭連同犄角一起左右甩動。

「……幹什麼？」

比尼莫不會讀漢字更加不會解讀女生想法的我，對行為莫名其妙的路西菲莉亞如此詢問後……

「家主大人，來對決。上次玩狼人遊戲的時候我贏得比家主大人多，所以那算一勝。換言之，現在是三勝三敗。我不會再要求增加對決總數，這次就是真正的最終戰。禁止打擊技，禁止投摔技，手與手互推，往後退或倒下來的人就算輸。」

路西菲莉亞一臉正經地朝我走過來，然後把彎起手指的左右手掌伸到面前，向我提出雙方兩手相扣互推方式的比力氣對決。

「……那我就跟妳比一場，但這規則和格鬥戰幾乎沒差吧？還沒比我就知道妳會輸了。」

哎呀，反正她如果輸了肯定又會說『撤回前言！改比九場！』什麼的。不過畢竟我最近都窩在家裡念書，所以剛好也想稍微運動一下。而且這種對決方式應該不會弄壞家裡的東西，我就陪她比一場吧。

於是我站起身子——將右手與左手分別與對方十指相扣，答應和她比力氣了。

「好，妳隨時推過來吧。」

「我要上啦，家主大人！」

——我和路西菲莉亞之間有身高差距，有體重差距，也有力氣上的差距。這是我們各自排除掉爆發模式與魔力等要素後，兩人之間正常的男女體格差異。

再加上路西菲莉亞明明自己提出要比力氣，卻完全不懂這種比賽方式的基本訣竅。始終只會咬緊牙根，「嗚～～～！」地用兩隻手臂拚命往前推而已。

像這種雙手互扣的比賽方式，應該注意自己與對手的手臂關節方向，觀察力量的流向，自己擺出容易使出力氣的姿勢，同時誘導對手擺出不方便使力的姿勢。所謂的比力氣，就是要藉由這種方式逐漸增加施予對手的臂力、背肌力與腳力，同時一分一秒地剝奪對手這些力氣，有點類似搶出力點的占陣遊戲。就像、這樣。

「……」

「……啊……嗯……嗚～～～！」

路西菲莉亞的姿勢逐漸蹲低，讓我覆蓋到她上面，到後來甚至變成類似瑜伽的橋式動作硬撐。雖然偶爾會巧妙施展遠山家也有的假動作技巧，但也都是我可以輕易看穿的程度——到最後……

「——啊嗯！」

被我推到底的她，背部終於倒下去了。

倒在白色的毛茸茸地毯上。

「果然……家主大人比我還要強呢。」

「光講力氣的話其實沒差那麼多喔。如果我算十，妳大概也有八。只不過像這種比賽的勝負關鍵在於觀察並預測對手的意識與呼吸，而這種能力唯有在逼近極限的戰鬥經驗中才有辦法學到。而我對於那樣的經驗是多到教人悲哀的程度。僅此而已。」

重新站好身子的我一邊調整著手錶位置，一邊低頭俯視路西菲莉亞。

雖然贏是贏了，但總覺得沒有認真一決勝負的感覺。路西菲莉亞明知自己就算使出全力也會輸，卻還是拿出全力挑戰我，然後輸了。她給我的感覺就是這樣。她自己以前也說過她知道比力氣的話女方比較吃虧，總有一種她這次是為了親身體驗那個力量差距的感覺……

「妳剛剛看著我在想什麼？雖然我才剛說過要預測對方意識什麼的，但是像那樣被人盯著卻不明白對方在想什麼，讓我很不舒服啊。」

聽到我這麼問，仰天倒在地毯上的路西菲莉亞閉起她略帶藍色的黑眼睛——

「……我在回憶。回憶在納維加托利亞上，和家主大人的第一次戰鬥……」

「……那應該是很不好的回憶吧？畢竟妳當著大家的面輸給了一個男人。」

「很不好的回憶……本來應該是那樣沒錯的。但現在回想起來，我卻會心跳加速，臉頰和胸口都發燙起來……」

路西菲莉亞很幸福似地瞇起眼睛仰望我，用塗了紅色指甲油的手輕撫自己的胸口。彷彿在給予自己一段寶貴回憶的人面前反芻著那段回憶一樣。

「後來，我又和家主大人對決，然後又輸了。兩次、三次……讓我終於體認到，我比家主大人還要弱呀。」

「既然都體認到了，妳又何必再跟我對決？甚至還找各種跟戰鬥一點關係都沒有的對決內容……」

「嗯，如今我已經明白。不，其實打從第一次交手我就明白了……」

路西菲莉亞說著，坐起上半身，在我下方用小鳥坐的姿勢坐到地毯上。依然一臉幸福地，依舊把手放在胸口。

「既然這樣，為什麼——妳看起來那麼開心？」

「在納維加托利亞上，我從出生以來第一次落敗，嘗到生不如死的屈辱。然而，這件事我只跟你講……其實我同時感到很開心呀。」

……開心？

「我路西菲莉亞乃是比世上任何存在都要強大，而且必須永遠保持強大的種族。我的母親大人、祖母大人、代代祖先大人們，大家都是如此。因此我總是告訴自己必須強大，擺架子，裝神氣，立於所有種族之上。明明周圍有那麼多人圍繞，卻一直、一直都感到孤獨……」

「……」

「然而這一切也都在納維加托利亞上畫下了句點。我被家主大人從最強種族的寶座上拉下來，當著大家眼前受盡再也無法回去的羞辱。結果就在那時——我有種自己肩上看不見的重擔被放下來的感覺。心境變得輕鬆，鬆了一口氣。」

路西菲莉亞她……想必自從懂事以來，一直都在勉強自己。

就因為生下來是強大而美麗的種族，害她受到命運的束縛，在大家面前必須永遠守護自己的名譽，保持高貴的氣息，表現出身為一個神令人敬畏的態度。過著永遠孤單的人生。

但是那條將她五花大綁的鎖鍊已經被扯斷了。就在那時，被我這雙手。

「在這裡睜開眼睛的那一天，我本已做好被殺的覺悟。不過既然都要被殺，我想說寧願死在讓我獲得解放的家主大人手中。然而這個願望沒能實現，當我差點要被亞莉亞殺掉的時候……家主大人，你從亞莉亞面前保護了我不是嗎？就在那時……我又萌生出一種新的心情，覺得『被保護了，好開心。』這樣……」

大概是覺得這段告白太丟臉，路西菲莉亞用手遮住自己泛紅的臉。

「我……過去從來沒有想過要受到誰的保護這種事，因為受到庇護等於證明自己的弱小。但那時候被家主大人保護，讓我又驚訝，又開心……而且家主大人甚至願意給我東西吃……這讓我真的、真的……」

我從亞莉亞的槍口前保護了路西菲莉亞的時候，她之所以露出好像很驚訝的表情——原來是這麼回事。

必須永遠展現強大的路西菲莉亞族不會讓任何人保護自己，反而一直都扮演保護大家的角色，站在最前線。當我攻進納維加托利亞時，她出面迎擊我的態度完全就是那樣的感覺。

背負這種命運的女人，第一次受到別人保護……萌生至今的人生中從沒感受過的感情，所以讓她驚訝了。

「後來，我在家主大人面前還是輸了又輸，同時又飽受家主大人照顧……受到比自己強大的家主大人保護的感覺，逐漸變化為巨大的喜悅。不斷膨脹，不斷膨脹，難以回頭……然後就在此刻，我明白了這份感情並不只是單純的喜悅。這感情的名字，肯定就是……」

路西菲莉亞用溼潤的眼睛仰望著我，輕輕觸碰我的膝蓋……

「……幸福……女人的、幸福呀。」

她搖曳一頭長髮，陶醉地把身體靠到我腳上。因此──

我跪下一隻腳，讓視線高度與她對齊。

「因為妳來自一個都是女人的世界，所以或許不知道，但男人保護女人本來就是理所當然的行為。之前我也說過，男人不會對女人動手，而且最起碼不會讓女人肚子餓。我反而覺得自己都只能給妳吃便當或麵包，實在很過意不去啊。」

總覺得我應該趁這時候告訴她，在這邊世界的人口中占了一半數量的『男人』特有的性質──於是態度認真地如此說道後……

「……保護……我果然受到家主大人保護呀！」

路西菲莉亞忽然撲到我胸口，尾巴還拚命甩得讓屁股都跟著搖蕩起來。

「家主大人，再來對決吧。我果然還是要撤回前言，來比九場。」

「──為什麼啦！那和剛才這段話毫無關聯性吧！」

「然後在耍弄人般打倒我吧。像剛才那樣高傲地睥睨我吧。」

「所以我說，妳為何那麼想要故意輸給我啦……像剛才也是……！」

「我想要你欺負我呀～被男人的家主大人欺負～感受女人的喜悅～」

撲到我大腿上磨蹭的路西菲莉亞──接著又抬起眼珠望向我。那對央求著「欺負人家吧」的眼神中甚至浮現愛心。那……那叫作女人的喜悅嗎？總覺得好像不太對吧……！

路西菲莉亞嘴上一直「家主大人，家主大人～」地叫著，手腳趴到地上，在單腳跪下的我眼前爬著轉向一百八十度，把直直豎起來的尾巴與穿著迷你裙的屁股亮到我面前。

「首先，來處罰剛才輸掉的我吧。用力抓我的尾巴，讓我無力招架。從後面壓住我的頭，讓我悽慘地趴在地上吧。然後打我的屁股，打到有如燃燒般發燙發紅吧。那時候也不忘繼續抓著我的尾巴——嗚嗚！嗚嗚！」

第一步先抓我！快抓我！彷彿如此央求似的——

路西菲莉亞讓她的短尾巴像波浪般一波一波地蠢動，偶爾又會直豎起來給我看。

「家、家主大人，求求你……噢噢，你可知道我在你眼前擺出這姿勢的意義？崇高的路西菲莉亞族竟然擺出這種組合了『趴下』與『亮出尾巴』的姿勢給人看，是多麼屈辱的一件事呀。噢噢，家主大人，我已經忍受不下去了。快對我做各種過分的事情，把我搞得亂七八糟吧……！」

明明我也沒有伸手壓她，她卻自己把頭貼到地板上。相對地，將她形狀優美的屁股翹高起來了。

「我剛才也有在想像那種事，想像自己被家主大人當成玩具玩弄。高、高貴的我要是被做了那種事情……光、光是想像起來，我就……太棒啦！」

自己一個人越來越興奮的路西菲莉亞，發言內容漸漸變得含糊不清了。

「我最近只要家主大人在身邊，只要和家主大人獨處，就會滿腦子都想著那種事情。想像被家主大人粗暴制裁，壓在底下，然後順勢把、把孩子、盡情植入我路西菲莉亞的體內，一同侵掠這個世界吧，家主大人……！」

路西菲莉亞的慾望——我完全是有聽沒有懂。就邏輯上我可以明白那對她來說是最羞恥丟臉的事情，但我無法理解她為什麼要自己向我要求那種事情。而且接下來又扯到什麼孩子跟侵略的，我更是搞不懂！

「什、什麼壓在底下，什麼當成玩具……普通人不會想要受到那麼過分的對待吧！」

我如此表示拒絕後，路西菲莉亞依舊把尾巴朝著這邊——將泛紅的臉轉過來看向我，用又興奮又生氣的聲音大叫：

「我、我好像一點都不普通呀！我就是想要那樣被對待！可、可是這原因都要怪家主大人喔！」

「呃、為什麼是我——」

「因為你害我把臉丟盡，輸得體無完膚，之後卻又那麼溫柔對待我呀！」

我、我完全聽不懂……！現在到底是什麼狀況……！

「崇高的路西菲莉亞——高貴的女人被做出那種事情，想當然就會變成這個樣子呀！對啦，沒錯！我自己也很清楚我講的話有多噁心，有多麻煩。但既然是家主大人讓新娘子變成了這樣的變態，好歹也該負起一點責任回應新娘子的要求吧！」

用手撐著地板爬動，讓胸部跟著左甩右甩的路西菲莉亞重新把正面朝向我，「吼啊！」地用犄角跟犬齒對我威嚇一下——之後，又抬起她淚汪汪的眼睛看向我，趴到我的大腿上磨蹭……

「我……我已經徹底變弱了。不是說力量衰退，是我的心中有了不想失去的東西。在納維加托利亞上我也說過，路西菲莉亞不需要什麼愛，不會跟任何人締結羈絆……但那樣的想法卻在認識家主大人，與你一同生活的這段日子中——如脆弱的玻璃般粉碎了。家主大人，我會努力像亞莉亞那般戰鬥，像麗莎那般工作，也會像尼莫那般變得聰明。所以求你讓我跟你在一起吧。我好喜歡像這樣跟家主大人在一起，不想失去與你幸福的每一天。自從產生了這樣的心情之後……或許我已不再是路西菲莉亞了……只是個普通的女人……」

「哇哇哇不要嘴上講得那樣寂然平靜，手卻拆我的領帶跟腰帶啊！」

虧我還想說她語氣那麼認真，所以靜靜聽她講話的說，結果她竟然趁機差點連我的釦子都要解開。就在我趕緊把她那塗了深紅色指甲油的手抓住制止的時候——

——叮咚！門鈴響起。

天、天助我也。應該是去便利商店的尼莫回來了。

「妳、妳看，尼莫回來啦。」

「咕！」

路西菲莉亞聽到尼莫回來便霎時恢復冷靜，咂了一下舌頭。然後嘀咕著「真是不會看時機的傢伙。人家現在想要獨占家主大人的說……」並總算放開我了。

於是我把被解開到一半的襯衫鈕釦先放著，抓起被抽掉腰帶而感覺要滑落的褲子，小跑步逃向玄關大廳——

接著「喀嚓！」一聲打開大門。

「……嗚……！」

不是尼莫。

對方竟是同樣驚訝得讓綁成兩撮的頭髮都跳起來的，警、警察小姐……！

「——呃，遠山……學長？」

我認識的這位女警——同時也是一名女高中生。是武偵高中的架橋生，換言之是武偵的同時也是警察的……強襲科一年級生，乾櫻。她頭上戴著圓圓的女警帽，嬌小身體穿著警察制服的模樣雖然就像在玩角色扮演一樣可愛，但這可是現在與恐怖分子同居的我最不想見到的傢伙啊。

面對從女生宿舍的亞莉亞房間中打扮凌亂地跑出來開門的我，乾使～勁地皺起眉頭後，又因為跟在我後面跑出來卻「唔！是警察」地又縮回走廊轉角後面的路西菲莉亞而露出詫異的表情。路西菲莉亞，妳既然知道對方是警察，就不要做出那麼可疑的行為啊！

「妳上次……也有跑到我房間來吧？妳該不會負責監視我吧？」

「憑我的資格才不會分配到那麼高難度的任務呢。」

「那妳來幹什麼的？」

「呃～我來發巡邏聯絡卡給居民填寫的。我是這塊地區的負責警察。」

嗚嗚，住在這棟女生宿舍的人絕對不可能詳實填寫什麼巡邏聯絡卡，所以萬年人手不足的警視廳也不可能分配人力到這裡來發那種玩意。換言之，乾肯定是基於某種嫌疑到這裡來調查的。但既然她見到我會驚訝，代表她還沒有調查得很詳細。總之現在先把她趕走，在正式展開調查之前想辦法對應吧。

「我、我知道了，我們填完之後會拿去派出所。妳回去。」

我收下上面印有警視廳吉祥物的信封後，準備關門——卻被乾巧妙地把肩膀伸進來制止了。該死！這警察的走狗。在家門攻防戰上倒是挺熟練的嘛。

「請問遠山學長為什麼會在這裡？女生宿舍是男賓止步的喔？」

「我在這裡犯法了嗎？我有獲得亞莉亞的許可，所以不是什麼非法入侵。妳回去。」

順道一提，乾雖然外觀上是個美少女，但不知道為什麼很難讓我進入爆發模式，是通稱「免爆發女子」之一。因此我相對上可以比較冷靜，目前為止的對應上應該沒有什麼可疑的舉動。肯定能夠把她趕走才對……！

「也不是說學長在這裡有犯法啦。其實是住在附近的鄰居們通報說——亞莉亞學姊不在家的時候，從這家中卻會發出聲響。」

「現在妳知道發出聲響的原因是我了，給我回去。要是妳敢跟舍監或教務科告狀，小心我告妳。」

「可以讓我問你兩、三個問題嗎？」

「警察官職務執行法第二條第三項，是否要接受警察詢問是民眾的自由。我不接受詢問。妳回去。」

我搬出在武偵高中學過的警職法，結果守法意識很高的乾，當場露出『這傢伙好麻煩。這次乾脆先回去，等亞莉亞學姊在家的時候再來好了』的表情……準備放開壓住門板的肩膀。可是……

「唔唔！日本的警察嗎！」

偏偏就在這時從共用走廊回來的尼莫表現出超～級像個犯罪者——或者應該說她真的就是國際恐怖分子就是了啦——的態度，當場僵在那裡。結果乾又再度扣住門板了。

「看來這家中有不少對日本警察態度敵對的人物呢。其中兩人雖然穿著武偵高中的女生制服，但我在學校可從來沒有見過。」

照妳那講法，難道連我都被算在『對警察態度敵對的人物』之中嗎？

——實在很可疑喔？乾露出這樣的表情，接著用她形狀漂亮的鼻子「嗅嗅嗅」地聞起味道來。就像隻警犬一樣。

（這、這是……難道謠傳中這傢伙的特殊能力，是真的嗎……！）

以前亞莉亞有跟我講過，乾似乎具備有『能聞出邪惡氣味』這種的確非常適合當警視廳相關特殊待遇學生的能力。姑且不談所謂善惡應該根據什麼基準判斷的問題，路西菲莉亞和尼莫都毫無疑問是國際犯罪者，而且和她們扯上關係的我大概也會飄散出邪惡的氣味。就算有善良的麗莎殘留的氣味，我猜這裡現在肯定還是充滿了難以中和抵銷的高濃度邪惡氣味才對。

不出所料，乾當場露出『嗚噁！』的表情之後……哇哇哇！她拿出警察的無線電不知道在向誰小聲通報了！難道在召集附近的警車嗎？不，可是我記得架橋生有個規則是如果要請求調派人手的時候，應該不是先找警察局而是要優先找武偵高中才對──

一如我的猜想，乾並沒有使用警察的行話，態度上像是跟武偵高中的老師在講話。

過了一兩分鐘，她不知跟誰交談後……

「……咦？真的嗎？呃不，我並不是要懷疑教官的意思……」

如此說道後，她一臉傷腦筋地把攜帶式無線電對講機收了起來。我趁機瞄了一眼，看到對講頻道的確是通信科沒錯。

「教官說『遠山在那裡嗎，那我打電話給他』這樣。」

幾乎就在乾這麼說的同時……從她這句話也能猜想到，我的手機收到蘭豹打來的電話了。於是我接起來後……

「呃～……平日受您關照了，我是遠山。」

『你好像又跟一群可疑的女人在一起了是吧？我聽乾說當中一個人頭上還長角呢。』

「請不要光從外表判斷一個人啊。現在的時代已經不允許那樣的事情囉？長角嘛……她頭上的確是有角啦，但她並沒有鬧出什麼問題。可是現在卻被這個女條子糾纏，很傷腦筋的。可不可以請老師也幫忙講個話，叫乾快點回去啦。」

『嗯～乾的個性上只要盯上目標就會像隻鱉一樣咬著不放呀。用警察的無線電通報時會留下紀錄，如果把這事抹消掉會害我事後也被條子纏上，麻煩死啦。』

該死的乾。她大概是認為武偵高中有不少教師其實頗看重我，判斷這件事會有被私下抹消的可能性——所以用上了透過警方無線電通報的伎倆。

『乾認為你可能和什麼犯罪組織在一起。不過哎呀，你對女人那麼拿手，反正一定是用羅密歐（色誘）在勾引那個組織成員幫你牽線，然後再一網打盡對吧？啊～就算我講對了你也別肯定喔？』

的確，我不能肯定。要是我肯定了，蘭豹就會變成知情卻不處理，給她添麻煩。而且什麼羅密歐的部分根本就不對。

『然而乾也因為地點是在正義女英雄——神崎亞莉亞的自家，所以無法斷定的樣子。結果她就說要去請求警視廳介入搜查了。』

「等、等等，那樣的話……！」

『遠山，警察會來。你逃不掉的。畢竟乾有權限可以提出請求。不過我幫你在搜查形式上稍微動個手腳。剛才我也跟乾說過了，你之前在上目黑中學好像很會照料小鬼頭的樣子嘛。大津校長還打電話來跟我道謝呢。』

「……妳是說我跟恩蒂米菈去當老師的那件事嗎？可是為什麼現在要提到那個……？」

『剛好就在明天，咱們跟灣岸警局合作——要在武偵高中附屬小學辦一堂交通安全教室。本來強襲科也預定會派幾名學生去當講師的，但昨天在上課時我稍微讓那些傢伙全都住院去啦。所以明天你就跟那些可疑的女人一起去代班。反正中學小鬼都難不倒你了，小學小鬼也沒問題吧。警局的傢伙們也會去視察，我就叫他們把這當作是搜查過了。反正灣岸警局忙得很，如果可以一次解決兩項工作，他們肯定也會接受啦。』

……交、交通安全教室……從腳踏車到飛機，坐上的交通工具經常無法平安無事而出名的我嗎……？

不過，這提議實在教人感謝。要是讓警察真的介入搜查，路西菲莉亞和尼莫就會被迫逃亡了。到時候這段好不容易逐漸步上軌道的生活就會遭到破壞。而蘭豹這項作戰可說是避免那種事情發生的有效手段。

「我、我知道了。我們會去參加交通安全教室。」

『嗯，你就加把勁撐過去吧。然後等你現在手上的事件解決後，別忘了請我一杯。』

蘭豹就這樣掛斷電話後……

「——事情就是這樣了。那麼，明天見。」

乾櫻也如此說著，轉身離去。直到最後……她都用懷疑的眼神看著路西菲莉亞與尼莫。

傍晚，我把回到家的亞莉亞和麗莎帶到閣樓說明完來龍去脈後——

「……這樣呀。櫻是個一板一眼的孩子，這次真是好險呢。我雖然沒有對小學生上過課的經驗，不過我目前在附屬中學擔任準教官喔。」

「麗莎有在附屬小學教過如何包紮傷口跟叫救護車的講習。並非交通安全教室就是了……」

看來在這件事情上，她們各自有不知能不能算數的經驗。

「反正妳們都知道我的體質，我就直說了。就算在小學女生面前，我一樣會變得慌張。而小孩子對於那樣的緊張情緒總是能夠異常敏感地察覺，我以前甚至發生過光是搭同一班電梯就讓小女孩哭出來的事情。然後被警方盯上的路西菲莉亞跟尼莫對於日本的交通規則肯定也不熟。所以這次需要妳們的協助。」

「我明白了，主人。我會加油的。」

「我也了解。你有跟路西菲莉亞和尼莫說明過了嗎？」

「只有說明個大概。因為我想說等大家都到齊之後再開作戰會議比較好。」

於是，我們下樓來到客廳後……

「——關於剛才那件事。我們現在被警方懷疑了。如果要撇清嫌疑，路西菲莉亞跟尼莫妳們必須展現出『自己是安全的一般人民』的樣子才行。而明天的交通安全教室就是一次機會。所以妳們要跟我們一起去教那群小學生們。」

我首先向在意著我們交談內容的路西菲莉亞與尼莫如此說明。雖然我用不許對方拒絕的強硬口氣表示後，路西菲莉亞不知道為什麼露出怦然心動的表情，眼睛又冒出愛心就是了。

「嗯，知道了。我也會參加。以前在法國上小學的時候也有類似的活動。雖然當時我是受教的一方啦……」

尼莫姑且還算會看場合的樣子。然而……

「如果家主大人要做，我當然也會做。但是嬌通安？全叫式？那是什麼樣的行為？」

路西菲莉亞倒是感覺問題很大的樣子。於是……

「妳出門時也有看到吧？這個叫東京的城市有很多車，經常會發生交通意外，所以要教育小孩子們交通規則。這就是交通安全教室。因此從現在開始，妳們兩人要好好學習日本的交通規則。一個晚上給我學會。」

聽到我這麼說，路西菲莉亞當場露出厭惡的表情。

「要教育小孩子們是沒問題，但我可不想念什麼書呀。我討厭念書。」

「如果妳不知道，要怎麼教小孩子啦？只要妳乖乖聽話，我就給妳吃十個咖哩麵包行不行？妳上次在公園看起來很擅長跟小孩子互動的樣子，這次應該也能順利啦。」

路西菲莉亞被我這麼一說，露出比起咖哩麵包更開心於我稱讚她似的表情……

「那、那我就念書。嗚呵呵！家主大人稱讚我擅長跟小孩子互動呢。那就跟稱讚我很會養小孩是一樣的。嗚哈～這是要人家生幾十胎嘛～」

我看到她態度依然不太認真——於是變得一臉嚴肅。

「路西菲莉亞，認真點。日本的警察可是對外國人嚴格到幾近歧視的等級。而且雖然最近陸續替換成S&W的手槍（M360J），但那群傢伙慣用的新南部M60左輪手槍可是世界第一精準的手槍。平日的射擊訓練也都做到萬全過度的程度。只要被瞄準，就絕對會被擊中。」

過去好幾次被警察拿槍追捕的我講出的這段話，或許非常有說服力的緣故——路西菲莉亞立刻連頭帶角地拚命點頭回應了。

「妳們兩個都一樣，明天絕對不准給我做出什麼可疑的言行舉止。警察們的注意力和直覺力都很強的。像乾也是一樣，只要遇到可疑的人物馬上就能看穿。」

「沒錯。像金次接任務去當警衛巡邏，結果他自己每五十公尺就被警察攔下來盤查了。」

「喂，亞莉亞，才沒那種事。妳別亂講。那時候是平均80m才一次。言歸正傳，總之妳們千千萬萬要小心那些傢伙。知道了嗎，路西菲莉亞？」

身為無業遊民很怕警察伯伯的我有點囉嗦地再三叮嚀後……

「有必要警告到那種程度嗎？難道家主大人瞧不起我？」

路西菲莉亞稍微嘟起了嘴巴。

「不是那樣，但妳是很重要的存在，不能讓妳受傷啊。」

「重、重要的存在——那是什麼樣的意義？嗯嗯？意思是說家主大人……那個、認同我是你的新、新、新娘子，把我看得很重要嗎？很、很、很喜歡我嗎？……呃、喂，亞莉亞妳幹什麼？放開我。我會乖乖念書，但我要家主大人教我。兩個人，一對一教學呀——！」

路西菲莉亞被亞莉亞抓住後領，像吊貓一樣被吊走了……至於尼莫則是麗莎會負責教她交通規則的樣子。我自己也必須複習一下才行啦。

為小孩子們上課講習——事情發展至此，怎麼好像又再度流向類族命運的感覺。不過……

（路西菲莉亞，妳之前說過的願望之中，應該有一件可以實現了。）

她以前說過，想要跟身為自己遠親的金天見面。

而在蘭豹傳給我的資料中，會參加交通安全教室的附屬小學學生名單上——也有金天的名字。因此明天，那兩個遠親……又會再度見面了。雖然這樣的形式完全出乎預料就是了。

我寄了一封電郵告訴金天『明天的交通安全教室，路西菲莉亞也會出席喔。她已經沒什麼危險性了，而且也說想要跟妳見面，所以活動結束後妳跟她見個面吧。』之後……我很快便收到回信，內容是以『我很期待！』為開頭的一大段看起來很興奮的文章。

5彈　侵掠的新娘

隔天上午——我們來到武偵高中附屬小學的體育館，在舞臺邊會合討論。我、亞莉亞與路西菲莉亞穿著武偵高中的制服，尼莫也再一次穿起金天的制服。另外還有乾櫻以及——來自東京灣岸警察局的漂亮女性巡查部長與女性警部補。

交通科的巡查部長雖然有向我們自我介紹，但警部補倒是沒有說明自己的所屬單位只跟我們點頭問好而已。換言之，這女人就是搜查官了。從她好像穿不慣制服的感覺看起來……她應該不是隸屬警局，而是來自警視廳公安部外事課，也就是專門對付國家敵人的警察。真恐怖……

「這次的交通安全教室將會分成上半場與下半場，共要演兩次短劇。由於是緊急上場演出，亞莉亞學姊你們可能會有忘記臺詞的時候。遇到那樣的時候，就請把話帶到我身上。我會穿著這套皮波喵的布偶裝。」

今天是穿武偵高中水手服現身的乾如此說著——指向一旁看起來就很受小孩子喜歡、額頭上有個警察徽章的貓耳朵女英雄的布偶裝。

「那麼，現在來分配上半場短劇的扮演角色。負責主持的『警察』角色需要一到兩名，為了不要讓小朋友們感到緊張，慣例上由女性來擔任。」

乾說著拿出來的女性警察制服——是標準尺寸。這如果給亞莉亞或尼莫穿肯定太大件了吧。而乾似乎也有注意到這點……

「呃～……那麼麗莎小姐和露西小姐，請妳們先套套看這件制服。在那邊有準備一個用屏風圍起來的更衣間。」

但她並沒有說明理由，就把角色指定給麗莎和路西菲莉亞了。順道一提，『露西』是亞莉亞幫路西菲莉亞想的假名。

「啊，遠山學長請背對著屏風喔？畢竟你以前好像有偷窺過女生健康檢查的樣子。」

該死的乾，竟然把這種會讓搜查官留下不良印象的前科給講出來……妳講的是去年小夜鳴（弗拉德）要給女生們抽血時，我跟武藤躲在置物櫃裡的事情對不對？那件事差不多也該算我超過追訴期了吧？

我咬牙切齒又戰戰兢兢地一瞄，發現那兩名女警小姐都露出彷彿看到什麼髒東西似的眼神看向我——結果不知道為什麼，爆發性的血流竟然……？

這、這麼說來，超喜歡女警的怪異武偵高中男生們使用的祕密討論區上，以前有過『就是那個直視而來的懷疑眼神教人無可自拔啊』之類的留言。當時我還覺得那等級太高難以理解的說，難道我身為一個男人有所成長了嗎？

「我、我穿好了。」

「真是帥氣的衣服呢，我很中意。但是可以不戴帽子嗎？」

麗莎和路西菲莉亞從屏風後面走出來，結果為日本人女性設計的女警制服穿在她們身上——兩人的胸口都緊繃得感覺會對小孩子的教育造成不良影響的程度。而胸口稍顯平坦的搜查官大姊見到那景象……當場露出有點不爽的表情啦。

「那個～……露西小姐，演警察姊姊的角色必須戴上制服帽才行。可以請妳把那個像角一樣的頭飾拿下來，改戴帽子嗎？」

「這是母親給我的遺物，我不想拿掉。」

被乾提起這點的時候我還瞬間冒出冷汗，不過路西菲莉亞用昨天教過她的藉口掩飾過去了。

「既然這樣，警察姊姊的角色就由麗莎小姐一個人負責。接下來『小學生』角色需要兩名……我想這應該由外觀像小孩子一樣可愛的人扮演會比較適合……」

乾一副再明顯不過地把視線從亞莉亞身上別開，講得吞吞吐吐。要是在這裡爭執起來，只會讓原本就印象不良的我們變得印象更差。因此……

「那就亞莉亞跟莫妮了。妳們上。」

我立刻如此指定。順道一提，莫妮是我昨天幫尼莫想的假名。

「……真是沒辦法。」

「莫妮？哦哦，我呀。了解。」

於是亞莉亞和尼莫各自從乾手中領了一套小學生服裝，走進屏風的另一側。

「另外需要有人負責當『汽車君』裡面的人，進入這個厚紙板車中。這東西兩個人進去會比一個人來得好操作，就請遠山學長和露西小姐負責了。前面的人請記得還要從內側操作車燈眼睛和保險桿嘴巴，演出喜怒哀樂的表情喔。」

「那我負責在前面。露西妳當後面。」

「跟家主大人一起嗎！嗯，我當我當。真開心呢。」

我和路西菲莉亞進入一臺尺寸相當於輕型車的白色厚紙板車『汽車君』，用雙手握起內側兩根像體操雙槓一樣貫穿前後的支柱。接著「一、二～三！」地抬起來走動，就像小學表演舞臺劇的馬一樣能夠前進後退了。車窗使用的是單向玻璃，另外也有縫隙，因此視野良好。腳剛好也能被車輪擋住，於是就結果來說，負責抓後面的路西菲莉亞，同樣無論頭上的角、腳下的高跟鞋以及身上那套大概是很喜歡、所以繼續穿著但是跟扮演角色一點都沒關係的女警制服全都被遮起來了。

「遠山先生，沒問題嗎？」

「沒問題。車內的籃子裡好像還有警車燈和旭日徽章的樣子。這是什麼？」

「那些今天不會用到，所以請不要亂碰。那是在外側貼上黑色塑膠板當成『警車君』的時候使用的零件。」

原來如此，所以汽車君才會是白色的車子啊。

「哦哦～亞莉亞，尼……莫妮，妳們完完全全變成小孩子啦，真是可愛。噗噗！」

在汽車君後半部的路西菲莉亞這時帶著笑意如此說道，於是我轉頭一看……發現亞莉亞跟尼莫各自背著紅色的小學生書包，身上換成了像小女孩的服裝。一方面也由

於髮型是雙馬尾，讓她們兩人扮演小學生都適合到教人覺得悲哀的程度。

「——哼！因為這是工作呀，所以我只是變裝得很徹底而已。」

「我也一樣，因為對任務絕不妥協，所以才看起來完全像小學生罷了。」

遭到嘲笑的亞莉亞跟尼莫都露出彷彿要把汽車君打爛的氣勢狠狠瞪過來，於是我操作車燈眼睛，做出『哀傷』的表情。

我同時稍微瞄了一下搜查官大姊，發現她雖然面帶微笑看著我們……但那是皮笑肉不笑的警察笑容，視線則完全是盯著嫌疑犯的感覺。太恐怖啦。

後來，我們在舞臺邊排演——不知不覺間，從舞臺布幕的縫隙間可以看到體育館內聚集了大量附屬小學的學生們。大家都抱腿坐在地板上，用閃亮亮的眼神期盼開幕。話說讓穿裙子的女生也抱腿坐地板應該不太好吧？另外，我小時候頂多一間小學有一名外國小孩而已的，不過最近我國似乎也在加速國際化的樣子——平均一個班級中就有一名褐色肌膚或金髮碧眼，看起來應該是外國國籍的學生呢。啊，金天也在那群學生中。

接著，鈴聲響起……用縫補的方式掩飾彈孔的布簾拉了起來。

「時間到了，要開始囉。請各位按照劇本演出吧。」

穿著皮波喵布偶裝的乾如此表示後，和麗莎一起走上舞臺。小孩子們光是看到布偶登場就開心得拍手歡呼起來啦。

——首先，是穿女警裝的麗莎向小朋友們問好：

「嗨～各位小朋友，大～家～好～」

結果臺下的小孩子們零零星星地回應著「姊姊好～」。

「唉呦唉呦～？聲音好像很小喔～？再一次，提起精神，大～家～好～！」

「「姊～姊～好！！！！」」

吵死了！不愧是小學生。

乾和麗莎接著開始演起一段「今天我們要來教各位乖孩子們道路上的規則喵～」

「真正的皮波喵為了大家特地從灣岸警局來囉～」等等的開場白。然後站在面對臺下右側幕後的交通科女警小姐打了一個暗號後……

「哇～我們在道路上玩吧～！」

「才不怕什麼車子呢～！」

小學女生亞莉亞和尼莫便說著有如白痴小鬼的臺詞從舞臺左側登場。

「啊～危險喵！」

「有小朋友們忽然衝到路上了～」

乾與麗莎做出驚訝的動作，於是輪到汽車君上場了。

「——路西菲莉亞，我們上！」

「好，家主大人！」

從右側登上舞臺的我和路西菲莉亞扮演的汽車君，用小跑步奔向亞莉亞與尼莫。

這時負責音控的交通課女警小姐讓體育館的喇叭放出剎車的音效。而且為了讓小朋友們心中產生恐懼心，音量調得比較大聲。

——嘰嘰！

我在千鈞一髮之際緊急剎車……可是……

「呃、喂，路西菲莉亞，停下來停下來停下來！」

「嘻嘻嘻！」

後面的路西菲莉亞卻不停下腳步。因為她抓著支柱，所以我也停不下來。

結果就這樣，砰！……撞到亞莉亞跟尼莫了。

而且力道強到兩人都跌了個倒栽蔥，後腦硬生生撞在舞臺上。

「……！……」

我從汽車君的縫隙看向臺下的小孩們，發現大家都臉色發青，甚至有人已經變得淚眼汪汪。雖然金天一臉苦笑就是了。

「妳、妳做什麼啦，路西菲莉亞！這不是搞砸了嗎！」

「嘻嘻嘻！我這是教育小孩子們，在路上玩耍可是會被車撞的。」

對於小聲責怪的我，路西菲莉亞卻露出賊笑回答。我是不懂她究竟有何用意啦，但做法也太嚇人了吧！妳看，搜查官大姊都皺起眉頭看過來啦！

麗莎女警與皮波喵乾見到這幕也都當場僵住。不過——

「她、她、她們就這樣，被車撞到了呢～……呃～這個……」

「好——好壞的車子喵！違反安全駕駛義務！違規點數兩點！」

雖然我想大概是為了跟剛才這一幕建立整合性的關係啦，不過乾的即興演出能力也太遜了吧！虧她還說什麼遇到問題的時候就把話帶到她身上。但皮波喵說出來的話就無法取消。既、既然這樣，我把汽車君的眼皮轉成V字形，嘴巴也彎成V字形，做出壞蛋的表情吧。而且還上下搖一搖，裝作在笑的樣子。

……然後呢？接下來該怎麼辦……？

汽車君疑惑地看向麗莎與乾，可是她們好像也想不到半點主意的樣子。

就在這時，全身呈現大字形倒在地上眼睛打轉的尼莫旁邊……亞莉亞緩緩起身……嗚！額頭冒出『D』字形青筋了！

「——路、路西菲莉亞，我們逃！」

就統計上知道亞莉亞只要變成那樣，就有九成五的機率會展開暴力的我，慌慌張張讓汽車君迴車——

「嗚、嗚喔？」

結果，路西菲莉亞不小心跌倒，犄角勾到警車燈讓它掉落到地上，「嗚～嗚～……！」的開始發出吵人的警笛聲。

我撿起警車燈想要關掉聲音，但這是和便衣警車使用的東西構造不同的玩具，我不知道要怎麼關。啊啊！反而讓聲音更大了。

「呃、喂，乾！這個，妳幫我關掉啊……！」

我把警燈從汽車君的車窗縫隙伸出去，慌慌張張走向皮波喵也就是乾的方向。結果還倒在地上的路西菲莉亞從車子底下被拖出來——讓小朋友們陷入一片混亂，紛紛「是警車燈！那是便衣警車啊！」「警察車撞了小孩子嗎！」「這是怎麼回事！」「那是邪惡警車！」「而且從裡面跑出一個好像惡魔的女警啊！」地騷動起來。

怒上心頭的亞莉亞則是「隆……隆……」地像大金剛一樣，踏著沉重的腳步走過來。啊啊，這下到底該怎麼辦才好啦……！

「那是，那是……沒錯，那是邪惡警車喵！機動警察隊的車子竟然撞到小朋友喵！要是被警務部的監察官看到絕對會懲戒革職喵！」

慌張到持續著糟糕即興演出的乾——已經不能指望了！

總之既然亞莉亞要動粗，就不能讓她留在舞臺上，要讓她到後臺再動手。畢竟那景象可是會悽慘到對於小孩子的教育上造成不良影響啊！

但是也必須讓故事能夠成立然後落幕才行……！如此著急起來的我……

「嗚嘿嘿……既然被發現了，我就逃到天涯海角。沒錯，我正是背叛了警察的邪惡便衣警車。條子會用的手段我都瞭若指掌啦！嘿嘿嘿！」

讓汽車君依然保持邪惡的眼神，拖著路西菲莉亞已經不在裡面的車身後半部，朝舞臺右側火速退場。現在只能這麼做了！

「嗚哇嗚哇，家主大人，等等我！」

「——你給我站住！」

路西菲莉亞和亞莉亞都追了上來，連穿著布偶裝的乾也「喵～！」地高舉雙手追在後面。在小朋友們紛紛大叫「幹掉他～！」「打倒他呀！」「皮波喵加油！」的歡呼聲中，總算起身的尼莫也用女孩子的跑步方式奔跑過來。

我逃到舞臺布幕後面的同時，亞莉亞就像翻桌一樣掀開汽車君，把我拖出去後——騎到我身上「砰砰砰砰！」地灑下一場鐵拳豪雨。沒有給小朋友們看到果然是正確的選擇呢！

「你幹什麼啦笨蛋金次！演得跟劇本完全不一樣呀！」

「痛！痛痛！不對！這是路西菲、露西她、擅自……！」

「呀哈哈！很有趣是不是呀，家主大人！你瞧小孩子們那麼興奮，痛快痛快！」

「在、在我昏過去的這段時間，究竟是演了什麼戲呀……？」

路西菲莉亞穿著女警制服捧腹大笑，尼莫則是蹲下來愣著表情看向我和亞莉亞。

相對地，一個人被留在臺上的麗莎……比手畫腳對乾做出指示，叫她把汽車君的車體拖回舞臺上。然後……

「像這樣～在路上也有不會注意安全的壞車子，所以大家要是突然衝到路上，或是在馬路上玩耍，都是很～危險的事情喔。不過，真沒想到那臺壞車子竟然會躲藏在正義的警察車之中——大姊姊也嚇了一跳呢。但是大家放心喔，壞車子已經被皮波喵抓到了！」

雖然總結得相當牽強，麗莎還是努力嘗試收拾這個局面。然而小孩子們臉上依舊掛著難以理解的表情，於是……

「那麼大家一起來唱歌吧！三、二、一、來！」

她把麥克風塞到乾手中，像兒童節目的大姊姊一樣指揮，讓小孩子們「皮～波～皮～波～喵，是正義的警察～」地開始合唱起來。

看來觀眾方面的問題總算解決了……我只能這樣勉強說服自己。不過……

「……」

大概是因為把便衣警車演成壞蛋，害警察形象受損的緣故，搜查官的眼神看起來好像巴不得立刻把我們逮捕起來的樣子……！我們在下半場必須想辦法挽回才行……！

兩場短劇間的空檔時間，就在交通課的女警小姐用白板教導小朋友們認識交通標誌的時候——乾氣呼呼地說明起我們最後出場機會的下半場內容。

「各位，接下來已經不允許失敗了！請聽好，到了下半場的時間，小孩子們的專注力也會下滑，因此我們的短劇要模仿一款叫『動物村友會』的人氣遊戲內容。而且如果一直講交通的話題也會膩，所以短劇最後也會加入『不可以跟著可疑人物走』的主題。可疑人物就請遠山學長負責扮演。」

為什麼只有我的分配角色馬上就決定了啦？

這樣的怨言雖然差點脫口而出，但畢竟剛才闖過那麼大的禍，實在無從抗議。

於是我只好不得已地穿上可疑人物的蜥蜴布偶裝……

其他人則是扮演村人——或者應該說村動物？各自也穿上動物的布偶裝。

亞莉亞是企鵝的釣魚夫，路西菲莉亞和尼莫是貓與老鼠的農家，乾是兔子的警察，麗莎是小狗的村辦公室職員。

女生們除了臉部之外，全身都被圓滾滾的布偶裝藏起來，對我個人來說是非常好的事情啦，但由於沒什麼時間進行排演討論——因此下半場幾乎是在急就章的狀態下開演了。

舞臺布簾拉起後……

「我要去撿果實啦，喵～」

「我要去種花朵，咕吚、咕吚！」

「P、Pen～……Pen～……我要去釣好吃的魚Pen～」

開場時就站在舞臺上的路西菲莉亞、尼莫與亞莉亞，便各自表現起村子裡的動物了。我個人首先很在意的是尼莫的老鼠叫聲竟然是用法國式的狀聲法。還有，企鵝(Penguin)會PenPen叫嗎？雖然亞莉亞好像也叫得很猶豫就是了。另外，雖然現在才講有點晚，但是讓貓跟老鼠一起生活的話，會不會有一天村子人口忽然少一人啊……？

「汪汪，我在村子的辦公室工作喔～」

穿著小狗布偶裝的麗莎一登場，小朋友們就立刻「是小狗惠！」地興奮起來。哦哦！雖然我不太懂，但那似乎是很受歡迎的角色，當場擄獲了觀眾們的心。

「來來來，這村子也蓋起馬路囉。不過既然蓋了馬路，就要學習交通規則才行囉。」

穿著兔子布偶裝的乾如此登上舞臺後，亞莉亞她們就「交通規則～？」地像傻瓜一樣歪頭……接著便開始進入交通號誌與標誌的講解了。

就這樣過了一段時間……這次的講解雖然進行得很順利，但小朋友們的專注力的確看起來有點下滑了。

流程安排上這時候就要輪到我登場，讓短劇進入最後高潮。好，上吧。嗯？可是話說蜥蜴的叫聲是怎樣啊？算了，反正是可疑人物，發出可疑的笑聲就好了吧。

「──咕嘿咕嘿，這村子裡有好多可愛的女孩子啊，就讓我來抓走她們。要挑哪個女孩呢？來來來，叔叔給妳們糖吃喔，跟叔叔一起來吧～？咕嘿嘿嘿！」

扮蜥蜴的我如此說著登場後……

……臺下的小朋友們，尤其是女生們徹底被嚇壞啦。本來劇本上應該在這時候說著「耶～有糖吃～！」並靠過來的貓、老鼠與企鵝也都被嚇得往後退了。

（這……這是……糟糕，我太配合角色了嗎！）

在戲劇演出上──有種說法是演員不可以太過於適合演出的角色。要是演員太適合那個角色，會讓觀眾有種那個人物真的存在於現實中的感覺。尤其如果是反派角色，觀眾們就會真的感到恐怖害怕而無法樂在其中了。

而我是天生眼神很凶，平常總是因為害怕女生而動作鬼鬼祟祟，陰沉的個性又會化為渾黑的氣場從全身散發出來的遠山金次。太過寫實的可疑人物現身，似乎讓判斷能力還不成熟的小孩子們腦袋發生故障，以為『真的可疑人物出現了！』的樣子。

而且腦袋故障的不只是小孩子們——

「逮……逮捕你！」

明明不是演警察角色，卻穿著布偶裝衝過來的亞莉亞也是一樣。

「等等、逮、逮捕應該是乾的工作吧……！」

被亞莉亞壓倒在地上的我，身體反射性地重現出以前在強襲科學過的技術記憶——巴投的動作。結果兩人身上布偶裝的彈力加上亞莉亞很輕的體重，讓我這招巴投施展得無比完美。企鵝明明是不會飛的鳥類，亞莉亞卻高高飛向空中——

「——Ｐｅｎｇｕｉｎ！」

直到一頭栽在舞臺上的瞬間都不忘扮演好企鵝角色的精神雖然教人敬佩啦，不過這下難道又要演變成我當壞蛋的大混亂局面了嗎……？

正當我這麼想著並撐起身子後，教人感到意外的是……

「這……這是怎麼回事？」「蜥蜴什麼都還沒做啊！」「先出手攻擊的是企鵝！」「這村子是壞村子。」「蜥蜴加油！」「打敗壞蛋～！」

在格外喜歡善惡二分法的小孩子們解讀中，似乎變成蜥蜴才是正義的一方了。

不、不能違背這樣純粹的聲音。這下又要思考該怎麼即興演出了。呃～……

「沒、沒錯。這座村子其實在栽培成為違禁藥物原料的植物。我是為了從女孩子們口中收集情報，方便之後能一口氣揭發，所以來到村子的——蜥蜴戰隊！」

我扮演起小孩子們應該會喜歡的戰隊英雄，可是……

「哪是什麼戰隊？」「只有一個人啊！」「其他人到哪裡去了！」

卻引起男生們噓聲連連。可惡！設定上太隨便了嗎？

「我……我們一開始有五個人，但是其他四個人都被這村子的傢伙幹掉了！我今天是來為夥伴們報仇，首先打敗了企鵝！就是這樣！」

「——既然如此，看我把你給吃掉喵～！」

對於我這樣牽強的背景設定，扮貓咪的路西菲莉亞似乎很中意的樣子——她高舉雙手朝我撲來，於是我同樣用一招過肩摔把她摔出了舞臺。

「上啊～！」「幹掉她們～！」「全部殺掉～！」「滅了這座壞村子！」

明明到剛才還用死魚般的空虛眼神隨便聽著交通規則的小孩子們，現在卻興奮得大聲為我加油。不愧是將來的武偵們，這麼喜歡暴力展開啊。

小孩子們接著——拿起揉成一團的傳單或寶特瓶的蓋子扔向壞村子裡的動物們，為蜥蜴聲援。由於我從來沒有過被這麼多人加油打氣的經驗，所以也越演越開心了。

「咕咿啊～！」

扮老鼠的尼莫高舉拳頭朝我衝過來，不過對她我就用公主抱的方式丟出去吧。

扮兔子的乾這時也變得自暴自棄起來……

「既……既然私造大麻草的事情被發現，那也沒辦法了！小狗我們也上！」

「咦、咦咦～？」

她帶著一臉困惑的小狗麗莎一起衝向蜥蜴，於是我用摔角的飛身踢與柔道的體落分別讓她們滾向舞臺左右兩側——

「——惡敵落敗矣！」

扮蜥蜴的我最後像表演歌舞伎一樣把手掌伸向前方，擺出勝利動作後……交通課的女警小姐一臉無奈地讓舞臺布簾降下來了。

「——但是小朋友們，暴力是最後才用的手段喔。輕率的爭鬥不會帶來任何好處。動物也好人類也好，大家都要跟別人友好相處。雖然大幹了一場才講這種話很奇怪，但這是你們跟我的約定喔。」

蜥蜴留下這麼一段話後，消失到布簾後面……武偵高中附屬小學的小孩子們在一片熱烈歡呼之中結束短劇欣賞。

在舞臺邊搖搖晃晃拿起麥克風的乾接著……

「……其、其實那隻蜥蜴、是我、皮波喵派去當臥底的搜查官喵！大家要是敢做壞事，那隻蜥蜴就會找上門喵！」

如果只聽聲音的確就跟她剛才演出的皮波喵一樣，於是她如此補充說明。

「如果發現危險的藥物，記得要打電話給110喔。可喜可賀，可喜可賀！」

麗莎也勉強透過喇叭對小孩子們如此進行一段教育性指導……

我因為捨不得小朋友們的笑容，於是透過布簾的縫隙稍微瞄了一下體育館內。結果發現或許一方面由於內容比較複雜，一方面也由於對日文還不太熟悉的緣故，來自外國的學生們正在聽周圍的其他同學們幫忙解說。

看來蜥蜴最後那段訓示是畫蛇添足了。其實根本用不著我教——小孩子們本來就具備有跟任何人都能友好相處的純粹心靈。希望大家長大之後也能保持著那顆心呢。

後來，我們用女警小姐帶來的拍立得相機進行了一場紀念合照會。其實本來只有安排扮成皮波喵的乾跟小朋友們合照的，可是男生們卻吵著說「我要跟蜥蜴合照！」「蜥蜴比較好！」於是我只好也再度穿上布偶裝啦。

在體育館的另一個角落，亞莉亞正在用氦氣罐為五顏六色的氣球充氣，女警打扮的麗莎與路西菲莉亞則是笑容滿面地把氣球發給小朋友們。畢竟如果拿著氣球，就算是身高比較矮的小孩子在過馬路的時候也比較容易被車輛駕駛注意到。尼莫雖然也在一旁幫忙發氣球，但她明明自己也是小學生尺寸，卻在那邊裝大姊姊的模樣實在很有趣。

就這樣，小孩子們離開體育館後……我們總算結束了交通安全教室的任務。雖然我完全不知道這樣到底有沒有洗清警方對我們的嫌疑就是了。

那位公安的女警並沒有走過來，跟換上制服站在體育館角落的我們講話。因為她拿出手機不知打給誰，於是我偷偷讀脣了一下，看來大概是在跟蘭豹通話的樣子。

她接著和乾與交通課的女警交談，點點頭後，那三個人一起走過來了。尼莫這時偷偷準備了連同路西菲莉亞的份一起帶來的法國與以色列護照……我猜應該是偽造的。

「今天真的非常感謝各位。我還是第一次看到小朋友們那麼開心聽到最後呢。平常大家多半都會途中打瞌睡或是看手機呀。」

首先是交通課的女警小姐開口對我們如此表示。

然而她們沒有開門見山直接切入正題，讓我感到有點難耐。於是——

「……請問妳是來自公安的警察吧？」

我在腦中模擬著質詢問答，並對著另一名女警如此詢問。

「是的。」

「我想妳今天應該是來看這兩人究竟是不是壞人才對……」

我稍微挺身護住路西菲莉亞與尼莫，如此說道後——女警露出笑臉搖搖頭。

「我確實是來看她們的沒錯，但我並沒有看人的眼光。真正有看人眼光的，是小孩子們。沒有誰比小孩子們更擅長看出一個人的善惡。然後那些小孩子們的眼神告訴我了，露西小姐與莫妮小姐並不是壞人。而且壞人並不會對素昧平生的小孩子們表現得那麼溫柔可親。我跟蘭豹老師也討論過……認為既然有神崎・H・亞莉亞小姐跟在旁邊，應該暫時不需要擔心什麼問題。」

或許她是個比我想像中更懂得通融的人物，也或許是考慮到警視廳人手不足的問題，女警說出了這樣寬容的決定。太好啦，這下不需要讓尼莫用上偽造公文的手段了。

「不過，當中還是有人稍微欠缺常識……因此請神崎同學一定要好好跟在旁邊監督。只要你們願意接受這個條件，警方就不會再繼續深入搜查。」

「我明白了。」

亞莉亞點頭回應後，公安女警接著轉向我。

「遠山武偵，另外還有一項條件。」

「啊、是，什麼條件呢……」

我緊張得嚥了一下喉嚨後，女警翻開她的警察手冊，並且將一支筆遞給我……

「可以請你幫我簽名嗎？其實你在警視廳公安部是個相當出名的人物。甚至連各國的公安警察還會來詢問『告訴我們關於這男人的資料，我們想挖角他』的程度呢。」

她隨著這段我一點都不想聽到的情報，對我露出了微笑。

兩位警察開著警車與乾一起離開後……

我們在體育館後面終於可以鬆一口氣了。

「看來總算撐過了難關呢。真是太好了……」

「嗯，尤其前半場多虧有麗莎幫了大忙。謝謝妳。」

麗莎與尼莫手中拿著寶特瓶裝的紅茶如此交談……

「說真的，金次還是老樣子呢。雖然會讓事情變得亂七八糟，但最後結果總是可以解決問題。或許你的人生就是這樣。」

「……我只想要那個結果啊。」

「那我們回去吧。」

「哦、哦哦。呃……咦……！」

準備回家的亞莉亞牽起我的手，讓我頓時驚慌失措。但是——

更加讓我驚慌失措的現象緊接著發生了。這、這是怎麼回事？

亞莉亞的裙子居然……輕飄飄地掀了起來。明明也沒有人伸手掀它，裙襬卻自己飄了起來。而且主要是背面的部分。

「……嗚……！」

就連尼莫和麗莎的裙子也是一樣，連碰都沒有碰就往上掀開。難、難不成我也對超能力——對念力覺醒了嗎？如果是這樣，念力應該可以用在更有意義的用途上吧！為什麼要用在什麼掀裙子上啦金次！

「——呀！這是什麼！」「噫呀……！」「……？哇啊啊！」

亞莉亞、麗莎與尼莫都當場面紅耳赤地把自己前面的裙襬往下拉，可是那三人的裙子背面依然呈現往上掀開的狀態。

「嗚呵呵！簡直就像雞尾巴呢。」

只有在笑的路西菲莉亞穿的裙子保持在原本的位置——

這下我知道自己果然沒有什麼超能力了。因為亞莉亞她們的裙子背面其實被人用夾子夾了氣球，所以是氣球的浮力把裙子掀起來的。那是路西菲莉亞在惡作劇啦。真受不了……她明明是個力量強大到能夠侵略世界的存在，做的事情卻是小學生等級啊。

就在那三個人還沒察覺自己背後究竟發生什麼事，只會一直尖叫打轉的時候……

「家主大人，咱們逃到上面去吧。有些話我只想要家人間自己聊呀。」

看來是想要藉此排除外人的路西菲莉亞拉起我的手。

並且用另一邊纖細的手指向藍天底下，體育館的屋頂上。

反正狀況如果變成了那樣，亞莉亞肯定會毫不講理地痛毆根本無罪的我，於是我只好跟路西菲莉亞一起遁逃。利用上頂樓維修用的鋁製梯子爬上了體育館的屋頂。

今天是大晴天，微風也吹得舒服。這地方真是讓人神清氣爽。由於頗有高度，所以也能清楚看到海面閃閃發亮的東京灣。

「啊！氣球！絕對是金次搞的鬼！我要開他洞！」「主人也真是的。好壞呢。」「那個蠢貨在哪裡！看我用雷射幹掉他！」

從下面傳來那三個人在找我的騷動聲，不過那聲音也朝著別的方向漸行漸遠。

就這樣，事件落幕了……

「路西菲莉亞——妳對小孩子倒是挺溫柔的嘛。像在發氣球的時候。」

「畢竟我很喜歡小孩子呀。家主大人的蜥蜴還不是一樣受到歡迎？」

「嗯～……唉呀，男孩子就是喜歡會戰鬥的角色。不過平常我都會被討厭啦。」

我對小女孩總是退避三舍，在文化相異的外國小孩面前也會變得提高警戒。

然而路西菲莉亞不論對什麼樣的小孩子都很溫柔。也許因為她是天生的王族，在態度上完全沒有區別對待。那樣的部分真是教人敬佩。

——雖然外觀看起來像惡魔，但路西菲莉亞的心中卻有如聖人般的慈愛。

在納維加托利亞上挺身與我交戰的時候也是一樣，她的態度中流露出想要守護艦內的部下們不受入侵者攻擊的真摯情感。就算那是出自於身為王者的自尊心，單獨一人挺身鋤強扶弱依然不是一件容易的事情。

然後她上次在兒童公園深受小孩子們喜愛的模樣，以及剛才在發氣球時臉上的笑容——

姑且不談她想要無止盡增加自己子孫的企圖，以及似乎有什麼羞恥性癖的事情……現在的我對於過去曾經懷疑過她本性的自己都感到丟臉起來了。

路西菲莉亞對於部下或小孩子——對於比自己弱小的存在，總是能夠抱著慈愛的心。只要察覺這點後，甚至會讓人莫名覺得她是個神聖的人物。長期相處下來，即便是再遲鈍的我也理解這件事了。

——大概是跟路西菲莉亞約好在這個體育館頂樓上見面的金天……「嘿咻、嘿咻」地爬上梯子……

「路西菲莉亞小姐。」

「金天。」

她接著走向路西菲莉亞，互相牽起手來。

雖然剛開始的時候只會注意到她們髮色和眼睛顏色很像而已，不過現在已經不只是那些外觀上的特徵——我也發現她們內在上的共通點了。那就是純粹、無邪、源自深處的潔淨心靈。因此這兩人才會明明身高或臉型上大不相同，也看起來像姊妹一樣。

後來，我們三個人圍成一圈席地而坐……

「交通安全教室，我上得很開心喔。看到妳這樣健康無恙，我放心多了。」

「當初我沉入海中時，害妳操心啦。不過現在的我可是精力充沛，叫我繞這世界跑一圈都沒問題呢。」

見到金天與路西菲莉亞愉快交談的景象……我也跟著感受到幸福的心情。

就這樣，沒有外人打擾下交談了一段時間後——

「家主大人，謝謝你。家主大人又讓我學到了一項重要的事情。」

不知不覺間和金天摟肩相靠的路西菲莉亞對我如此說道。

「重要的事情？」

「我在納維加托利亞上說過『路西菲莉亞不需要家族』這種話。然而，現在家主大人讓這麼可愛的親戚與我見面——讓我明白了那樣的想法是錯誤的呀。」

對一臉幸福的金天磨蹭臉頰、同樣一臉幸福的路西菲莉亞……既然已經明白了這點，那麼我接下來或許應該跟她開始討論另一件事情了。

雖然感覺會給這段幸福的時光潑冷水，很過意不去——但我們必須討論關於路西菲莉亞的血親，莫里亞蒂教授的事情。關於那個如果是曾孫女的路西菲莉亞或許可能動之以情的，N的首領。

於是我再度看向路西菲莉亞的時候……注意到一件事。

在她背後，很遠的地方，這個頂樓的角落……

（……嗯……？）

有人。

背著書包的小學女生。

一方面也由於瀏海剪齊的緣故，給人印象有如日本人偶的少女。

她的眼神強烈到從遠處就能清楚知道她注視著路西菲莉亞。

——那少女默默不語地看著我們。

即使被我發現，即使跟注意到我的動作而跟著回頭的路西菲莉亞對上視線，她都不為所動。始終目不轉睛地望著路西菲莉亞。

無論從態度上或時機上判斷……她都應該不是像剛才的小朋友們那樣想來要求合照或想領氣球才對。

「丁同學？」

金天注意到那個女孩，表情一愣地叫出名字。

「……她是妳同學嗎？」

「是的。她是暑假結束後轉學進來五年A班的南丁同學……」

金天用小到只有我聽得見的聲音如此表示，結果……

「那只不過是我名字的一部分，是在這個國家使用的名字罷了。」

從遠處傳來那女孩清楚的回應。但並不是發出很大的聲音，而是讓聲音乘風傳來。也就是說，她能夠看出風……看出空氣的流動。非等閒之輩啊。

——那傢伙究竟是何方神聖？而且為什麼要一直看著路西菲莉亞，有如盯上什麼獵物一樣？

我稍微抱持警戒心站起身子後——

路西菲莉亞也跟著起身，把她的大眼睛睜得更大。

「妳是……」

「……」

和路西菲莉亞對望的丁……一步、兩步……緩緩朝我們走過來。

接著，來到我們眼前停下腳步後……

「——路西菲莉亞大人。」

叫出了這個名字。

她居然……會知道路西菲莉亞的名字。明明今天路西菲莉亞使用的是「露西」這個假名。難道是我們之間的對話被偷聽到了嗎？不，就算是那樣，後面還加上「大人」也太奇怪了。

正當我如此懷疑的時候，從丁的耳朵部分的黑髮底下……沙沙沙——冒出了某種東西。

是小小的、白色翅膀。

……列庫忒亞人……！

「噢噢，太懷念了。沒想到可以在這邊的世界拜見到路西菲莉亞大人。但是話說，為何北方的皇女大人會來到這樣的地方？不可以呀，竟然把所剩不多的性命時間浪費在今日這樣的遊藝上。路西菲莉亞大人應該有重大的使命必須完成才對。」

丁的身上有如線香的氣味乘著涼風吹來。

雖然發言內容上有諸多不明之處，但可以確定丁不是N的人。畢竟如果是N的人應該就不會說「為何在這裡」，而且明明把路西菲莉亞從海上抓走的我就在旁邊，卻視若無睹的態度也很奇怪。

金天發現丁原來不是人類，表現出有點嚇到的樣子——於是丁說道：

「……遠山金天大人，我之所以來到這所學校，是因為知道了和路西菲莉亞大人有親緣關係的妳在這裡。然而我不清楚金天大人是否知道關於自身血緣的事情……因此一直很猶豫應不應該接近妳。不過就在今天，路西菲莉亞大人竟親自現身了。噢噢，路西菲莉亞大人，偉大的侵掠者。吾等恭候多時了。好久，好久呀……」

——在這邊的世界……同樣也有列庫忒亞人。

在各種不同時代，透過各種不同路徑，從列庫忒亞來到這裡。

而其中一個人，也在武偵高中的附屬小學。只是我們沒有注意到而已。

「……是楔拉諾希亞呀。」

聽到路西菲莉亞用這個名字稱呼……丁缺乏表情起伏的眼睛頓時流下一行淚。

恐怕是因為見到了路西菲莉亞的激動心情，以及對方知道自己存在的感動。

「噢噢，自從來到這個世界、這個國家，幾經風霜。我是多麼期盼著您用那個舊名稱呼我呀。敝人名叫南・丁・鶴・楔拉諾希亞，乃南方皇女的後代是也。」

然後當著路西菲莉亞面前——丁席地跪下，指尖觸地，恭敬磕頭後——再度把頭抬起來仰望路西菲莉亞。

在她的臉上，忽然浮現出邪惡到教人不寒而慄的笑容。

「依循古老的婚約，自即日起我便是路西菲莉亞大人的新娘子。路西菲莉亞大人亦是我的新娘子。來吧，事不宜遲，且讓我們攜手，對這個窮奸惡極的世界展開一場不帶絲毫慈悲的——侵掠吧！」

Go For The NEXT!!!!!!

後記

我把防疫期間不出門而增加的體重努力減輕了十二公斤，反而變得比以前更瘦了！

大家好，我是赤松。

在本集中，有描寫到麗莎用袋裝速食麵做料理的橋段……說來慚愧，其實筆者在至今的人生中幾乎沒什麼吃過速食麵的經驗。這次疫情爆發而減少外出的日子中，我才第一次窩在家裡嘗試了各式各類的速食麵，獲得了「原來是這麼美味的東西啊！」的新發現。也就是金次所謂『味覺指數破錶』的狀態呢！

首先是明星食品的「チャルメラ　醬油拉麵」，當我吃進口中的瞬間，懷念的感覺讓我差點落淚了。

那味道完全就是我年少時代吃過覺得超級好吃，但如今連地點和店名都不記得的一間中華小吃店所提供的醬油拉麵。這感覺有如小時候崇拜的英雄保持著昔日風貌回到眼前，還表演了我最喜歡的必殺技給我看一樣。其中功不可沒的就是與調味粉包分開包裝的祕傳香料。在鼻腔深處勾起那段再也無法回去的兒時回憶——雖然是出自我個人的理由，不過赤松最推薦的速食麵就是這個。如果用格鬥家比喻，就是會精準攻擊要害的稀世拳擊王者。

接下來是三洋食品的「サッポロ一番　鹽味拉麵」。讓人聯想到虛無的半透明湯頭所呈現的宇宙中，可以感受到雞、豬與辛香料等等如繁星般多樣的味道。可說是全方位毫無死角，不論面對何種局面、何種對手都有辦法應對的空手道高手呢。

據傳末代皇帝溥儀在人生晚期非常中意的日清食品「雞汁麵」。各位是不是因為那個放蛋的凹槽實在太方便，結果老是只加雞蛋而已呢？其實它不但具備獨一無二的風味，同時也是個無論細蔥、玉米或起司等等，各種武藝都能夠融入其中的ＭＭＡ（綜合格鬥技）選手喔。

再來是サッポロ一番鹽味拉麵的大哥——「サッポロ一番　味噌拉麵」。濃厚強勁的重量級味噌風味，可謂袋裝速食麵界的橫綱。聽說是日本銷售量第一的袋裝麵呢。

地方拉麵的先驅者——好侍食品的「うまかっちゃん」也是在豚骨風味的一門技術上表現出色，絕不可小看輕忽的柔道家。只要被那誘人食慾的香氣給抓到，就會當場被寢技制伏在地囉。

——如此這般，赤松用各種格鬥家形容袋裝速食麵，每天吃著吃著，結果體重轉眼間增加了許多，讓我後來的減肥生活過得好辛苦，好辛苦……但是像這樣寫著後記，害我又想吃了。マルちゃん正麵、中華三味、傳統中華麵、出前一丁——明天要吃什麼好呢？

那麼期待下次真的在這場世紀大災難終結之後的世界再相見吧。

二〇二一年六月吉日　赤松中學

※亞莉亞第35集!!
アリア 35巻
■路西菲莉亞應該是至今為止暴露程度最高的人物，讓我有點擔心究竟會得到什麼樣的反應，究竟會不會有問題。雖然畫起來很開心就是了……!
■那麼期待下一集再相見吧!

浮文字

緋彈的亞莉亞（35）侵掠的新娘

（原名：緋弾のアリアXXXV 侵掠の花嫁（ファム・ファタール））

作者／赤松中學　封面插畫／こぶいち　譯者／陳梵帆
榮譽發行人／黃鎮隆　總經理／陳君平
協理／洪琇菁　國際版權／黃令歡
執行編輯／呂尚燁　美術主編／陳又荻
企劃宣傳／楊玉如、洪國瑋
出版／城邦文化事業股份有限公司　尖端出版
台北市中山區民生東路二段一四一號十樓
電話：（〇二）二五〇〇七六〇〇　傳真：（〇二）二五〇〇二六八三
E-mail：7novels@mail2.spp.com.tw
發行／英屬蓋曼群島商家庭傳媒股份有限公司城邦分公司　尖端出版
台北市中山區民生東路二段一四一號十樓
電話：（〇二）二五〇〇—七六〇〇（代表號）
傳真：（〇二）二五〇〇—一九七九
中部以北經銷／楨彥有限公司
電話：（〇二）八九一九—三三六九
傳真：（〇二）八九一四—五五二四
雲嘉經銷／智豐圖書股份有限公司　嘉義公司
電話：（〇五）二三三—三八五二
傳真：（〇五）二三三—三八六三
南部經銷／智豐圖書股份有限公司　高雄公司
電話：（〇七）三七三—〇〇七九
傳真：（〇七）三七三—〇〇八七
一代匯集／香港九龍旺角塘尾道六十四號龍駒企業大廈十樓B&D室
電話：（八五二）二七八三—八一〇二
傳真：（八五二）二七八二—一五二九
馬新經銷／城邦（馬新）出版集團　Cite(M)Sdn.Bhd.
E-mail：Cite@cite com my
法律顧問／王子文律師　元禾法律事務所
北市羅斯福路三段三十七號十五樓

二〇二二年二月一版一刷

■中文版■

郵購注意事項：
1. 填妥劃撥單資料：帳號：50003021戶名：英屬蓋曼群島商家庭傳媒(股)公司城邦分公司。2. 通信欄內註明訂購書名與冊數。3. 劃撥金額低於500元，請加附掛號郵資50元。如劃撥日起 10～14日，仍未收到書時，請洽劃撥組。劃撥專線TEL：(03) 312-4212 ・ FAX：(03) 322-4621。E-mail：marketing@spp.com.tw

國家圖書館出版品預行編目資料

緋彈的亞莉亞35 / 赤松中學 著 ； 陳梵帆 譯. --1版.
--臺北市：尖端出版, 2022.02
面 ； 公分. --(浮文字)
譯自：緋弾のアリア
ISBN 978-626-316-386-7(第35冊：平裝)

861.57　　110020217